主编　凌翔

当

乡村简史

郭苏华　著

天津出版传媒集团

天津人民出版社

图书在版编目 (CIP) 数据

乡村简史 / 郭苏华著 . -- 天津：天津人民出版社，
2021.4
（当代著名作家美文自选集 / 凌翔主编）
ISBN 978-7-201-17194-4

Ⅰ.①乡… Ⅱ.①郭… Ⅲ.①散文集—中国—当代
Ⅳ.① I267

中国版本图书馆 CIP 数据核字（2021）第 052806 号

乡村简史
XIANGCUN JIANSHI

出　　版	天津人民出版社
出 版 人	刘　庆
地　　址	天津市和平区西康路 35 号康岳大厦
邮政编码	300051
邮购电话	（022）23332469
电子信箱	reader@tjrmcbs.com

责任编辑	岳　勇
装帧设计	陈　姝

印　　刷	唐山楠萍印务有限公司
经　　销	新华书店
开　　本	710 毫米 × 1000 毫米　1/16
印　　张	20
字　　数	258 千字
版次印次	2021 年 4 月第 1 版　2021 年 4 月第 1 次印刷
定　　价	78.00 元

目　录

第一辑　乡村记忆

乡村简史

上

这个小小的村落，坐落在苏北平原的北边。这里出去的人们出了名，在简介里，总有一股自卑的暗流，在不为人觉察地涌动。他们习惯这样叙述自己的籍贯，"苏北乡下"这是一个非常笼统的概念。似乎还不是以长江为界。是离长江较远的地方。也不包括现在的里下河流域。

这个村庄，是苏北无数村庄里的一个，虽然五里不同俗，但是还是有许多相似的地方。譬如方言、习惯、人情、风俗。还有那一份淳朴。

死人的时候，倒是不怎么吹唢呐了，那些西洋的乐器取代了古老的唢呐。以前，每天早上天不亮，就有人在外面练唢呐，呜呜地，断断续续，也不成曲调。一个早上，人们的耳朵里灌满了唢呐的声音。人们一听到唢呐的声音，就说小海强又学吹乌了（乡下人称唢呐叫吹乌）。小海强的爷爷是吹鼓手，他的父亲是吹鼓手。他们哥俩承继了衣钵，还是吹鼓手。乡下人能赚钱的手艺着实是不多的。

现在，人们都换洋家伙了。那么悠扬的动听的电子琴，在空气里传得很远。人们只在火化场回来下了土路，把骨灰送到墓地的时候，才有两个唢呐在送葬的人们前面吹着。那金色的小吹管，朝天举着，很漂亮。人们走在后面，哭声停止了，村庄也很安静。人家门口站着一两个人，不是妇女，就是残暮之人。他们对着这一行走过来的，披着白色孝布，捧着好看的骨灰盒的人，指指点点。送葬的人低着头，偶尔眼睛也瞄一眼路边门口站着的人们。太阳照在他们身上，孤单单的，这个村庄，要不是因为这样一个庞大的死亡事件，会是多么地空旷和孤单。

村庄就像一个巨大的空荡荡的房子，里面是许多更小的面积空前膨胀的房子。

田野里，也更加地空了。那些绿，那么蓬勃，无人问津，绿得有点慌张了。

到处铺张浪费的绿，简直要把田野霸占了，侵吞了。

天空也那么空，好像没有意义和内容，亘古的蓝色，覆盖着田野，田野里，只有东张西望的植物，还有荒凉的鸟叫。

村庄里，住着很老的老人。他们都不能到田野里来了。实际上，田野里，也不需要他们了。

田地被承包了出去。现在连片的是森森的经济树木、花草。它们长得密密的，遮住了林中的水泥路。你一直走下去，就有恍若隔世的感觉。这里是哪里？这里曾经有流水、小沟、稻田、芦苇荡、青草、野花。现在，是密密匝匝的树木。

你不认识这里了，你一点也不认识了。你的内心忽然起了无边的恐慌，就像刚睡醒的一瞬，不知道自己身在哪里了。这是哪里呢。以前的一切田园牧歌式的缓慢优柔好像一辈子都这样的日子，消失了。

你忽然不想往前走了。你折回头。

在路边通往村子的小桥头上，你站住了，想看看风景。可是桥下的大寨河吓了你一跳。

你梦中还一直流淌着这条河清澈的水流，还有两岸的青青芦苇，它们立在风里的样子，立在阳光里的样子，你一直记得。它什么时候变成这样邋遢了。

它几乎淤塞了。满河都是疯长的水草，你不认识这些水草。它们好像一夜之间就把一条河堵成这副样子了。脉脉的清流只在河道里露出一线。这是一条废弃的绝望的河流，它依旧很长、很长，但是它已经不复昨日的模样。

我想起来，家家都吃上自来水了。河道没有人管理，它就变成这样一副样子了。我站不下去了。

我沿着村庄的路往回走。

大寨河边的一间孤零零的红砖小屋，原来里面住着老夫妇两个。忽然一天，老奶奶去了。只剩一个老爹爹。老爹爹的耳朵有点聋了。说话声音很大。他有两个儿子。老奶奶去世不久，他忽然衣服簇新，纤尘不染，出现在人家门口。我从县城来看母亲，忽地在门口，看到这样一个怪异的情形，老爹爹一辈子没有穿过一次这样光鲜的衣服。这一天，他的衣服在瞬间亮瞎了人们的眼。

他究竟想干什么，我的第一个念头就是这样的。

就像雄性的动物，那么花枝招展的，它的意图昭然若揭。过了很多天，我再回去。他又恢复了原来灰头土脸的样子。不过，总是鬼鬼祟祟地从我家门前经过。一只手，一直谨慎地放在口袋里。母亲鄙夷地看着他的背影说，不知道又带了什么好东西，去讨好那个小瘸子。我调转了头，不去看他。

他在我心目中多少年垒起的形象，就像被洪水冲垮的土堆，塌了。

小瘸子，其实年龄都已经六十多了。她家里总是热闹的。母亲说，她家就是聚生塘。许多人晚上或者白天都喜欢到她家去串门。屋子里热气腾腾的。乡下，大约是太寂寞了。哪怕是一只狗，也没有生气地走来走去，声息全无的。好像知道，村庄就是一个大大的撤走了一切活物的空房子。风，也是寂寞的，在村庄里，没有目的地游荡。春天的时候，温柔的风里，还会平添了无限的惆怅，好像让一颗心，无处安放了似的。

村子里，楼房一栋栋立起来，却没有人住。那么华丽地空着，那么巍峨地失落着。

打工的人，在城市里扎不下去根，就把房子盖在家里，然后还把自己像植物一样栽在城市里。城里的哪一个小小的缝隙里，能容纳他们的乡土和固执呢。他们一直以瞭望的姿势，生活在城市里。

乡下就只有老人妇女孩子。男人也是有的。但是要经过多少栋房子，才可以唤出来一位呢。

一些瓦匠、木匠都还在乡下。他们早上早早起来，骑了电动车，去城里做工。他们渐渐老了，做不动了。他们还是一天一天坚持着。不知道以后，靠什么养老。他们有着乡下人的不知忧愁的性格。他们还是大声说话，爽朗地笑。他们习惯了待在低处的生活，就譬如挣扎，也是不想了。

他们的孩子倒是都在城里了，他们虽然自己老了，总还有希望的。他们生了很多孩子，虽然读的书不多，到底还是比他们强，至少读了一些，也还年轻。他们不怕，他们老了，还是有依靠。

村子里的小学校，被撤并了。盖了许多的小别墅，别墅卖不出去。就被改成了养老院。周围许多的老人都住进去了。

通长的走廊里，两边都是门，里面有床铺、桌子、电视，还有卫生间。里面的陈设很简陋，有敷衍和将就的意思。床上通常坐着一个老头子，衣衫不整，神情呆滞。这里的岁月耗尽了他们对亲人的所有热望。

走在走廊外面，空气里是淡淡的挥之不去的尿骚味。来这里的人，总要掩了鼻子，或者轻皱着眉头。可是已经来了，怎么走。不是来看老人的，就是陪着一起来的。这一段时间，总要慢慢地熬煎过去。

一走进屋子，坐在床上的老人，涣散的精神就稍微集中一些，可是浑浊的眼球，那么游离，时光把一个人的所有光芒都吸尽了。他长满老年斑的手一直放在膝盖上，身上的衣服散发出隔宿的馊味，来看的人，不由就后退一步。老人还是呆滞的，没有什么反应。他几乎不认识对面来看他的人。他光着的脚上，指甲很长，几乎是狰狞的面目。

　　来的人几乎第一眼就看到了那么长的指甲。她转身出去找剪刀。

　　然后，进来坐在床边，给老人剪指甲。老人的舌头已经不大听使唤了，就像含着一块太大的糖块。啰啰了半天，她听清了。他认出了这是他的大儿媳妇。

　　他眼里竟然落下浑浊的泪。她说，我们在外面很忙，不容易回来一趟。回来，我会把你弄好好的。

　　可是儿媳妇走了呢，就把他交给这里许多陌生的人了。这里供应一天三顿饭，洗澡、换衣服。别的，互相之间，很少有人来看他。他家离这里很远，住在海边。没有人认识他，况且他跟别人交流已经极其困难。

　　儿媳妇终究还是走了，把他一个人留在这里。她走的时候，管理人员在走廊里喊大家吃饭，声音很大，然后，从房间里慢慢走出了一个一个衰残的老人。他们就像被领着的犯人一样，了无生气地，接成一个长队，鱼贯走过来。这里是毫无希望的残灯岁月。那个老人腿脚不灵便了，跌跌撞撞地走在人群里，好像一支风里的蜡烛，摇摇晃晃的，一不注意，好像就要灭了。儿媳妇再也看不下去。一转身，快步走出大门，外面的空气清新异常，那淡淡的尿骚味，从鼻翼消失了。

　　她头也不敢回，飞快地就像逃一样的脚不沾地地走了。好像要从一种罪责里逃离，或者是从自己的恐惧里撤走。

　　村庄还是那么安静，那么慢，是什么把一切改变了呢。一切好像从来都没有变，一切却又悄悄地彻底地换了面目。人们陌生的，却也不得不接受的面目。

夕阳下，村庄浸在暖暖的光辉里，好像那些温暖的过去，又回来了似的。

但是村庄旁边轰隆隆的机器，告诉人们，这个世界，真的是另一样了。

中

六间 90 年代的青砖瓦房，矮身在许多巍峨庞然的楼房之间，犹如在山坳里一样。瓦房明显陈旧了，时光在上面打上的烙印，过眼即明。

她一个人，在门前，形影相吊，踽踽独行。有时候，她在门前的一只凳子上坐着，看着鸡圈里的几只鸡，哄抢着她刚刚撒进去的稻米，或者一些菜叶、一些糠皮。她听着它们那么挤着闹着，好像忘记了时间。时间在乡下总是极为缓慢。就像屋子里的那只古老的座钟，越走越慢，随时都会停了一样。

她今年六十五岁了。头发白了一大半，凌乱地扎在脑后。在这样的年纪，好像找不到适合自己的发型了。剪发吧，头发太稀了；扎起来吧，又显得不合时宜了，那样的青春活泼是小姑娘的事情了。只有随便在脑后挽一把。老顾到上海打工去了。家里就只剩下她一个人。老顾今年六十七岁了，在上海的一个油脂有限公司上班。原来工资不高，现在也有三四千块钱了。总比在家里种地强。二儿子的两个孩子也从她这里领走了。以前天天吵吵闹闹的，家里到处都是声音。她就像撵着小鸡小鸭一样，到处找他们。她的日子是疲倦的、劳累的，可是处处是声响。现在，家里只有鸡叫的声音，所有以前听不到的声音，都放大了，钻到她的耳朵里来，甚至春天里蚯蚓的叫声，她也能听见了。

一些事情，慢慢地捋顺了，想起来了。

她慢慢习惯了一个人做事情，想事情。

两个孙子在镇上读小学。她似乎是想他们了。她想趁赶集的时候，去看看他们。

二儿媳妇放弃了打工，回家专门带两个孩子上学。他们也和自己一样，过着分离的生活。她有时候想，这个纷乱的社会，他们这么小年轻，分开来，会不会有什么问题呢。但是她很快就不去想了。她知道，即使有问题，她也无法解决。年轻人对孩子的教育有自己的看法。他们怕她带不好孩子，管不了孩子。留在家里，让爷爷奶奶带的小孩，总是娇宠撒谎，不肯作业，成绩差，所以她不敢提出让自己带孩子。她也怕自己耽误了孩子。

可是他们究竟是三十多岁的年轻人啊。她这么想着，觉得想不下去了。她站起来，到屋后的菜地里锄草去了。劳动是一件好事情，它会让人身心愉快起来，并且会暂时把无法解开的事情抛在脑后。

二儿子二林在常熟打工很多年了。一开始，孙子生下来，基本就是他们老两口在带。那时候，老顾还没有生出外出打工的心思。他们一起带着两个孙子，家里特别地热闹。

她不知不觉地，心思又转到他们身上了。

二林子的媳妇是山西人。打工的时候谈上的。现在外地的媳妇一点也不稀奇了。

他们孩子生下来不久，就一起出去打工。他们两口子精明耐苦，过几年，就准备回老家盖房子了。因为手里有了一点积蓄。

后来，看许多人家把房子盖在乡下，就是一个巍峨的空巢。过年很少回来，或者回来也住不了几天，老人还住自己的旧房子。房子在乡下不值钱。在乡下盖房子，一点也不上算。聪明的二林子准备在镇上买房子，经过一番筹备、考察，终于在镇上，花了十万块钱，买了一个一百多平方米的套间。这样自己就算是镇上的人了，有一点扬眉吐气的感觉。

房子装好后，媳妇和两个孙子，就在那里住下来，孙子在镇上开始上学。二林子一个人到常熟打工去了。老顾也准备走了。因为他看到，在家种地，其实是根本挣不了多少钱的。而两个儿子都指望不上了。他们为自己的小日子，都打拼得筋疲力尽了。六十七岁的老顾，在上海的一个厂里，有个老乡，他联系好之后，就打点了一下，到 204 国道边，等到一辆去上海的车，爬了上去。

这一家，都是分了两下。

老顾和老伴，一个在家看家守室、种地、养鸡，一个在上海打工。

大儿子小林一个人在上海的汽车修理厂修理汽车，媳妇在家带三个孩子上学。

二儿子二林在常熟打工，媳妇在家带两个孩子上学。

老顾老了。老婆也老了。可是生活却不因为这个就怜悯同情他们，给他们衣食无忧的晚年。

他们还要在遥远的南方刨生活。

因为生活，他们还要挣扎着，微笑着，表示自己并不老。

二林子一家，虽然并不能给他们多少生活的费用，但是至少还有安慰。他们把自己的生活弄好，就是对他们最好的安慰了。

只是大儿子小林，却总是一个不省心。

他一个人在上海修车。每个月寄两千或者一千回来。家里这一个，总喊不够用的。在那里暗暗地埋怨，小林没有用，没有挣到钱。可是一家三口的用度，指望一个人，却是艰难得很。

媳妇小芳是有点懒惰的，又爱一个赌。坐到麻将场上，就忘乎所以似的。家里大女儿、二女儿、小儿子，哪一个都是要用钱的。可是他家的地里，却是荒芜了，长了许多草。她这样的年轻，哪里能熟悉农田里的事。生活的困苦，并没有使她上进。逆境，往往有两种力量。一种使人上升，一种使人下沉。她是渐渐地堕落下去了。

她懒惰，不像一个贤良妇女，地里的活基本是不管了。地，就任由它荒了，长了许多的草。

变本加厉的是，她居然堕落了。

小林回来，看到家里这样的情形，气愤、心灰意懒，两个人吵起来，打起来。

小林为了挽回家里这样的局面，从上海回来了。

在县城一些朋友的支持下，开了一间汽车修理铺。他把三个孩子都接到县城来，住在他的修理铺楼上，并且把他们都送进了学校。

其时，小芳开始和小林闹离婚。

小林其实是不想离婚的。可是小芳去意已决。她料定，小林这辈子是发不了财了。

小芳起诉几次法院，小林都拒不出席。

经过几番斗争思量，终于还是离了。

两个女孩归小芳，一个男孩归小林。因为没有房子和任何家产可以分割，所以离婚事宜很快就落实了。

离婚后的小林，每天倒是清闲了。一个儿子，在县城初中读初二。自己每天修车，生意也是有时候有，有时候没有，汽车修理也要看关系，认识的熟人多，来的人就多，自然客户就零星得可怜。所以他的手头还是很紧张。身上的衣服，不是深蓝色的工作服，就是一件颜色不明的 T恤，不知从哪里买来的。

然而那一天，竟然有一个三十四岁的陈港离异女子跟他相亲，并且经常来他这里了。看那样子，好像要长期定居的意思。也许是他的修理的手艺，他的看起来还不错的两间上下的修理铺的门面，替他做了无声的宣传。

后来，这桩婚事，不知怎么就不了了之了。

他依旧一个人在修理铺里修理汽车，吹笛子。

乡下日子慢悠悠的，那些鸡、那些庄稼、那些房子，好像都带着一种寂静的色彩，把时间拉得更长。

顾大婶的日子，和许多乡下人的日子差不多。她老了，安于这份生活，偶尔串门，老顾在上海，那样的五光十色的吵闹的日子，她是无法想象的。

她有时候会想到自己的两个儿子，可是她自己一点办法也没有，只有任由他们慢慢去过了。

老顾家的故事，其实单纯，也就是乡下许多家庭的缩影。为了生活，每个人都在自己的那一份生活里挣扎，或者安常处顺。

下

我从来都没有真正离开过这片熟悉又陌生的土地。

她是怎么一天一天地改变的，我也说不清楚。非常的缓慢，一些工业文明如此缓慢地一点一滴地让你难以感觉地渗透，没有什么不能够理解的，就像空气流动一样自然地过渡。一切好像就应该是这个样子的，不是这样，又是什么样的呢。

村庄就像一座衰朽的空房子，里面住着空巢的老人，年幼的留守的永远充满了渴望爱和温暖的孩子，他们的内心，就像那些盖好了却常年无人居住的楼房，庞大而空洞，无人问津。

风还是旧年的，却失去了优柔的温情，它们穿行在村庄里，带来寂寞的空荡的回声。

只有在过年的时候，村子才热闹一点。有一些在外漂泊的人们回来了。他们带着陌生的和村庄格格不入的气息，就像一个陌生人一样，闯了进来。他们自己也觉得有点奇怪和突兀。

村子上到处是新盖的楼房，大气、漂亮，却没有多少人气和温暖。原来的格局和小路都找不到了。就像一个误闯入人家的人，有一种唐突和粗暴的感觉。

村子里的土地也承包出去了，被种上了经济树木和花草。人们被土地抛弃了，无所适从的样子。过了一段时间，大家都到镇上的工厂打工去了。以前他们非常向往做一个拿工资的城里人，现在，四五十岁的妇女都进了厂，男人去做粗活或者干保安。人们每天早出晚归，很快习惯了这样的生活。他们在工厂里很快活跃起来。他们用手机，玩微信，在上班时偷偷发朋友圈。

村子周围盖了许多的楼房，那是被征用开发的。村子上，没有人买。他们自家有宅基地，自己盖就行。房子卖不出去，总还有别的办法，有一天，人们忽然发现，在大门旁，书写了三个漂亮的大字——"颐福院"。这里渐渐住进了许多生活不便的老人。儿女在外，没有时间回来照顾，他们就把老人送到了这里。乡下的楼房开发出来的楼房，就这样被利用了起来。

村庄周围的土地就像桑叶，被一大片一大片地蚕食。忽然一天，走在路上，你会发现，绵延几里的围墙，又把一大块麦地圈了起来，厂没有盖好，威严的大门已经立在那里。厂名相当气派，不是这个有限公司，就是那个服饰公司。

风，在田野里，吹过来，是寂寞，吹过去，还是寂寞。轰隆隆成夜热闹的，是混凝土搅拌机的声音，现代的热闹的繁荣的声音。

当我们从外面回来，故乡，你认不出我这个被异乡改变了太多的人，而我，又怎么能一眼认出面目全非的你呢。

林回来的时候，是在春节的一个飘雪的上午。他的叔叔，我的本家哥哥去世了。

我没有想到，我们的相见会是在葬礼上。林去了南方的城市很多年。他的房子盖在老家旧房子的宅基地上。他很少回来居住。他就像一朵雪花，落在南方的土地上，然后融化了，成为南方的一分子。

我们变得陌生、疏远。我们这对当年的恋人，被世俗的藩篱隔开的恋人，在众目睽睽之下，仍旧不敢说话。

他没有变得富有，却活泼而饶舌。他穿着有点旧的青色羽绒服，头上顶着雪白的孝布，似乎刻意跪在我的脚前。我没有办法假装看不见。我这个生活优裕的女子，穿着洁白的昂贵的皮草，站在他的身后。心情就像这春雪一样纷乱。要是可能，也许我还会愿意跟着这个人，远走他乡，过清贫的日子。我愿意。

我在梦里，看见过他无数次，但是从来没有想到，我们会在这样的场景下相见。我们把爱情送到了坟墓里。

这也是我们爱情的葬礼。

下午，他很快匆匆告别，跳上南去的列车。那里才是他生活的中心。他的离开，只是不得已，只是暂时。

故乡，又一次被抛在身后，又一次变得遥远陌生难以理解和接近。而我们也变得更加陌生，不知道下一次相见，会在哪个的葬礼上。

林的妹妹，与我同年。在送葬的队伍里，我们走在一起，却一直沉默。那时候，我每天都泡在她家里，看她煮饭、刷锅、喂猪、织毛衣。

她在南方的城市，有一个儿子，却没有家，她已经被抛弃。在一个工厂上班。她只有小学毕业。打工潮刚起，她就出去了，并立志要成为一个城市人。

可是她至今也没有实现。她想凭美貌立足，可是红颜易老。她依旧被抛弃。但是她却一点不颓唐，身材挺拔，神采飞扬，衣衫得体，居然编着古老又新鲜的麻花辫，看起来年轻漂亮。

人，什么时候，活的都是一种精神吧。

葬礼结束，我跟随母亲默默回到她的家。自从父亲去了，母亲就是一个人了。很长一段时间，我常常暗暗揣想，在乡下，母亲如何熬过一个人的寂寞长夜。虽然在城里，我们有漂亮的大房子。可是母亲更像一株长在乡下自由清气里的植物，要是把她移植到城里，她是不是会水土不服呢。母亲一直拒绝跟我们来。她说，一个人自由。可是我很多时候，不忍心想她一个人度过的无数个漫长的黑暗的没有父亲的夜晚。

父亲的墓地就在不远处的田野里，母亲并不常常去。但我知道，母亲会常常梦见他，他们做了四十年的夫妻。那么多温暖又吵闹的充满趣味的无数回忆的日子。

白天，母亲坐在门前的时候，后面一个胖胖的女孩子会走过来。跟母亲攀谈起来。这个女孩子有着痴肥的身体，眼睛很大，却显得呆滞。性格却极温厚。见人礼貌周到热情。每次我回家，离很远就招呼我，自然又大方。大姑奶，你回家的。我就笑着答应。

她没有读书。因为痴呆，书是读不下去的。做人却是极好。常陪母亲坐着，祖孙俩聊天也很投机。她们通常谈家里的事情，女孩子对这些却是极懂的。小店里的东西有点贵。昨晚，家里的猪下崽了。村子上什么人家有一场麻将。她好像什么都精通。母亲和她一谈就是半天。女孩子有的是时间。母亲有时候要把家里的豆子搬出来晒，却怎么也弄不动。女孩子就说，老太，我来帮你。你这么大年纪哪能做事。我看你赶紧跟大姑奶住到县城里算了。在家一个人，大姑奶哪能放心。不过，你蹲家里，我反正也没事，有空就来陪你说说话。你晚上就到我家去。蒙股人（方言：很多人的意思）在一起也热闹。一个人晚上冷清清的，也睡不着。你老，有什么小事，只管喊我。我劲头还是比你大。你这么大年纪了，什么东西能弄动哦。

女孩子一口气说了一堆话，豆子也搬出来了。她拍拍手上的灰土，说，老太，我回去了。奶奶又要找我了。我有空再来陪你说话。说着，她熟练地跨上三轮车，屁股快活地扭动着，三轮车在土路上左右摇晃着，就像醉酒一样，摇摇摆摆地去了。母亲站在破旧的红砖小房子的阴影里，不住地夸这个孩子懂事。可是女孩子也听不见，早和她的三轮车吱吱呀呀走远了。

大风吹过乡村（一）

一、云南女人

这个女子，一只腿瘸了，从遥远的云南被介绍到苏北。云南来的女子几乎个个肤色较暗，她们愿意到鱼米之乡的江苏，因为她们的脚力不足以让她们翻越几座大山，到达遥远的城镇。

火车的哐当，是一路上的音乐。来了，就不容易回家了。迢迢的路程，山高水长，家远故遥，那些密密的遮挡了视线的森林和高高的大山，就模糊在日复一日的梦里。

这里的人们，总用异样的眼光打量她们。这里的人们自己是不觉得，他们有着主人翁的高姿态和平原上富庶人家的优越。

她嫁了一个男人，当然是村子上在当地一直找不上媳妇的老男人。要么穷，要么丑，要么也是个瘸子。

她嫁给的这家男人，是老了点，可是务实。田里的事情，家里的事情，就像一把锥子，稳扎稳打的。

她自己也是风里雨里，水里泥里，什么也不惧的。渐渐地，孩子一个一个生下来。在乡下，三个孩子，就有点顾不过来了。

她虽然一只腿不便当，却跟那些健康的乡下女人一样，风风火火，铆足了劲儿。

可是生活不按照常理出牌。她的丈夫在一次车祸中丧生。

她变成了一个人，一个带三个未成年的孩子的寡妇。生活一下子变得不堪。

她只好再嫁。

带着三个孩子，再嫁。

再嫁的这一个男人，一个四十多岁的老光棍，忠厚，喜欢嘿嘿地笑。一脸的酒刺，个子不高，说话的时候，呼哧呼哧地喘气。

她就带着三个孩子过来了。她瘸着腿，后面跟着高高低低三个孩子。大的十五了，是个女孩。后面一个男孩十一，一个女孩五岁。人们站在路上、门口，看他们鱼贯地走过来。女子三十来岁，皮肤很黑，一年四季的劳动，即使皮肤不错的女人，也变得黧黑了。她的眼睛很大，这时只是低垂着。

人们感叹起来。外乡的女子，到底还是像一枚被抠下来的棋子，有着与本地不同的异质与秉貌。她怎么把自己合适地嵌到这一份陌生的生活里呢。

故乡，就像遥远的星云，在梦乡里闪耀。她是回不去了，拖儿带女，命途多舛。

她到了这个家里，就像一只陀螺一样，飞速地旋转起来了。她和丈夫每天到田里去劳动，虽然她的腿走路不便，可是她依旧勤恳，任劳任怨。

他们一起做了个豆腐坊。晚上，自己在家里磨豆腐，早上，男人就推了独轮车，沿村叫卖。村子上，自家用卤做豆腐的人家，真的是太少了。所以他走到邻村，一包豆腐就都卖完了。他就推着空的独轮车，慢慢往家里走。车子上，是一块空了的黄色的包豆腐的布，湿漉漉的，一直搭在那里。

女人，更辛苦了。一家六口人的饭要煮，三个孩子的衣服，还有一个九十岁的祖父也住在他家里。祖父很老了，却喜欢管家里的闲事。

一堆人坐在桌子上吃饭，那三个孩子，狼吞虎咽的，祖父的眼睛就像长了锥子，要扎人的样子了。孩子们都看不到。他们只顾把菜抢到自己的碗里，甚至整个身子都趴在桌面上了。她不得不把他们拉下来。呵斥他们，要规矩点。可是过一会，他们都又忘记了，又趴到桌子中间去了。祖父的眼睛里，又长出了尖尖的锥子。她的心都被锥得痛不可抑了。

矛盾，就像野草一样，在这个家里，疯狂地生长。就为了她带的孩子，孩子的吃。

她有什么办法呢。好在，他还是好的，他从来不说她一句。

他们有了自己的孩子，是个男孩。祖父的眼睛有了缓和。他把眼睛转移到襁褓里的孩子身上了。饭桌上，那把锥子，没有那么锐利的锋芒了。只是祖父还会不时盯一眼她那三个孩子的筷子。

地里的活，总是干不完。乡下的生活，把一个女人身上所有的坚韧都榨出来了。她就像一团燃烧的火球一样，到哪里都热情，风风火火。

她的衣服看不到什么艳丽的色彩，实际上，她已经忘记了自己的性别。

只是那一天，她路过五保户李奶门前。李奶家里坐了许多人，都是村子上的妇女。她们喊住了她。说，进来坐坐呢，一天到晚，这么忙，也歇歇。她就真的进去了。屋子很逼仄，在锅灶旁边的长板凳上，坐了许多人，她进去了，有一个年长的妇女把屁股往里挪了挪，给她腾出一块地方。她就在那个板凳头上坐了。她这才看清楚屋子里的人，一个是李奶的女儿。李奶是个绝户，没有儿女，领养了个女儿，出息到城里去了。李奶的女儿每次回家，都花枝招展的，开着一辆白色的汽车。她朝李奶的女儿英子笑了一下，招呼说，大姑，刚回来的？英子就礼貌而温和地笑了，说，是啊。二嫂，不要那么辛苦了，该休息还要休息。李奶就心疼地说，你二嫂，能苦呢。你看看，估计也跟你差不多大，苦成这样。英子抬头，诧异地看着她，说，二嫂跟我差不多大？李奶说，是啊。她们互相报了年龄。英子居然比她还大几个月。可是，英子看起来，就像一个女孩子一样，娇柔、美丽，被大家宠爱。

那一刻，她的意识被响雷炸醒了一样。原来，她也可以这样美丽和优雅啊，可是命运跟她开了很多难堪的玩笑。从一降生，她的命运就被决定了。先天的残疾，还有闭塞的大山。

她只好远嫁，故乡就像浸在水里一样，总是有着汗水和泪水的咸味，她已经十五年没有回家了。昂贵的路费，还有那么多无休止的家务、田里的活计。她连想一下，都觉得是奢侈的。

她恍恍惚惚坐了一会，耳朵里是她们快活的谈笑。她就借口有事，告辞出来了。

是的，她和英子是多么不同的人生。她还比英子小几个月。她出来的时候，都没有勇气去看一眼自己的身上的衣服。她的眼泪几乎要下来了。

可是一走到太阳底下，当炙热的太阳烤着她的时候，她的意识忽然就回来了。她必须接受这样的命运的不公和安排。人和人就是这样不同啊。她还有三个孩子，她必须坚强。她不能有一点软弱。太阳把她的泪水蒸干了。她抬起头，脚步又变得坚定和飞快。她又是那个风风火火的直奔生活主题的女人了。

大女儿读高中了。孩子都很听话。他们不需要任何说教，严酷的生活把一切都教给他们了。虽然辛苦，吃得也不好，但是他们却像小牛犊一样顽强，充满了活力。

小儿子歪歪扭扭走路的时候，丈夫的劲头比以前更足，虽然总是辛苦，早起忙碌，无数的事情，就像小山一样堆积在那里。地里的草总是一茬刚除完，第二茬又来了。农药总是要打的，还要趁晴天。下了雨，一天的劳动就白费了。

家里的活，总是看不见了。有些事情，能省就省了。晚上，孩子们睡在床上，横七竖八的，衣服也不脱，脚也没有洗。屋里屋外，到处是脏衣服，做游戏的板凳，乱得一塌糊涂。

她慢慢在那里收拾，有一种坚韧的就像麻线一样的情感，一直控制着她。她这个时候，会有一点点忧伤，那个男人，呼哧呼哧地，喘气如牛，在不远处劳作。他诚实、忠厚，从来不嫌弃自己和带来的孩子。可是她还是想流泪。在夜晚的时候，故乡会以一种无比清晰的面目出现，在她眼前招摇，那些散发出清香的森森的树林，那些弯弯的崎岖的山路，那湛蓝的没有一丝云彩的天空。云南，云是多的，可是大部分时候，住在山坳里，根本看不到云。只有遮天蔽日的树木。她根本看不到远方，这样的生活，总是有一种说不出的疼。

而现在，自己一个人飘零在这个异乡的土地上，带着三个孩子，依靠着这个男人过日子。他们的生活是这样的困窘，她把自己所有的汗水都洒出去了。换来的却依旧是贫穷的生活，孩子们在饭桌上依旧如狼似虎。

她常常在忙碌的间隙，直起身子，她会望着远方，想，什么时候，能赚足回家的钱，坐着火车，回到故乡。那里没有富裕的生活，却有无尽的留恋。

二、五保户李奶

李奶住在村子的西头，三间土墙红瓦的房子，朝西。两间红砖红瓦的房子，朝南。李奶大部分时候，住在红砖红瓦的房子里。自从李爹去世后，那三间，墙倒屋塌，不像一个样子了。李奶一个人，也住不了那么多。

李奶没有孩子，在乡下，就是一个绝户。李奶领养过一个女儿。就是英子。其实，李奶算是有孩子的。从法律上说，可是乡下人不讲法律，只讲人情道德。他们还是怜悯李奶。虽然英子一周回一趟家，每次回家都不空手。可是人们还是同情李奶，连村干部和镇上都是一样的。李奶在镇上的敬老院有一个名额。她可以搬去住，敬老院还发给李奶一个红色的低保小本子，每月到农村信用社领生活费。李奶的低保从一开始的九十，一直涨到现在的三百多。她一个人，身体健康，说话像年轻人一样铿锵，其实，根本用不了这么多的钱。李奶不喜欢到城里住。她说，家里自由。李奶家的小屋子里，常坐了许多串门的邻居。

李奶在屋后种了一些蔬菜，没事就在屋后的菜园子里。她的腰佝偻了，就像背着一座小山，衣服的前襟总是比后襟长很多。

常常到李奶家来玩的是一个女孩子。身体长得痴肥，眼睛很大，却吊上去。眼睛看人的时候，呆滞、无神。她穿着颜色暗淡的粉色上衣，骑一辆她奶奶的三轮车，也不下来，就把脚撑在那里。对李奶说，李奶，又忙什么呢。有事叫我做啊。李奶说，没事，薅薅草。李奶说，小云，你奶奶呢。我今晚还要去找她。小云说，你去呗。反正晚上也没事，也就不要回来了。就在我家睡。

小云的父亲死了，因为事故死在工地上。老板赔了八十万。小云的奶奶就用这钱在后面买了一座楼房。小云的父亲叫小海。小海喜欢小偷小摸的，曾经偷过村子上人家的一头猪。在缥缈的乡下的月亮地里，他把猪赶到玉米地里去了。一个邻居老头出来解手，影影绰绰看到玉米地里有人，有异样的声音。他走近了，小海和那头硕大的猪，就出现在眼前。

小海就到外地去了。回来的时候，带了一个年轻的女孩子。女孩子有肚子了。村子上的人们都看出来了。他带女孩子到牌九场上。女孩子很漂亮。人们都说，小海真会混，这么漂亮的女孩子都混得到。可是那个女孩子的腰上缠着绷带，她怕人们看出她的身孕。她不想要这个孩子。但她终究把这个孩子生下来了。生下孩子的女孩子，就像刮过村庄的一阵风，很快从村庄和人们的视线里消失了。小云就像一只被遗弃的小猫，在一生下来，就被母亲无情抛弃。

小云就在奶奶的手里长大了。慢慢长大的小云，人们发现，她竟然是一个痴呆儿。她的眼白多于黑眼珠，看起来呆滞、迟钝。她嘴唇肥厚，面相呆傻。

一度，她奶奶想送她去读书。后来，终于打消这个念头。小云每天就在村子上游荡。她虽然没有读过一天书，认人的本领却很强。她在村子上看到一个人，认识了，下次见面，一定记得，并且她对人客气礼貌，老的称老的，小的称小的。所以大家都觉得她一点都不痴傻。

她喜欢跟李奶在一起。因为李奶常常一人在家。别的人都出去做工了。村子上很安静，只有风吹树木的声音，狗叫的声音，鸡鸣的声音。那些房屋，静静地蹲伏在村庄上，就像长在地里的庄稼。庄稼还有声音、颜色、气息，庄稼是生动的，而村庄却是寂静无声的。

李奶总在菜园子里。

自从她变成一个人之后，夜变长了。就像孩子们跳的橡皮筋，被硬生生拉长了似的。墓地，在不远处的绿化带树林旁边，她很少去。她喜欢在心里怀念。墓地里，只有一包骨灰，还有几件衣服，那是跟自己生活了四十年的人吗？不是的。

午夜梦回的时候，眼前站着的还是那个笑声朗朗的人，可是定睛再看时，又消失了。

小屋里，一张木床，很小，因为小，倒显出了温暖和温馨。一顶蓝色的蚊帐，一年四季也不除下来，就那么挂着，落了灰尘，在小屋暗淡的光线里，却也看不出来，依旧有着光鲜和亮丽。屋子里，一台旧电视，日久年深，落满灰尘，上面却搭着一块俗气的大红毛巾。电线都老了，污垢在电线上一寸一寸爬过去，是岁月的积淀。一台不大的银色冰箱，立在杂物中间，显得有点突兀和。一张黑褐色的课桌上，摆满了各种东西：一台古老的长方形黑色手机、一台充电器、一块花花绿绿的手帕、一个长条的饼干盒、痒痒挠，什么都有，桌子上凌乱不堪，还夹杂灰尘，但是李奶也懒得收拾，想起找什么，就在许多物件里划拉。

李奶不要住到敬老院里。镇上的敬老院是政府养着的，不要钱，可是李奶不想去。村子的小学校撤并后，留下的学校被卖掉了。盐城的一个开发商买下这里的地皮。在上面建了漂亮的小别墅。别墅卖得很贵。乡下的人们是不买的，自己家现成的地皮，自己盖就成。别墅就荒废在那里，无人问津。

过一年，大门垛上就请人写了烫金的大字：颐福院。然后，陆续住进一些年老的残疾的生病无人照料的老头老奶奶。有附近的，也有远处听了宣传来的。

李奶自己也去串门，到颐福院。门口的老板认识李奶，对李奶说，您来，少收钱。李奶说，我不来。

李奶对敬老院都那么排斥。她听说这里的条件好，就亲自去看看。

一间一间的房子，一个接一个，里面陈设简单，老人坐在床上，一进门，就是厕所，屋子里是驱散不去的淡淡的尿骚味，李奶想掉头离去。一个老头却在喊她。李奶站住了，那老头，歪着头，嘴明显歪斜了，目光呆滞而悲伤，因为长久无望的等待，他变得毫无生气，就像空气里干瘪的丝瓜瓤，枯枯燥燥，没有一点水分。李奶站下来，慈祥地问，您哪里人啊？孩子常不常来看你？那个老头嘴里像含着糖，啰啰唆唆说了半天，眼睛里有着浑浊的流不出的液体。他光着的脚上，脚指甲长得那么长，弯曲着，有着狰狞的味道。李奶空空地安慰他，过几天就有人来看你了，啊。李奶的语调就像哄孩子，然后，她掉过头，走了。一个管理老人的女人看了李奶说，这个老头，大儿子在杭州带孙子呢，小儿子在镇上。两个儿子为扶养老人，过年打得头破血流，只好送这里了。老头有点老年痴呆，说话也不清楚。这个女人摇摇头说，可怜。李奶叹了一口气，在走廊里，快快地走着，她想尽快离开这里。这里缭绕不去的尿骚味，还有特有的老人味都使她难以待下去。

她还是喜欢自己那个干净的小屋子。

三、东北女人

李奶的邻居二安，是个瘫子。刚生下来的二安，好手好脚的。那时候，还是大集体，一大早，他妈出去上工，回来时，二安掉到床下了。二安一条腿残废了。

残疾的二安，脾气暴躁，对他妈妈非打即骂。二安学了皮匠手艺，在镇上给人修鞋子，倒也不错。他妈给他盖了三间瓦房。他自己也是笑眯眯一副样子，在外对人热情，说话也是极好的。可是他再好，有谁会想嫁给一个瘫子呢。

雨天的时候，他喜欢赌钱，打麻将是乡下最普遍的娱乐。一打就是一天，或者一个晚上。生活有了这样的乐趣，倒还是有一点世俗的快活。

但是他还是缺少温暖。

后面一个驼背的女人，不知怎么，就跟他相与上了，每晚必来的。驼背女人家里孩子多，穷，手头必定是紧的。二安一个人，挣那么多钱，干什么呢，就偷偷给女人一些。很多时候，驼背女人就在二安的口袋里硬拿。

二安的妈是个啰唆的老婆子。在乡下，不招人待见。她不喜欢驼背女人。可是她怕二安骂，只好在背后嘀咕。

二安去过上海做皮匠，做得也不错。不过，后来还是回来了。

回来的二安，买了一辆三轮车，到街上拉客。二安的生活挺不赖的，就是没有媳妇。

邻居吴姐的老公，一个晚上去给邻村人家做墓碑，回来的时候，在马路上，出了车祸。

二安去找吴姐，吴姐苗条贤淑，还是个高中生。吴姐大哭，并且骂了二安：我就是一辈子做尼姑，也不会跟你这个瘸子。二安只好退出来。

小叔子也去找吴姐。那样子，是不打算走的无赖模样。吴姐又大哭，说，你眼睛瞎了，你哥刚死，你想干什么。你滚。小叔子老实无用，被人揎掇而来，这时，只有抱头鼠窜。

吴姐去了南方，给儿子家带孩子，顺便打零工。她在外都对人讲，老公在乡下种地。她不敢说，自己老公死了。她害怕纠缠。吴姐只有五十岁，看起来一点不老。

在儿子和媳妇身边，吴姐不敢哭。一个人躺在静夜里，枕头上的毛巾湿了一大片。

好像过了很多年，二安终于有了一个媳妇。

人们都羡慕二安好福气。这个媳妇高大敞亮，说话爽朗豪气。每天喜欢喝酒、抽烟、打牌。

二安说，这样的女人养不起。可是二安还是不想撵女人走。二安想跟女人去领个证，女人说，不领。

女人每天中午都要喝两口，二安觉得这样的女人太奢侈了。每天嘴上总是吊一根香烟，看起来很潇洒。

女人跟二安一样大，五十二岁。女人嫁了三家了。二安是第三家。李奶在屋子里感叹，这女子，命也苦啊。一个女人走了三家。最后嫁一个瘸子。

她却是乐呵呵的，一个儿子三十八岁了，来看她。一家人就热热闹闹的，洗菜、煮饭、买啤酒，屋子里热气腾腾的。电视开着，小白狗在地上摇着尾巴跟进跟出。大家都在说话，很家常的。时光好像没有流动，一直这样缓缓的抒情的，他们也真的就是一家人，没有死亡、悲伤、命运、坎坷，什么都没有。大太阳在头顶好好照着，到处闪耀着生活的金子。

然后，一家人坐下来，二安把他弟弟三雄也喊来了。他弟弟是个大队书记，一脸的横肉。现在书记不做了，初中也没有毕业，竟然弄到镇上做了公务员。

一家人该喊哥哥、嫂子、老公、儿子，都跟真的一样。酒桌上迎来送往，热闹非凡。

有一些还是不便在桌子上说出来的。三雄一直担心二安的钱弄到东北女人的手里。东北女人的挥霍无度，也一直使他不满。可是他暂时还不能说出来。

东北女人是个不安分的，二安就经常和她吵。她也会带一些年老的男人回来，大咧咧的，好像什么她都做得了主。二安也没有办法，等人走了，还是会大吵。

那天晚上，一屋子的人在打麻将，三雄也在。东北女人摸了三雄面前的香烟，三雄眼睛一瞪，说，你拿我香烟干什么？东北女人说，我不能拿吗？我拿了又怎样。三雄一句话没有，低头继续打麻将。一屋子的人，看三雄就那么软下了，觉得很解气，他那样一个人，居然被一个女人镇住。

麻将散了之后，不知怎么，三雄就跟东北女人一抵一句吵起来了。三雄叫女人滚，东北女人忽然就把衣服都脱了，冲到三雄面前，手指着三雄大骂，你算什么东西，叫我滚。你是什么人，你叫二安叫我滚，我就滚。我看你就是个流氓，别人怕你，老娘不怕你。她说着，就往三雄身上扑。这时，外面许多邻居，掩了面，也不敢进来。邻居说，赶紧把衣服穿上。三雄一句硬铮的话也没有，灰溜溜低着头，从门边走了。二安终于开口说话了，快把衣服穿上，你看你，像什么样子。东北女人掐着腰，说，不要你管，刚才干什么了，不替我说一句话。二安说，我不是也没有说撵你走吗？东北女人喷他一句，你凭什么撵我走？二安说，算了，赶紧穿衣服，他也被你镇住了。他那人，第一次软下了。东北女人说，你们怕他，我不怕。二安说，好好好。你能干。

东北女人比以前更变本加厉，每天叼一支烟，屋里屋外，走来走去做家务，她个子高大，满脸褶子，说话嗓门很大，看到人，总是用她的侉嗓子大声辣气招呼人，就像太阳一样热情。

中午，还是喝一盅小酒，豪爽粗放。二安说，你也省省，没有这样过日子的，东北女人眼睛一横，说，我跟你图什么，一个瘸子，再说，我拔腿就走了。二安叹口气，不敢往下接。东北女人呷了口酒，继续吃下去。太阳明晃晃的，直照人的眼睛。

那一天，一屋子的人又在打麻将。二安也在打。打着打着，二安的头忽然歪斜下来，一头栽在桌子上了。几个牌友惊叫起来。喊东北女人，他二婶，快来看看二安怎么了？东北女人旋风一样过来。说，不得了，不得了，赶紧打120。牌推倒了，乱在桌子上，有人去扶二安，口涎从嘴角一直挂下来，流到桌子上，身子软塌塌的，瘫下来。人们都慌了，都说，赶紧地，赶紧上医院。

120一时半会也不来。东北女人说，不等了，人还等出问题来。找一辆三轮车，几个人，把二安架上车子，东北女人也爬上去，扶着二安，三轮车在颠簸的村子土路上，就像喝醉酒一样，摇摇晃晃，往前开。

二安住到医院里，三雄来看了，没有留下服侍。东北女人倒不跟二安吵了。二安也不能吵了。口眼歪斜了，检查了后，说脑子里几根血管都堵了。医生喊了三雄说，支架也不能做的。就挂水，做保守治疗。三雄的眼泪就流下来。医生说，不要告诉他。只对他说，给他做了支架，已经好了。三雄点头。

三雄回家之后，医院就只有东北女人了。她安静下来了。拿药、买饭、打开水、喂饭，一应的杂事都是她。

二安醒来，望着东北女人说，你辛苦了，我对不起你。东北女人说，你放心，我们是半路夫妻，不过我不会走。等你好了再说。二安说，我的钱都被三雄拿去了。我没有钱给你了。东北女人说，我不图你的钱，我这时候图钱，我就走了。我是为义气。二安眼泪要流下来。东北女人说，不要哭，身体好了，说不上我就走了。

二安住了十九天医院，家里人来看过几次，三雄对二安说，二哥，明天我们就回家了，你的头颅里做了支架，三万块。支架放在里面，你的血管就不堵了，血流就快了。二安点头说，好。

二安要出院了。东北女人一边收拾衣物，一边对二安说，二安，我们分手吧。二安不说话。东北女人说，我们在一起总是吵架。三雄把你的钱都拿去了。你们一家都怕我把钱拐跑。我只好走了。二安愧疚说，我对不起你。这十几天多亏了你。东北女人说，不要说这话。从良心讲，我也不会走。二安说，那谢谢你。

回到家里，二安坐在床上看电视，东北女人骑了电动车，去后面小店买菜。阳光照在门前的一棵石榴树上，石榴树开着大红的花朵，就像一个一个微笑。阳光从玻璃窗照进来，落在窗子下的橱柜上，还有一大截铺陈在地面上，屋子就显得特别的明亮。

二安对来看他的英子说，小妹，你知道要出院的时候，东北女人跟我说了什么话吗？英子说，她说什么。二安说，她说，二安，我们分手吧。英子沉吟了一下，说，她为什么要分手？二安说，我没有钱了。三万块钱做了支架。还有钱在三雄那里。英子说，哦。二安说，这个女人还不错。我生病时，没有抛下我就走了。英子说，也许她不会走。二安说，谁知道。天天跟我吵。英子没有说话。二安的一只残废的腿弯曲在床上。英子把口袋里的二百块钱递给二安。说，二哥，我不知道买什么，这点钱，给你买点吃的。本来应该去医院看你的。二安赶紧说，小妹，你把钱收起来。英子说，就是少，一点心意。然后，把二百块钱压在桌子上的杯子下面。说，二哥，你好好养病，不要多想，二嫂不会走的。二安着急要下来。英子说，二哥，你身体还没复原，不要动，我走了。

二安还在后面喊，屋子里，阳光里的灰尘被风带得凌乱起来。屋子里，连阳光也变得无比寂静了。这是盛夏的一个大中午，东北女人买菜回来了，外面是她大声招呼英子的声音。小妹，不要走，我菜都买回来了，我们中午一起喝两盅。英子微笑说，不了。妈妈家饭好了。我又不喝酒的。东北女人一阵风，旋进屋子里去了。

过些天，二安又住院了，东北女人又跟去服侍。回来之后，两个人又吵起来了。

二安撵东北女人走。东北女人就真的开脚走了。二安开着三轮车跟在后面追，三轮车在李奶家的门口的玉米地里翻倒了，玉米被压坏了好几棵，几个人才把三轮车翻过来。李奶心疼自己没有成熟的玉米棒子。她把玉米棒子掰下来，准备送给英子。东北女人又留下来了。

四、良嫂

良嫂，高个子，身材苗条，黑滋滋的皮肤，眼睛不大，说话就像乡下人切萝卜，蹦脆。良嫂是个能干人。嫁到这里来，是看好了良哥的英俊相貌。

良哥大眼睛，白皮肤，高个子，性格温和，似乎是没有挑剔的一个乡下男子。可是良哥不喜欢劳动，他喜欢捧一个茶杯子，除了去田里。田里，他是很少去的。田里的事情都是良嫂一马当先。良哥喜欢打麻将，这里的人，几乎个个会打麻将。乡下仅有的娱乐活动。要是谁不会打麻将，人们就会笑话他。下了雨雪，或者过年的时候，吃了饭，人们总喜欢聚在一起，搓上一个下午，或者一个晚上，或者一天。有时候，人们还在一起推牌九，那一般是过年的时候。人们难得聚在一起，一屋子的人，坐庄的，还有推的。还有挎小驴子的，热闹得很。这样，人们就感到过年的气氛了。

人们对打麻将没有恶劣的印象，但是对死输滥赌，印象就差了。良哥就是人们印象里的这么一个人。过年家里杀了一头猪，他推到邻村去卖，卖完了，就在那里赌，一直赌到把一头猪的钱都输光了，然后回家。良嫂免不了大哭、大吵，但是吵完之后，良哥依然故我。良哥不喜欢到田里去，自己做了乡下的厨师。办了锅碗瓢盆凳子勺子之类的家什，有人家做事，自动就来喊他去。他就去了。良哥做人也没有什么坏的，替人家做事，尽心尽力的，也不多收钱。最多吃饭的时候，到饭桌上打手巾把子。打手巾把子，别的厨师也是这样做的。他并不另类。打手巾把子，就是厨师把毛巾在热水里淘一把，然后，请主桌上的主席上那个长辈洗把脸，洗过之后，一二席位的长辈要包红包给厨师。其实，也包不了多少钱，就图一个礼节和热闹。

良哥要了手巾把子的钱，就不要主人家的厨师费用了。等桌子散了，主人就留良哥吃饭喝酒，良哥就吃饭、喝酒，很开心，吃了喝了，主人自然留良哥打麻将，一打就是一个通宵。良哥不但把手巾把子的钱输了，还欠了一大笔的账。太阳升起来的时候，良哥眼睛熬得就像兔子眼一样，这时良哥灰溜溜回家去。

他的故事很快就在村子上传开了。他家又免不了一场恶吵。良嫂还是骂或者哭，或者数说。

良嫂有三个孩子。大的女孩，下面两个男孩。她生下第三个孩子的时候，村子上的三嫂说了一句风凉话，生是能生，不知道养不养得活呢。这话传到良嫂耳朵里，良嫂气得牙齿咬得格铮铮的。她发狠，不蒸馒头争口气。

可是良哥却是个典型的败家的。良嫂没办法争气。她哭、闹、吵，都没有用。

她只好自己一个人去挣命。

眼看着，人家盖了新房子，她家还是土墙茅草房。良嫂东借西挪，不知道费了多大劲，也盖了个三间的小平房，算是像一家人了。大儿子结婚了，找了个憨厚的女子。两个人一起出去打工了。二儿子也结婚了，二儿子是个调皮的，眼睛骨碌碌转，是个活套的人。结了婚，也出去了。大女儿是早就嫁出去了，生了三个孩子，几乎都在良嫂家。良嫂身前背后，就像领着一窝小鸡的老母鸡。这些小鸡，在她周围，叽叽喳喳闹个不停。

过一阵子，大女儿离婚了。女婿在上海打工。大女儿跟她爸一样，是个好吃懒做的，带三个孩子，地里的草长得漫过人头，也不想去除。她竟然跟一个瘸子好上了，图人家的钱。大女儿长得像桃花一样，收拾得仿佛天仙一般，人们在背后指指点点，诧异她竟然跟一个瘸子相好。

女婿回来，打了一顿，闹了几回，到法院就把婚离了。

良嫂的夜就变得漫长了，大女儿住在家里，白天去纱厂上班，晚上，就住在她家里。大女儿的最大的女儿，书读了半截，也读不下去了。黑暗里，谁也看不见良嫂的眼泪，她想把自己的人生用梳子梳理一遍，可是怎么梳，都打了结，梳不通，梳不顺。她想，自己怎么当初就看好了这个男人，看他长得英俊潇洒，那个长得黑黑的矮个子男人，怎么也不入她的眼。要是跟了那样一个人，自己的生活会不会是另一样的。英俊的男人，怎么就这样靠不住呢。还有大女儿，竟然离婚了。虽然现在离婚的人很多，可是良嫂还是觉得那是遥远的人家的事情，跟自己无关。一旦把这件事跟自己联系起来，还是觉得难堪，无颜面见村子上的人们。可是自己的生活，就像一张被无端糟蹋得不成样子的白纸，斑斑点点，看不到本来的面目了。黑暗里，窗外虫子的叫声，嘈嘈切切，但充满了难耐的寂寞和空虚，她的清泪一行行，从眼角流到枕巾上。

良哥晚上又喝了两盅酒，他的茶杯，就像一个文雅文明的城里人的不离手的茶杯，在昏暗的屋子里，在大桌子凌乱的物件中间，还是那么醒目。结婚这么多年，她究竟一点也不明白，这个男人，是怎样一个男人。赌钱、喝酒、好吃懒做。除了一个好看的皮囊，她什么都没有得到。良哥早已进入梦乡。在睡眠里，他也没有梦。他就那样一天一天地过下去，醉生梦死，什么都不在乎。她生气，生气到想死，他还那样不温不火，不管她怎么激烈，他还是他，他一点改变都没有。

大女儿也睡着了。大女儿回家的时候，总有人跟在后面，来找。对于这样的人，良嫂也是睁一只眼闭一只眼，她能说什么呢。她自己爱惜贞操如生命，而大女儿却把它看作是一块抹布，随处可以乱扔乱擦。

过了一阵，二儿子盛夏回来了，膀大腰圆、虎虎生威的样子。口袋里一掏就是一把的红票子。良嫂只觉得开心，盛夏让她看起来很有面子。

可是过一阵，盛夏和村子上的小红、小虎几个都被派出所带走了。原来他们在城里偷了许多电缆，卖了十八万。良嫂再要强，也是说不起嘴了。一个人的晚上，良嫂躺在自己的床上，眼睛睁得大大的，她不知道到哪里去说自己的苦。盛夏，怎么可以做这样的事情，她在村子上人们的面前，是抬不起头来了。这样的日子，清风就不是清风，明月就不是明月。她的日子就变得煎熬起来了。

她没有地方去诉说自己的苦，家里有一个离婚的女儿、一个坐牢的儿子，她看见人，就觉得自己低人一等了。

大风吹过乡村（二）

清明

清明是节气，"清明要明，谷雨要雨"。这是乡下人的俗语。可是清明这一天，往往下着小雨。

在乡下，种地的人们都是忘不了节气的。到节气那天，会对天气和物候比平时更看重一些。清明原来有插柳的风俗。现在早没有了。

村子里只剩下一些老人和孩子。村子里只有一些腐烂的衰败的气息。到春天，特别到清明的时候，柳树青草都发了芽，一些清新的希望就在空气里生长起来，好像每个春天都给人的心里注入了兴奋剂似的。

清明前两天，最热闹的就是大寨河那边的墓地了。以前有土坟，到清明前两天，总要人家早早填坟，新鲜的泥土，把坟茔变得浑圆饱满了，坟头也挖上来了。圆锥形的三个坟头，叠在坟上面，就像一个人的模样，站在地里，就像把那个旧人的模样从阴间拉到人间来，让人们想念。

现在都是墓碑了，一家比一家豪华、高大。墓碑上，刻着生死的年月，嵌着死者的照片，死者的照片是黑色的。死者的旁边，是一个凿好的空白，等待另一张照片，哪一年去填空。

墓地长了许多荒草，湮没了墓碑，在墓碑旁，也长了许多高大的树木。也不知道是什么树，也没有刻意栽在那里。矮小的青松是家里栽的，却那样弱小、不起眼，在墓前静立。

倒是那些没有人栽种的树木，肆意而张扬，那些野草，枯了黄了，高高的，长了一墓地。

一些崭新的花圈，在风里摇摇晃晃，那些白色的挽联在风里飘动。它们虚假而缺少意义，只是实现了一种人们眼里的仪式。

到城里的人，太远了，是不会来过这个清明的。虽然一年里，对于乡下人祭奠死者的节日，清明最是隆重而正规，并且在典籍上可以找到出处。而七月半、冬至、除夕夜，都不那么正规。有时候，也可以忽略。唯独清明不能。

第一年，总是要回来的。那些新鲜的温暖悲伤的记忆，还在脑壁上粘着。街上，商家好几天前，就做好了准备，各种纸钱、锡箔、冥币，十块、一百、一千、一万、一百万都有，还有元宝，火纸是最不值钱的，一捆一捆地卖，还有塑料花。当然，现在也卖鲜花。不过鲜花几天就枯了。

墓地里，热闹起来。人来人往，络绎不绝。开了车的，车停在大寨河的桥头上，开了三轮车，就开到里面去，开电动车的，也骑到里面去了。

人们拨开杂草，走到里面去。一些哭声，就从墓地里升起来，和着那些袅袅起来的烧纸的青烟，在墓地上空，隐隐地飘散。哭的人，总是家里的死者是第一年死去的，那花圈墓碑都是新的，墓碑旁没有长大的树木，也没有多少杂草。

他们的记忆还新鲜而苦痛。时间，会把一切都稀释，明年，也许他们就可以释然了。

一年过去，墓地里总添了许多的新的墓碑了。一些人从村子里的房子里，转移到这里来。他们好像只是换了一个住处似的。人们也许就是这样想的。一些杂草被清理到路边的沟里，或者扎了一把草，把墓碑前扫一扫，落了不少的灰尘呢。

不远处的柳树开花了，嫩黄的，就像毛毛虫似的。风也不怎么冷，要是下了雨，就有点凄然的样子了。可是很多时候，只是有一点风。墓地旁边的土地，也不是乡村的了。人们都懒得去多看一眼，它们被栽上了许多经济林木，一开始疏疏落落的，就像个稀毛秃子，后来，就渐渐长大了、长高了，枝叶也密集交叉起来。

人们在墓地里，蹲着，手里拿着一根树枝，慢慢拨弄那些纸钱，嘴里念念有词的。年轻人却一直紧抿着嘴唇，他们是不相信的，只把这作为一种仪式。其实，他们更愿意在墓地前，摆两盆花，站上一会，把过去在里面缅怀和祭奠一下，可是多少年的风俗，许多人都在做着，也只有随着大家，一起看纸钱在明明灭灭的火光里，慢慢变成一摊灰烬。

一阵风，把那些灰烬吹得在墓碑之间飞旋，落在地上，或者落在别人家的墓碑上。

跟旁边的头发花白的老母亲说，走吧。母亲老了。她很少到墓地来。她有时候还会梦见父亲回家，在清明要到的时候，她把梦讲给我听，煞有介事地。我想，也许是母亲想念父亲了。也许，真的就是父亲惦念我的那些纸钱了。他是喜欢打麻将的。他一定没有钱了。

我们跟最近的一个墓碑旁的村子上的人打招呼，说，我们先走了。他们几个人，儿子还有女儿，都看着我们，他们都微笑着，他们都在村子上或者邻村住着。他们给大爷的坟上浇了一圈酒。大爷生前特别喜欢喝酒。他就是在一次喝酒后去世的。他们还买了一些水果、鲜花，他们看起来非常真诚，可是都微笑着，女儿说，大，我们给你送酒了，倒一瓶给你，留一瓶，你慢慢喝。我看见果然有一瓶没有启封的汤沟酒，立在墓碑旁边。

我跟他们说，我们先走了。二姐就笑着说，你们走啦。小妹。我说是。虽然我不是什么小妹。我只是父亲领养的女儿。可是他们还是认可了我。我用四十五年的时间，融入这个村庄。它和我出生的村庄毫无两样，除了住着不同的人们。

这个时候，我才可以回家。我带着火纸的时候，母亲是不准我进家门的。即使家里其实只有她一个人了，还有三间土墙瓦盖的房子，两间红砖红瓦的厨房，家徒四壁，她却仍旧不准我回家。要去了墓地，才可以走她家，洗个手，坐上一坐。

这一天的仪式，就结束了。

我们开车回家的时候，看到一些人也从墓地回来了。他们好像完成了一件轻松又重大的任务。

在乡下，一些东西好像总也变不了的。就像清明，就像刻刀一样，刻在人们的生活和生命里。

以前，到每个鬼节客，看见父亲拎着一捆火纸去田里，给祖父烧纸，我总觉得是一件跟我无关的事情，好像我一辈子不会有这样的动作。那时，总是傍晚时候，炊烟四起，祖母坐在锅灶后烧饭，母亲不知道在哪里。我站在暮色慢慢聚拢的门前，父亲就在这暮色里，提着一捆火纸，慢慢往田野里走去了。这样的情形好像持续了很多年，那个场景我总是记得的。然后，过了不久，对面的河堆上，燃起了红红的火光。那是烧纸的火光。

我仿佛看到父亲蹲在那里，孤独地烧着纸。他是独子。他没有出生，祖父就死了。

我不知道，多少年后的每一年，我也要重复父亲的动作，就好像赛跑时的接力棒，从父亲手里，传到我的手里来了。

我忽然明白了繁衍与传承的意义。我以前从来没有正视过这种意义。

在乡村，只有清明的意义，被保存得那么完好。

有一年的冬天，我带着儿子在四岔路上烧纸给父亲，儿子非常诧异，他一直认为我新潮而现代。他问我，看不出来，你也这么迷信？我在火光里，看看儿子的脸，郑重地说，不是迷信，是念想。儿子不再说话。我想，这样的场景，也会留在他的记忆里。

清明一过，村庄蓬勃而充满了荒凉的生机。人们最多过两天，就都走了。我们连午饭都没有吃，就回县城了。

过几天，我们就把母亲也接到我们的家了。

清明，就这样过去了。

冬至

冬至这一天，在我们这里，又叫大冬。虽然是节气，却也算一个节日。在大冬到来之前，街上的门市或者路边就摆出了许多鲜艳的塑料花，或者火纸，还有金色的元宝、冥币。在街上冒一看到这个，就要在脑角里回旋一下，什么节令到了，这么一想，就想起来了。是冬。乡下的冬，分小冬和大冬。小冬是为大冬预热的。人们要做好冬天来临的准备了。

冬至这一天，人们要上街割点肉，至少包个饺子吃。或者做几样小菜，好好喝上一杯。吃羊肉是这两年的事情。生活好了，羊肉暖胃，喝一碗羊肉汤，心里和身上都是热的，热气腾腾的热，冒出细微的汗珠的热。

冬至这一天，下了雨，乡下有谚语，"晴冬烂年"。下了雨，过年就会好天，所以冬这一天下雨，却是一件好事情。

在乡下，过冬也是隆重的。人们会因为节日而欢喜起来。生活有了一点变化。

冬，又称鬼节。在这一天，人们要到坟上，或者四岔路口，给亡人祖先烧纸。有时候，在前一天的晚上，就有人提了火纸，蹲在路口，烧纸了。风吹着黑色的纸灰，在黑色的安静的夜里回旋，就有一点哀伤的感觉了。

红红的火光舔着劳作人们粗糙的脸，他们的脸上有淡淡的哀戚，嘴角紧抿，法令纹很深，使他们看起来更严肃和沧桑。他们的眼睛一直盯着面前的火光，或者嘴里念念有词，或者心里默默怀想。是的，一年里，总有几个节日是专门献给逝去的亲人的，用来回忆或者怀念。

在外面打工的人们，在冬这一天，大概会忘记这样一个在乡下极隆重的节日吧。他们会不会在路口烧纸。这个没有问过，估计是不会的。

冬之后，太阳在南回归线上，慢慢往赤道位移，白天渐渐变长，光明越来越长，就像时光老人把白天的线拉得更多一点了。祖母在世的时候，常常说，"过一冬，长一葱"。意思就是过了冬之后，时间就每天多一根葱的长度。钟表的黑白针，就像一场时间的拉锯战，又像一场白昼与黑夜的拔河。一会儿，你长我短；一会儿，你短我长。

还有一个人，喜欢坐在那里，静数宇宙的变化，时光的轮回，时间好像是静止不动的，又无时无刻不在变化。那个人写成《时间简史》。于是在这样的冬天，适合倚在床头，静静读一本这样的时光之书。

从冬之后，就要冷了。冬这一天，就开始数九了。人们一天一天地盘算，春天的暖和的日子什么时候到。于是，九九歌就在民间流行了。九九八十一，家里打饭外面吃。在寒冷的冬天，人们多么盼望明媚春天的到来啊。

冬这一天的乡下，也照样是吃肉、包饺子的。也烧纸，种种的习俗，都在这一天，节气加鬼节，许多的东西杂糅在一起，它就是一个非常民间的文化了。

那些谚语，小孩子不大知道了。烧纸，小孩子也还看到。他们大抵是不赞成的，可是那因为他们究竟是小，认为是迷信。其实，也就是纪念，生命里的一个念想。人要到长大的时候，才会了解自然界荣枯的意义，生老病死的意义。年轻的时候，怎么能懂得；而冬，很像一个历经沧桑的老人，在寒风里，既有生命的苍凉，也有生活的暖意，慢慢地走过来。

它走过了春的明媚灿烂，夏的辉煌热烈，秋的饱满成熟，而冬，是一生的尽头了。有衰老、疾病、寒风、残年，这个时候，需要一些炉火的温暖，需要在路口，向过往投过去深深的一瞥。亲人一个一个都埋进土里，下面就轮到自己了。害怕吗？年轻时，辗转不眠，思想过无数次了，不害怕了。害怕死去之后，什么都不知道了。

我们是大自然的一部分，在冬这一天，好像变得更加的明显。日月星辰的变动，宇宙的循环往复，令人间的一切开始发生变化。

人们在这一天，格外隆重，用人间的方式去与未知的世界对接，发生关系、祭祀、养生进补，把日子像节日一样迎进我们的生活。在乡下，仪式感特别地重要。因为没有这些仪式感强烈的节日，乡下就太平淡了，乡下也就不叫乡下了。而是城市，只有灯光与无尽的奢华。

在乡下，大自然和人达到了和谐的最高级。他们知道，大自然无比神奇和力量巨大。它慢慢改变我们的生活，却好像时间一直静止，一切都没有改变。

冬这一天，人们做足了功夫，为了和大自然来一场盛大而华美的对接。他们提前很多天，就开始预热和准备。

当一场雪下来之后，冬天，就更像冬天了。雪花把荒凉的村庄装扮起来。世界遥远，童话呈现。

冬落下了帷幕，沉沉的灰色的炊烟一样的云，垂下四角，冬拉下了它的大幕。

打工的人们还没有回来，乡村等待一场把雪花踩碎的热闹。那些冷寂的日子，把村庄旷日持久地围剿，只剩下那些残弱的老人坚守着最后的阵地。

雪花等待着照亮异乡人的脸庞，而他们身上泥土的气息，正一点一点剥离。

冬是人们最后的紧紧抓住的农耕文明的尾巴。

年代尺

爱情

　　1985 年，我在乡下的一所民办中学读书，这所学校，就在乡村中间的一块空地上，也许就是乱坟茔平掉的，一共三排红瓦房。一排初一初二教室，在东边；一排初三教室和教师办公室，在西边；中间隔一条路，通往后面的厕所，初三教室后面还有一排，那是食堂和教师宿舍。

　　学校前面是操场，乡下的土地不值钱，就弄了很大一片操场。每天下午，总有老师和学生，在篮球场上奔跑。一个戴眼镜的白净的男老师，在篮球场上的身姿，每天都吸引了一批女生的围观。

　　学校前面是一大块农田，那里种着稻子或者麦子，或者山芋。学校门前也有一大块空地，不过栽了许多花木。我们每天都从花地里穿过，那里，被我们踩出了一条小路。我们一行人都是从一个村子里出来的。我们每天一起走六七里的路到这所民办中学来上学。我们每天走路说许多的笑话。我们看起来很快乐，实际上也是这样。

春天，教室旁边的一片梨林开花了。下了课，我们就跑到梨林里去玩，看那些洁白如雪的梨花。梨林的旁边住着一户人家，是看护梨林的。他家养着一只高大凶猛的狼狗，在满梨林都飘着成熟梨子的香气的时候，大狼狗就会朝走向梨林的我们狂叫。我们就刹住了脚，不敢走过去了。

学校没有围墙，我们每天都可以望着那满树雪白的梨花。我的心里好像也有花朵开放了。

下课之后，我常常站在走廊上，望着不远处的马路，马路在绿树的掩映下，只看到隐约的骑车人的身影。

那天下午，下了小雨，我站在走廊里，小翠忽然走过来告诉我，说，镇上有同学来玩了。她说了一个名字，我就呆呆地站在那里一动也不能动了。我虽然只有十五岁，可是我喜欢影子，也有两年了。我在日记里写满了对他的思念。

我没能到镇上去读书。要是我到镇上读书，我们之间是不是就有了更多的可能性，我自己也不知道。

我站在走廊上，看到一队在树与树之间飞快移动的人影，里面有一个苗条的身影，是我熟悉的。他穿着咖啡色的裤子，裤子把他细长的腿衬托得更加修长，给人玉树临风的感觉。我的眼睛一直盯着他的身影在树间移动。一直到他们在远处消失了，我才发现，我周围一个人也没有，雨下得大了，小雨从走廊外飘到我的脸上，丝丝的凉意，叫我打了一个寒战。

最后一节课好像开始了。

我开始盼望镇上的好朋友小霞来看我。她说，他们都用录音机听英语单词。而我们乡下学校没有。她说，他们学校还有实验室。我们学校也没有。我向往镇上的学校。他们的老师都是公办教师。我们这的教师都是民办教师，一腿泥就来上课。我很想到镇上去读书。可是母亲借口说，镇上住堂苦，不让我去。其实，是心疼那五十二块钱学费。我们学校只要三十五块钱学费。

我就常常和镇上的小霞交流。她不但带来他们学校的新鲜的学习话题，还带来影子的消息。

她知道我喜欢影子。可是影子喜欢我吗？他从来没有跟我说过一句话。

我对影子的好感，说起来也特别地滑稽。

六年级的时候，有一次，小霞无意把我的手划破了。我就开玩笑叫她赔，她忽然心血来潮，说，赔你三毛钱。影子的小名字，就叫三毛钱。这个时候，影子正在教室后面坐着，教室里，也有三三两两的同学。大家一起笑起来，说，赔三毛钱，把三毛钱赔给她。教室里，一下子闹哄哄的。坐在后面的影子脸上显出愠怒的表情，而我，则因羞涩而恼怒了。

本来一件玩笑的事情，过去就过去了。而从这之后，我竟然就开始注意这个坐在最后一排，文静白皙羞涩而沉默的男孩子了。我常常偷偷地观察他。他很少说话，他的眼睛弯弯的，就像月亮一样，很美。他的嘴角有一颗小小的黑痣，使他看起来很温柔。

我常常在日记里写到他了。他的外貌，他的衣着，他的偶尔的口头禅，他的沉静的微笑，他走路的样子。然而他一定是不知道的。

这个时候，我们都在讨论爱情这个问题。有几个年龄大我们几岁的，都开始谈恋爱了。我们觉得谈恋爱是一件肮脏的事情。

可是我们也不知道恋爱是怎么谈的。只看他们晚上约了去看电影，在本子上抄一些歌词，还有男生把一些字拆下来给女生看，都是难听的话。

我离他们都很远。我的恋爱在自己的日记里睡着了。

小学毕业的时候，看着在大雨里，一路呼啸着跑远的影子一趟人，我心里竟然有了淡淡的忧伤。

不知道这样的分别意味着什么。

整个夏天，我都在自己的屋子里哭。因为父亲和母亲决定不让我去镇上读书。而小霞和影子他们接到了通知书，都准备去。

开学之后，我还是拿着镇上的通知书，去了乡下的民办中学。

我不再哭了。

我慢慢喜欢上了这个乡下的学校。虽然我还常常思念影子。小霞每次来，总会带来一些关于影子的消息。

譬如影子成绩不错啦，影子长高了、变黑啦。

我的思念还在我的日记里生长。

我们周围的女生也相继恋爱。她们喜欢学校那个戴眼镜的男老师。她们下课后，喜欢跟到他的宿舍里，替男老师洗衣服。男老师白净斯文，是女孩子的偶像。他到篮球场上打球，就有许多女孩子围着看。背后，女孩子议论最多的也是他。有人说，他喜欢摄影，那时候，照相机是个非常稀罕的物件。拍照片都是到街上，街上的老照相馆，有一个漂亮的布景。虽然是假的，可是非常漂亮。那里是我们向往的地方。照片放在显影液里，叫我们特别期待。我们几年也拍不了一回照片。我们也喜欢坐在那个聚光灯下，虽然耀眼的白亮灯光，把我们的眼睛都照得睁不开了。可是我们坐在那里的感觉，就像世界变成另一个样子似的。

那天，我们去照相馆拍照片，我在街头的路边书摊上，买了两本杂志，一本是《西湖》，一本是《滇池》。现在这样的杂志，我们这边是买不到的。书就放在地上，满是灰尘，无人问津。我用四角钱买了两本，感觉就像捡了大便宜。

然后，我们一起骑车去照相馆。照相馆在老街里面，逢集的时候，这里很热闹。虽然它只是一条窄窄的巷子。两边是一些低矮的瓦房，可是并不破旧。

照相的两口子，男的身材高大，说话声音浑厚，为人和气。女的富态温和，一看就是过惯了富足的日子。他们都很年轻，最多三十岁的样子。

照相馆外面的橱窗里，贴着许多彩色的照片，还有一些放大的黑白照片。我们还不大拍得起彩色照片，都拍黑白的。

我们嘻嘻哈哈哈拍了照片出来，在春天的阳光下，准备从小巷子里，骑车回家。这个时候，我一回头，看见影子和一群男生，骑着自行车，呼啦啦呼啸而来。

我没来得及看清楚他们的脸，他们就已经骑远了。大家不知道哪里来的那么多劲，一路说笑，车子骑得飞快。不是你追上我，就是我追上你了。追上之后，就开心地大笑。

我很遗憾，我们去拍照太早了一些，要是稍微迟一点，就是可以和影子一起了。

清明的时候，县城的潮河大桥通车了，要举行盛大的剪彩仪式。班主任是那个喜欢夏天戴着白手套，我们看了觉得恶心的瘦老头，他斜着三角眼鼓动我们说，早上，你们要早早起来，迟了，就看不到了。

这的确是一件欢呼雀跃的事情。我们早上六点钟就骑车到学校了。然后，一个班级浩浩荡荡骑车去看大桥剪彩。

等我们到那里，大桥上已经围得水泄不通了，哪里还有我们插脚的地方。天空彩球飘舞，大桥上红旗招展，人声鼎沸，哪里能够看到大人物的剪彩现场。我们只好站在大桥后面的一条土路上，踮起脚尖，就像被拎着脖子的鸭子一样，朝最热闹的方向张望。但是除了黑压压的人头，我们什么也看不到。不过，我们都不想离开。我们哪怕就是待在这里感受气氛，也比回家待着强。

剪彩了，有人说。我们并不知道剪彩是怎么回事。直到后来在电视上看到，原来就是把一根红绸子从中间一剪两段。然后，鞭炮声就像炸雷一样，铺天盖地地响起来。

直到中午，人们都散了，我们才走上大桥。我们一个班级，蹲在大桥的台阶上，拍了一张合影。

我们的生活就是被这样一些快乐的热闹的事件串联起来的。

初二的时候，人们说，这几天有日全食了。我们正学物理。老师教我们把玻璃涂上黑墨水，说这样看日食不伤眼睛。

我们天天讨论这件事情。我终于有点忘记影子了。不过，我们班级的一个女生，忽然不来上课了。据说，是爱上了那个戴眼镜的男老师，在课堂上，她故意和男老师顶撞。现在，她赌气不来上学了。男老师只好去她家里带她。

我们看见那个夏天都不淌汗的女生，看我们考得比她好就阴阳怪气说话的女生，低垂着头，站在门前，然后，慢慢走进教室来了。她尖尖的小巴，窄窄的额头，眼睛不大，却像小鸟的眼睛，骨碌碌地，有精神。她个子不高，屁股很大，走路的时候，什么地方都不肯动，就是屁股在动。她说话尖刻，嫉妒心又强，成绩不错，可是见不得我们考得比她好。我们考好了，她说话就酸溜溜的，我们嘴里就像吃了没有熟的桑枣一样，也酸溜溜的，要流水。

她进来后，这场爱情故事好像就无疾而终了。下面没有连续剧可以看。

接着，就是那个上午物理课上的日全食。课上着上着，太阳像被吃了一口似的，缺了月牙那么一小块。乌黑的，一小块，然后，一大块，是大嘴咬的，然后只剩一丝的金线了。天完全黑下来了，就像一口锅，把大地都罩住了，严丝合缝的，又像黑墨水把天空都涂黑了，什么都看不见了。一点点的恐惧，是有一点点，同学在悄悄说话，等待。我们非常期待这一刻的来临，那个也教音乐的物理老师甚至是非常兴奋的。我们其实也非常兴奋。好像我们发现了新的世界一样。

一个课间操的时间，太阳露出一线金色，慢慢地，一点点，金色在往外挣脱、跳跃。终于，世界又一片光明了。我们的心好像也豁然明亮了。

大家舒了一口气，跑出门去，开始谈论刚才看到的情形。黑色的墨水涂过的玻璃，扔在桌子上。

不久，物理老师家里生下了一个女儿。他喜欢打麻将。不过，我们都喜欢他。因为他会在期中考试的时候，把音乐课一分为二，一半上音乐，一半上物理。他的这种少见的民主作风，深得我们的喜爱。我们也喜欢他在音乐课上的表现。我们衷心地热爱音乐课，胜过其他科目。

可是我们听说，他和一个女同学谈恋爱。我们也原谅他。因为他都四十九岁了，却还没有一个孩子。

他吻了那个女同学。那个女同学吓得要死，以为会怀孕。而这些，直到我将近四十岁的时候，跟她好也跟我好的一个女同学才告诉我，我们一起笑了个饱。

教室里，每天吵吵闹闹的。那个瘦骨嶙峋的语文老师，天天下午去后面一个女同学家里，她的母亲是个寡妇。语文老师有个儿子坐在我的后面。上课的时候，语文老师对迟到的寡妇家女儿网开一面的时候，我就写了一张纸条递给后面老头的儿子，纸条上写着三个字"臭老头"。结果，老头的儿子把这件事告诉了老头。我就被逮到办公室里，站了一个下午。

不久，同学们又听说，哈雷彗星要扫过地球了。大家说，六十年一次啊。一辈子能有几个六十年，你这次看过了，就再也看不到第二次了。我想是的。我们一边讨论着关于哈雷彗星的知识，一边带着强烈的好奇心，期盼着。

哈雷彗星，又叫扫帚星。以前人们不了解天象，以为是灾难来临了。它有一条像扫帚一样巨大的闪闪发光的尾巴。她那么美丽耀眼，她来的时候，一瞬间，照亮了地球。她的到来气象壮观。最主要的是，我们一生只能看到一次。或者，一生一次也不会遇到。这百年难遇的奇观，把我们深深地震撼了。

然而那个哈雷彗星路过地球的晚上，我们什么也没有看到。我们在平原。我们的视野是狭窄的。我们呆呆地站在那里，被一场想象中的宏大事件震撼。我们没有意料中的生命里的第一次、唯一的一次。

为此，我们失望了很久。

初三的时候，我们要考试了。那个瘦老头替我们排名。我特别讨厌排名。我们乡下原来从来考试不排名的。自从这个在镇上教书，因为看电影摸学生手，而被下放到我们学校的老头来了之后，就排名了。我觉得又厌恶又害怕。

我不想看到他戴着白手套的像细竹竿的手指，在那张纸上划来划去。

我的名字就像被他的手指枪毙的尸体。

那天下午，我们几个男生和几个女生一起结伴到街上去拍毕业照。一个街上的女生和一个英俊的男生，坐在一起拍了一张照片。我们都惊呆了，觉得又新鲜又有点害怕。他们胆子真大。之后，没有人再合拍。我们都只拍了黑白的四张一寸照片，用来贴在准考证和毕业证书上的。大家只在那个男生和女生一起拍照的时候，兴奋过一阵子，然后，拍好之后，就散了。不知为什么，我们的心里忽然有了淡淡的哀愁了。这个夏天，我们就要分别了。我心里微微的伤感了。不知怎么，也就想到影子了。还是那一次，拍照片的时候，遇见的他。可是他有没有看到我呢，我是不知道的。

回到学校第二天，我坐在桌子旁，我的同桌，那个白白胖胖、眼睛很大的女生，正喜欢县城一个有妇之夫，每天她都要跟我讲她情意绵绵的故事。她的眼睛总是湿润的，我相信他们是真的爱情，但是怎么办呢，却是不知道的。他们有很多照片。虽然我的同桌只有十七岁。可是她嫁给他的愿望是那么强烈。而我，每天都沉浸在他们的爱情里，为他们感动和难过。

那天，我一个人坐在窗口发呆，窗外的白杨树浓密的树荫里，小鸟在啁啾，声音就像唱歌一样，婉转悦耳。我其实也喜欢下雨的时候，一滴一滴门前的雨滴，那个时候，我的思绪就会飞到镇上去，飞到影子的身边，他的嘴角边小小的黑痣，就像一个温柔的阴谋，在那里蛊惑我。他的眼睛也是温柔的，我不止一次在日记里写到。他的身材那么修长，他的沉静的气质，温柔的眼波，没有一样不是打动我的。

这个时候，好像过去一点一点回来了。三年，或者五年，我都一直喜欢影子。

我要毕业了。我想告诉他。

这个上午，我只做了一件事。我给影子写了一封信，竟然那么短，那么简洁。多少年后，我忘记我写了什么了，只有一张纸，而且落款还是一个假名字。我也忘记我给自己取了一个什么假名字。

但是确切的是，影子收到了我的信。

我是听镇上的同学英子告诉我的。

那天，英子到我们学校玩。我们谈着学校的趣闻。各个同学的情况。她忽然神秘地压低了声音问我，你写情书给影子了吗？我惊讶至极，我小小年纪，竟然学会了伪装和掩饰。我只是脚步停了一下。我说，没有。我怎么会。英子说，大家都猜是你。我说，哦。我心里想，他们怎么知道的呢。英子说，我们那个殷老头有拆信的习惯。他每次看到信，都喜欢把信对着电棒照，一照，里面的字就看见了。要是可疑，就拆开来看。那天，他拆了影子的信，是一封情书。他把情书拿到班级读了。

我的头轰的一声，下面的话，我一句也听不见了。我知道，我跟影子，此生完了。

英子什么时候离开的，我也不知道。我只是恍恍惚惚的。

那段时间，我有点像做贼，怕被人抓住。好在，他们问不出是谁，也就完了，不再提这事。

夏天之后，影子去了县城做瓦匠，他姐姐问他，谁给他写了信。他也没有说。

而我，慢慢就把这件事忘记了。

多少年过去，那所民中早就消失了，连同路边那条小河，小河边的白杨树，连同那些红色的瓦房，连同一大片春天开雪白花朵的梨林，那里，是一大片厂房。

一天到晚，那里热热闹闹的。影子做了老板，离了婚。一次家庭聚会，我看到他，都一点也不认识了。现在呢，我喊他三爹，一点也不假。我下了位置，走到他身边，给他恭恭敬敬敬酒，假装以前从来没有给他写过信，也没有那些日记和爱情。

1985 年的爱情，说起来，遥远得如同一个故事的背景。

小镇

1988 年，我在苏北的一个不出名的小镇上读高中。这个小镇，在六十年代，曾经有过办高中的历史，后来不知怎么砍掉了。我们村子上就有几个家庭哥哥在那里读高中。关于那时候读高中的一些轶事，也还是记得。

不知怎么到我们这一年初中毕业，许多的乡镇中学都办了职业学校，什么水产班、司炉班、缝纫班、缫丝班，而我们这个镇是一个中心镇，竟然办了一所高中。师资力量不够，都是才毕业的大专生，要是有一个本科生，就是珍贵而稀罕了。

我们没能考到县城的学校去，也没有考到乡下唯一的老完中去，也没有选择去职业班。其实，我是想去陈港海边的水产班的。我有极浪漫的想法，我喜欢海边。认为在海边读书，是一件最浪漫幸福的事情。那时候，我们也很实际。进职业班，其实就是为了就业。但是我后来才知道，我填的志愿被班主任修改了。我本来填的是县城的一个缝纫班。实际一点，我还是去做裁缝，给人做衣服比较稳妥。但是等到放榜的时候，在熙熙攘攘的小镇的街头虞舜商场的外面墙上，贴的红纸榜上，我的名字赫然在列。

没有办法，我只好去镇上读高中。

小镇不大，却是跟乡下迥异，是现代文明的窗口与折射。街头有绿色的邮筒，信可以从上边的一条缝里塞进去。我们喜欢在周末的下午，慢悠悠地穿过大街，在温暖的缓慢的阳光下，走到邮局里，寄一封信。那时候，每个同学最令人羡慕的，就是收到同学的来信。那里带来外界的消息，把我们和世界联通起来的唯一的途径。因此，我对邮局那绿色有极亲切的感觉。

邮局旁边有一个招待所，晚上，一夜到天亮，只有那里的灯，永远不熄灭。街上的街灯，有时候，也会整夜亮着。而在乡下，我家刚刚才装了电灯，村子上，只有粮食加工厂那里有一台黑白电视。夏天的每个晚上，门前坐了黑压压一群人。电视只有 14 英寸，还放在屋子里。人们就像看露天电影一样，一排一排坐着。年长的大妈和父亲总是看不惯电视里的暴露镜头，于是他们就开始喃喃地骂。他们也看不惯电视上那些人穿的奇装异服，简直太不像样子了。于是整个晚上，人们的耳朵里灌满了这样充满道德约束的谩骂。有时候，电视里在放生孩子的镜头，许多人都看不下去了。女孩子热燥燥的，心里窘迫得很，想离开，却又不好走。放肆的男孩子就吃吃笑起来，并且窃窃私语起来了。

小镇上却是家家有电视的，还是彩色的，18 英寸的。夏天的晚上，街上，电视都摆在外面，一家人围在那里看，电视里在放《渴望》或者《便衣警察》。音乐声在轻盈的空气里，飘逸下去很远。对面，巍峨的虞舜商场关门了。阿秀的姐夫是个顶替的正式工，人老实木讷，不能做什么事情，每天就在里面扫楼梯。

不知什么时候，街上有了很多的录像厅。一些男生会偷偷跑去看。录像厅里音乐的声音特别大，震耳欲聋的，几里地都可以听见。街上，就显得热闹起来。有时候，在没有放录像的时候也放音乐。录像厅其实极其简陋，临街的一个小门脸，一个厚厚的布帘，里面水泥的地坪，几张凳子，也没有什么好凳子，好像是凑合起来的。人气却很好，热气腾腾地，挤了许多人。录像厅似乎总和一些暧昧的不怀好意的带色彩的事物联系在一起。所以我作为一个传统家庭出来的乡下女孩，也只是远远地听一听从里面传出来的诱惑的声音，或者，在偶尔路过的时候，头悄悄扭过去，从外面看一看它的大概的模样。我好像也曾经去看过一次。实际上，那样的粗糙的录像，并没有我的小说好看，之所以没有留下印象，也是它实在没有值得圈点的东西。

　　但是它其实一直在蛊惑着我们，只是我们被道德的樊笼紧紧锁住。我们不敢逾越。

　　当然，我们也有越轨的时候，镇上的电影院放映电影《红高粱》的时候，一些胆大的男生和女生竟然逃课，背着被班主任训斥写检查的危险，一起去看了《红高粱》。回来之后，电影里高粱地奶奶的壮举刺激了他们青春的荷尔蒙。他们一天到晚津津有味地不厌其烦地谈论那个片段。对被班主任抓去，停课每人写一千字的检查这件事，一笑置之，甚至当着荣光与笑话来看。

　　男生都会唱电影里的插曲和主题歌。那一段时间，教室里，或者去食堂宿舍的路上，你随时可以听到吼叫一般的豪放的唱歌声。"喝了咱的酒啊，一人敢走青纱口；喝了咱的酒，九九归一跟我走。好酒——好酒——好酒。"或者，在后勤主任家那个喜欢把脸搽的白白的有点妖媚的大约二十六七岁的女儿从我们教室门前经过，去荷塘边的厕所的时候，站在门前的恶作剧的男生，一起吼着嗓子唱起来。"妹妹你大胆地往前走啊，往前走，莫回啊头。"那个时髦的女子目不斜视，一直走过去了。她看来是想恼怒也没有办法的。

班级里，许多人下了课之后，会躲在宿舍里看武侠小说，吹笛子，或者下象棋。一些男生三五成群一起都到街上去了。街上的几个男生，有点流里流气的，他们一起出去，然后，手插在裤兜里，抽着烟回来，显得他们已经成熟的样子。

晚上，初三的一个男生到我们教室里来，坐在最后一排，个子高大，身体壮硕，斜坐在位置上，嘴里叼着烟。我是认识的，小学时是我的同学，人很老实。到了镇上，不知怎么就学坏了，跟什么人成立了一个皮带帮，晚上出去打架，也不知道跟什么人打的。翻墙头，逃跑的事情也常有。

这个晚上，他挑衅似的跑到我们班级，坐在后面，显然是有目的的。我们班级的男生就任由他这样放肆和无理了吗？要是看不惯他这副样子，是不是会有一场恶战。

通常的打架，在街上，也往往任何理由也没有，就是看对面这家伙，好像有点不顺眼，于是走过去，摆了个阵势，说，我怎么看你这家伙不顺眼，要不单挑。于是就大打起来了。打出伤，或者人命，好像也是有的。

不过，这个晚上，这个男生来得比较早，班级没有多少人，他抽了一会烟，就走了。他的母亲是小学的一个老师。我记得他跟我同学时，坐在最后一排，皮肤白，个子高，一句话也不容易说。一到镇上，就变成这个样子了。还在教室的后面喝酒，然后，把酒瓶子摔破了。他母亲看来也管不住他了。

我们的其他同学听说了，都非常诧异。都说，镇上的风气就是不好，在乡下，好好的一个人，一到镇上就变坏了。

初三的一个女生，叫李娜的，也跟一个男生私奔了。一时间成为学校的新闻事件。我们纷纷谈论。可是学校开大会的时候，头发梳得滑滴滴的校长，却绝口不提这件事。

大家开玩笑说，因为校长也是师生恋。离了婚，把学生娶回来的。所以他怎么有脸说他的学生。

虽然大家并不认同私奔这件事，可是几乎所有的男生和女生都对私奔这件事，充满热情，甚至心怀憧憬。这是多么浪漫而决绝的态度。虽然大家嘴上并不赞同，其实，内心无限欣赏。我们头脑里想象的画面，肯定和美好浪漫有关。我们不赞成耻辱不洁和丑陋。我相信，每个人都抱着相同的态度。只要有可能，大家都希望自己有一场轰轰烈烈的恋爱。

实际上，我最好的同学阿虹的文具盒里，已经不止一次出现男生约会和表白的纸条了。我相信她惊恐而喜悦。但是她不说。可是我们还是知道了她的约会。

中午，宿舍里，吃饭的同学或坐或站。我抱着银灰色的饭盒，倚在架子床的一根床柱上，一边往嘴里刨饭，一边拖长了声音说，有的人看起来很正经。实际上呢，在谈恋爱。以为人家不知道呢，装得跟真的一样。宿舍里，没有人说话，许多人都心照不宣。阿虹端庄地一点不心虚地默默出去了。

其实，过了不多久，我也恋爱了。

宿舍里，许多的言情小说，在里面流转。陈凯伦、琼瑶、亦舒还有武侠，古龙和温瑞安或者金庸。当然也有各种版本的《红楼梦》，也有止水一样的《千江有水千江月》，也有带有启蒙色彩的日本小说，也不知道哪里搞到的。刚刚毕业的英语女老师阿黄问陪她睡觉的县城女同学沈，班级有没有女生谈恋爱？向我们借小说看。恰好宿舍只有一本日本小说。同学一致说，这个坚决不能给她看。

食堂里蒸出来的饭，有时候水放少了，就硬了。水放多了，就烂了。食堂里只有一种汤，用深铅桶盛着，女生一般都不去抬，男生抬到半路，一歪，都倒进路边的池塘里了。那么绿的一桶菜汤，其实都是水，没有任何营养。

大家的午饭或者早饭菜，都是家里带的，萝卜干或者炒盐豆子。好一点的人家，就煮了鱼或者芹菜炒肉丝。这就太难得了。不要想一个人吃到周末，一拿出来，一宿舍的人围上去，一顿饭工夫就只剩下一些不能用舌头舔的汁水了。分享大家带来的好东西，已经成为默契和共识，宿舍里，这样的时候，最是温馨和可爱。

下午下课的时候，女生会提了一个布包，结伴去附近的酒精厂洗澡。别的地方都没有澡堂，只有一个酒精厂有。我们在家里洗澡，都是挂了绿色或者红色的浴帐，虽说水蒸气蒸起来的时候，里面就像一个小帐篷，又暖和，空间也并不太狭小。可是那样的洗澡，一点也不爽净。不如在浴室里，洗得开，又洗得畅快。

一般保守的女生，都不肯到浴室去洗澡。大庭广众，把衣服脱了，赤身裸体。多少年，都只有自己见过的身体，一旦要在大众面前展示，那种深刻的羞耻感，都牢牢抓住了一些女生。她们对这样的洗澡，抱排斥的态度。她们一说到这事，就红了脸，忸怩着，不肯去了。但是不敢去的女生并不多，大部分还是鼓起勇气去了。只是有的进浴室莲蓬下的时候，还穿着家里做的土气的白布或者花胸罩，还有短裤。而我却是一丝不挂就走进去了。我为自己的胆大而自豪。阿虹却说，你不是大胆，你只是叛逆。我想了想，她说的是对的，别人不敢做的事情，我就一定想做一做。不过，我唯一被同学嘲笑的是，他们去偷看了《红高粱》，我没有去。我没能像他们写一千字的检查，为这个，我感到羞愧万分。

酒精厂的浴室，只是一间房子，可是那里就像我们的天堂一样，洗完澡的感觉，就像灵魂也变得干净了。里面两间，外间一张木头椅子，坐着穿衣服，一排放衣服的橱子。

里间是浴室，一个一个隔起来的格子间。每个格子里，有一个水龙头，就像莲蓬一样，低垂在那里，温暖的水流从莲蓬上洒下来。我们站在水龙头下，让温暖的水流从头发脖子，一直淋漓下来。我们的青春的身体好像打开的花朵一样，有着苏醒的清醒和陶醉。它们一下子找到了原来的自己。它们曾经被封闭，禁锢束缚，它们躲在黑暗里，被埋没，被贬低，被遗忘，这个时候，它们从沉睡里，苏醒了过来。它们在这样的水流里，被发现，被呈现，被呵护，被爱，生命，就像这莲蓬一样，有了绽放的瞬间。

自从去过一次浴室，几乎所有的女生，都热爱上了酒精厂的浴室，她们在那里，似乎得到了更多的关于青春与生命的启示。那隐秘的美好的身体，在蒸腾的水汽里，慢慢地一点一点洗浴，不仅仅是身体，还有一些东西在变化。虽然她们从来没有觉察。但是她们从浴室出来，总是容光焕发，青春在身体里呼之欲出，有着春天河流的汹涌，有着花朵绽放的温柔。

可是酒精厂的浴室忽然就传来不好的消息。大白天的，竟然有人在后面的小窗户上偷窥。浴室里，一片惊恐尖叫。有人追过去，那个人飞快地跑掉了。没有人知道是什么人。

那个小小的窗户，就在路边。有时候，里面的蒸汽太多了，人喘不过气来。就把那小窗打开了。白色的蒸汽就源源不断地从里面喷出来。那个小小的窗口，怎么看，都像一个蛊惑人心的喇叭。它在那里，好像在告诉一些男人，那一间房子里，有一群雪白身体的洗澡的女人。

当然想看一看。虽然女人们个个惊恐，可是这一点都不能阻挡她们洗澡的热情。那一间浴室，下午的时候，热气腾腾，挤满了人。

小镇旁边，有一条河叫唐宇河。唐宇河的对面，有一个化肥厂。我们的班的一个女生的爸爸就是化肥厂的厂长，不过，化肥厂已经倒了。那里只有一些废弃的厂房和一些职工宿舍。我们曾经去那个女同学家里去看过。一间狭小的瓦房，当间一张床，床上的被褥都是崭新的，两只枕头并排放在一起。这叫我们感到又新鲜又温馨。我们家父母的枕头都是一人一头的。床尾一排漂亮的组合橱，这是当时最时兴的家具。我们乡下是没有的。我们对这样的家庭深深仰慕。

化肥厂有一个石灰窑。不知道做什么用的，许多男生和女生都去爬过。一个下午，我跟涟水的一个女同学，也一起去爬了石灰窑。从狭窄而灰暗的石灰窑里，一级一级爬上去，一直爬到最上面。石灰窑的石壁呈圆柱形，凹凸不平，都是一些水泥壁面。我感到有点窒息，空间那么小，外面什么都看不见。我有点恐惧甚至后悔。但是我想，在这个小镇上，上了三年学，我总要有点壮举。这个石灰窑是小镇的制高点。我站在这里，可以俯瞰整个小镇的全貌。

实际上，从石灰窑狭小的窗口望出去，小镇只有一个截面，鳞爪的印象都不到。可是在那样昏暗的甚至呼吸不畅的石灰窑里，我还是觉得自己很了不起，好像做了一件大事情。

不久，小镇上的虞舜商场变成私营的了。阿秀的姐夫不再是正式工，他回家去了。街头的招待所也拆了。

冬天下雪的时候，在镇中心的转角，一家叫江北酒家的饭店刚刚建成，造型新颖，吸引了我们的眼球。据说，阿红毕业之后，就要嫁到这家来了。

街上的录像厅不知何时消失了。一溜排卖布卖衣服的摊子，就像画廊一样，一直排下去。我们走在里面，左右看来看去，可是一件也舍不得买。

那一天，我们的西边操场上，搭起来一个高大的台子。操场上，一直到围墙边，都站满了人。我站在很远的地方，望着台子上的人。这一天是镇上的公判大会。我隐约知道，竟然有我们村子上的两个人。我都认识。我是三队的，他们一个是四队的，一个是五队的。我远远地看一个人一个人押上去。等到我认识的一个人押上去的时候，我感到不可思议。这个人买了一个偷自行车的人卖给他的自行车。他一定不知道他这样是犯法的。对于法律，我也不懂。我只是想，这个人面色和善，不是会犯罪的人。只是他这个时候，站在台上，被押着，喇叭里在读他的罪行。他看起来，竟然非常平静，一点也没有愧疚或者懊恼，或者悔恨，他还跟平时一样平静、温和，就像到人家去串门一样，若无其事。他怎么能做到这样的呢。我有点搞不懂。我甚至觉得，他怎么可能犯罪呢。

但是他被带上来，宣布了罪行，然后又带下去了。

那一天，那么多的人来看。一直宣判了很长时间才结束。我们那天下午，也没有上课。

小镇的生活依旧平静。村子上被抓走两个人，也没有什么波澜。我们也从镇上毕业了。毕业的那个晚上，除了我们教室的灯没有亮，别的灯都亮了。

我和涟水的女同学坐在操场的一根水泥电线杆上，围墙外，喇叭里，在播放着托尔斯泰的《复活》，好像是对我们毕业心情的嘲讽。

我们那时候，以为走到社会上，我们的灵魂和身体，就是另一样了，而我们却只有失落。

我们不知道，只有高中毕业的自己，将何去何从。我们自由而动荡，我们没有如期的兴奋和复活。

生命书

时间

在这个世间，我们最惧怕的是什么？衰老、死亡，其实，我们最恐惧的是时间的流逝。静夜里，听着秒针，滴答滴答，就像尖锐的器物，一声声击打在心尖上，时间就在这一瞬间消失，消失在茫茫的时空里，再也不回来。这一刻，呼吸几乎停止，生怕漏掉这寂静里地把生命敲成碎末的警醒之声。

这样的夜晚，时间在茫无涯际里，在宇宙洪荒里，过来提醒你。每一秒钟的时间，都像水滴落在大海里，难以寻觅。

时间，要是用一种东西来形容，它应该是长长的、细细的，就像一条河，流经我们的生命。它好像源远流长，永不干涸。它没有来路，也没有归途。它一直行走在路上，在它的路上，布满了密密麻麻的叫人的生物。只是他们只是这条长河上闪烁的浪花，或者跳跃的一滴水珠。在阳光下，闪过耀眼的光芒，然后，就淹没在无尽的时间的长河里。

时间，它应该是一条射线，它的起点在哪里，没有人知道，它的终点在哪里，也没有人去过。它就是一直向前，无始无终。在它的线段上，是无数的小数点。那叫人类。

时间，它从来都没有形状，也没有气味。它看起来根本就不存在，它如此抽象，又如此具体。

活着，活的是时间；死去，仍旧是时间。时间，它就像一个魔术师。它让四季轮回，万物变换。它让日月运行，星辰变动。它让少女变成白发老妪，让少年变成佝偻老叟。时间，它手里是有一根魔棒的啊！

丰子恺送了它一个名字，叫"渐"；朱自清送了它一个名字叫"匆匆"；高尔基给它起了一个名字叫"时钟"。

时间，对于每个人来说，就是生命。它一滴一滴流逝。它那么慢，让我们以为一切都是静止不动的，在年轻时候，我们恍惚以为，我们永远会明眸皓齿，鲜花一样姣妍。我们看到那些老人，心生怜悯，以为奇迹会在自己身上发生，时间会永远停在十八岁，脸蛋充满青春的光泽，眼眸清澈明亮，身体里充满了青春的活力和朝气。

时间，它终究是一个温和的骗子。它骗过了许多人。它让人们贪恋年轻的欢愉。忘记日月星辰在头顶的运行。那些春花秋月，如此美丽，令人迷惑。

时间，它就像一个没有犯罪的小偷。它从我们这里，偷走了青春、美丽，直到偷走一切。我们才会恍悟。它是多么会用甜言蜜语哄过我们的心灵，蒙住我们的眼睛啊！

当生命就像经年生锈的器物，上面布满岁月的痕迹，斑点、碰伤、挫折、失败、哭泣、泪水，还有皱纹、白发，生命就像露出水面的礁石，它显出它原来的样子了。它是岁月雕刻后的模样，褐色的青苔，水流侵蚀的一个个孔洞，沧桑、苍老，面目全非，这个时候，生命里布满了时间穿过的风声。它带来了真实，带来了生命的深刻，最真的核，显露出来。时间，是有底蕴的。它给生命带来的，不仅仅就是衰老。

它一定还有什么留下来，做不死的印迹。

这是时间对于生命的回馈。这是时间对于生命付出的公平。这是时间本来的温柔的面目。

在残酷的外表下，我们看到时间的真相。它还有一个名字，叫抵达。抵达生命的最圆满最圆融的境界。

风，从很远的地方吹过来，它带来的，是时间。它在春天的时候，叫东风；在夏天的时候，叫小南风；在秋天的时候，叫秋风；在冬天的时候，叫朔风。

海浪冲刷着沙滩，它带来的是，时间。沧海桑田，就是这样变幻。一天天，一年年，那么抒情缓慢，好像永远都是这样温柔，或者豪迈雄壮的音乐，不知道哪一天，海水退去，这里变成了良田，黄发垂髫，怡然自乐。炊烟从屋顶上，袅袅的，曲曲折折，无比抒情地升上去，升上去。好像，永远永远也不会变。

时间的概念里，有一种东西，叫作永远。在茫无涯际的宇宙里，除了时间，还有什么可以与永远这个词般配。

生命

生命是什么？大千世界里，活着的生物，都是生命。蝼蚁、植物、动物、人。

其实，河流、山川是不是也是另外的一种生命。在这个世界上，存活着，万物生长，万物消长，万物平等。

我们只是一种生物，一种自以为智慧的生物。然而，那些静默的植物，循着四季的轮回，荣枯，在沉默的身体里，是不是有一种大智慧在。比自以为聪明的人类，更懂得生命的本质。

生命，应该是一个广泛的概念。在大自然里，我们众生平等，我们并不更加地聪明，我们的许多智慧都从自然里学习颖悟得来。

生命，它有许多的局限，它很美，年轻的生命，是这个世界的王者。那些植物，在生命的开始的时候，总是那么鲜妍、美好。世界因为它们而美丽，充满了盎然的生机和活力。

我们不能不热爱最初的生命，它把我们的生活变得生机勃勃的。那种欣欣向荣的景象，是我们热爱生命的动力和源泉。

我们敬畏生命，它对于每个生物都不可复制。人生，它就是一场单程的旅行，就是因为它只有来路，没有归程。所以人类才会觉得生命的流逝的迅速。朝如青丝暮成雪，时间过得太迅疾，悲伤如影随形。

生命，究竟是什么呢，它活着的时候，灵动、美好，就像水流，在缓缓地优雅地流动，它是世界，还有主宰。

生命降生的一瞬，无论是植物的出土，稚嫩地探出头颅，向世界张望的小模样，还是动物从母体里带着一身模糊的脏东西，落在地面上，或者，九死一生的女人在经过漫长的生死搏斗之后，孕育出一身腥血的婴儿。生命的最初，都涂满了最深切的期望与感动。

生命究竟是什么呢，它在自然的风雨里，慢慢地长大，历经很多的艰险磨难。它需要不断地学习，更新自己。就像换血一样，不断地学习，可以保持血液的新鲜和流畅。

生命，它有自己的惯性，有自己的属性，它脆弱而且坚固。

我们强调众生平等，所以我们与草木无异，可以跟草木做朋友，在它们的身上学得生存的智慧。它们安静、温和、沉默，承受风雨，却不声不响。它们的身上，有生命的大智慧。在天地之间，它们看起来，如此的渺小、卑微，其实，它们循着生命的秩序，春来发芽，夏来长叶，秋来凋零，冬天就光秃秃的，这个时候，它最真实，也最接近智者，也最纯粹，最值得我们在它们苍黑的身体旁边，坐下来。与它们好好攀谈。

它们也总是不言语的，但是我们似乎已经历了解了一切。我们默默起身时，对生命有自己的了悟与觉醒。

很多时候，我们去山川河流面前。它们那么汹涌，或者静默温柔，它们或者高峻险拔，或者温和敦厚。它们好像在那里存在了一千年、一万年。时光改变了它们的面貌。它们就像一个很老很老的人，历经沧桑，却温和平淡。它们是时光的见证，它们是生命的图腾。站在它们面前，人类的生命其实变得非常渺小，微不足道。山那么高，那么历经风雨，却沉稳坚定，它一定有自己的道理在。这道理，却像无法说出，却又在心里回旋往复。它把生命里的一些不必要过滤了。它就是一个超脱的智慧的存在。它是一个启迪。

山体上，布满青苔，就像千年的神龟。河岸，被冲刷成亘古的形态，水却随物赋形，自在优游。

生命，需要站在这样的生命面前，一些生命的真相，就慢慢呈现出来。

生父

> 死亡是一枚深刻的事件。它比一切事情都巨大，并具有颠覆性。
>
> ——题记

生父是在九十年代的一个冬天死去的。他死于肺结核。他死的时候，只有六十三岁。他的三个儿子都在他身边。我不在。

生父死去的第二天，浓雾漫天。我一个人走在野地里，茫茫的白雾把田野里的一切事物都遮蔽了。巨大的乳白色的雾就像幕布一样，把我和世界隔开了。

我走在茫茫的没有一个人的荒地里，好像世界就只剩下了我一个人。

我只能一个人先去奔丧。

自从我被领养之后，我姓了别人家的姓，成为另一个人。生父和母亲都不再认我。他们当我是亲戚。但是死亡这件事，如此重大，它超过了世间一切庞大的事情。父亲通情达理地让我一个人先去。他不知道如何面对这个事件。他不想生母和我的哥哥们为难。究竟把我处理成一个什么角色。女儿还是姨侄女？当然是女儿。我一个人提前去，只有一种可能。我的白色的孝布按照女儿的尺寸撕开。

我一个人好像走了很远很久。在漫天大雾里，我居然准确地走到了我的衣胞之地。远远的，在村头，我就听到了凄楚的唢呐的声音，那么有穿透力的音乐，一声声，把寂寞的村子的每一个毛孔都浸润了。再走近一些，我望见了白花花的孝布，就像下了一场铺天盖地的大雪。

我从密密的人缝里挤进去。我被一场巨大的死亡事件席卷了。我有身不由己的感觉。

屋子里，乱。地上跪了一片人，只看到白花花的一片头颅。哀乐就像汹涌的潮水，每一个人都被淹没、推涌。

我听到哭声，那声浪，盖过了唢呐，声震屋宇。我的三个哥哥跪在生父的头前。他们的哭声牵扯着肚肠。

我跨过高高的水泥门槛，走了进去。我有一瞬的眩晕。不知道这个躺着的人，跟我什么关系。我为何要来这里？我可以不来。我一眼看到了躺着的看起来格外高大的生父。

他穿着青色的长衫，两只手放在身体的两边。他那么平静，就像睡着了。一屋子的哭号，一屋子的纷乱，跟他毫无关系。他成了他自己。他孤独而自我，回到了本真。

我甚至有点嗔怪那些吵嚷的人们，一切其实完全不需要。死亡，如此重大、庄严、永恒。这个时候，我看到了生父的青白色的脸。这个在"文革"的时候，受冲击之后，就像怕光的老鼠一样的村会计，就这样，躲在昏暗贫穷的茅屋里，过着虫豸一样卑微的生活，就这么走完了他的暗淡的一生。他留给我最深的印象，就是晚上，他会给我的目不识丁的生母讲《三国演义》里的故事。

这个时候，他面色平静，毫无痛苦之意。我觉得这是他最幸福的时刻。他的卑微的受惊的一直蜷缩的灵魂终于得以舒展。死亡，对于他，就像跋涉了很久终于抵达的一场清欢。他是如此轻松，他的灵魂终于挣脱了这个世界对他的束缚。他是自由的、解脱的、舒展的。

我看着他青白色的就像永远睡着的脸，我的眼里一滴泪也没有。我只觉得一切都是应该的。

死亡，对于生父，不是痛苦，是桎梏的脱落。他不用那么担惊受怕地活着，不用无所用场地作为一个家庭的累赘一样活着，不用一直在家人的戒备里活着。生母总担心他的肺结核会传染了家人。他总不能跟家人一起坐在桌子上吃饭。他另有一副单独的碗筷。历史和疾病把他划成了生活里的另类。他仿佛接受了自己的命运，总是温和地接纳了一切。没有反抗，什么也没有。

灵魂就像被岁月风干了的丝瓜瓤，粗糙、干瘪，没有光泽，被人遗弃。他如此温和被动，对命运的不幸无条件地全盘照收。他有一种任由命运的潮水退着自己走的随波逐流，或者是对命运的妥协放弃听之任之。他把自己交给了命运。

他这样地活着，曾经叫我感到一种腐烂的痛苦。他不挣扎，什么也不。也许，命运就像泥淖，你越挣扎陷得越深。索性，他就不动了。

他常常一个人坐在冬日的太阳下，一坐半天，也不说话，就看着，也不知道他在想什么。他就这样与生活达成了和解。

这个时候，他死了。死亡是什么呢。我们没有权利去评说死亡这件事。它具有崇高的性质。它把一切都带走了。它是一个庞大的无法解释和言说的事件。那些哭哭啼啼的人们只会惊扰了一个好不容易平静下来的灵魂。他们不利了解死亡的含义。他们用世俗的思想来衡量这个死亡事件。他们用哭泣代替思考。

这个时候，生父多么平静啊，他等待这样的时候，一定等了很久，所以他特别的安然，平静，就像迎接一场等了很久的约会。

我在他的灵前跪了下来，地上的稻草簌簌地响了一阵，生父，他还能知晓什么？他的灵魂是不是特别的清醒，它飘浮在半空俯视着这一切，它带着洞察一切的超然和清醒。它是否觉得喧嚷的人们就像小丑一样，表演拙劣可笑。

他终于是他自己了。他的灵魂那么轻盈，脱离了他的躯体。死亡，把他在尘世的一切重担都卸下了。

我的眼眶里，干枯无比，一滴泪也没有。我的灵魂在纷杂的人群里，就像冬天的雪地一样清明。

当灵车开至桥头，在杂沓的人群里，我还想着，是否要爬上那拥挤的三轮车，一起去火葬场。最后，有一个人喊了一声，替我下了最后的决心。我一脚踏在三轮车的踏板上，车上有人伸手把我拽了上去。

颠簸、昏暗，三轮车尾随在缓缓开动灵车后面前行。一个孤独的灵魂就这么仓促地上路。

一路上，人们的心思就像外面的雨丝一样纷飞无绪。我也好像茫茫然的一粒无处安置灵魂的雨滴，在风中，被吹着，没有方向与着落。

死亡，就像一个人们永远难以理解的悲伤事件，被人们制造的形式，撑持着。它究竟是什么，人们无从知晓。

它是人们在这个世界上最大的事件，没有之一。降生，是隆重的喜剧，是人生大幕的开启，而死亡，就是人生这出戏剧落幕的时候。人们看到黑色的巨大的垂天垂地的幕布，缓缓地拉上了。你无法言说。

火葬场，是人间一个别样的地方。我站在那里，看着生父被推进去，我不敢想象下去。一个巨大的黑色的烟囱，矗立在火葬场的后面，眼前是哀哭的人们。尘世温暖的生活，好像被剥去了华美的外衣，它剩下了赤裸裸的真相。

　　生父被推进了炉子，我们站在外面，不能进去看。我们站在那里等骨灰出来。我不知道三个哥哥去了哪里，亲戚去了哪里，我只看到我的小嫂子不知从哪里买了一袋瓜子，走到我面前，问我吃不吃瓜子。我鄙视地看了她一眼，漠然说，我不吃。她就一个人握着瓜子嗑了起来。这是多么滑稽的一个场景。我站在那里，周围没有一个人，黑色的烟囱高大，直冲云霄。那么多的建筑，把烟囱挡在后面。我看不到。我只有想象。生父的仓皇的无处逃遁的灵魂，从那个黑色拥挤的逼仄的烟囱里，逃逸出来。在绿树如荫的火葬场里，孤独地飘荡。我想象他像在人世间一样的孤独无依，不知道自己要去哪里。我们死了之后，个个都变成了这样单独的就像化学分子一样的物质，在空气里飘啊飘。唯一不同的是，灵魂它有知觉。除了它脱离了躯壳。

　　那一天，生父就那样化成一缕烟，我们不知道哪一股烟属于他，他的灵魂就随着烟雾，消散在高大的烟囱上方。

　　回来后，唯一给我留下鲜明记忆的，就是小嫂的那一包散发出无限香味的瓜子。

遥远的记忆

我写的句子越来越短，是不是说，我开始变得简洁一些了。我还不到五十岁，就开始喜欢回忆过去的事情，是不是表明，我已经开始老了。

我喜欢那些旧的时光和事物，我喜欢那些极其缓慢的节奏，那么悠悠的，好像前面还有一百年的时光，任我们挥霍。我们就是时光这条河流里的孩子，我们像一群自由的无畏的鱼，在时光的村庄的海里，游得那么惬意。

我想起，小时候的风，那么优柔缓慢，经过我们的时候，好像总有意在我们的身上逗留，我们充分感受到它们的存在，我们把手在空中使劲地摆着，风就在我们的手背上，手心里留下流水一样无痕的触摸，又从我们的指间穿过，消失在无边的空间里。

我坐在床上的时候，它从墙缝里钻进来，那个时候，它的面孔是阴沉的，我同时也看见了生活的面孔，这个时候回忆起来，只剩下淡淡的模糊的影子，好像小时候割草时手上留下的疤痕。

小时候，世界总是很大，又是很小。我们在田野里割草，那些野草和野花就占据了我们全部的心思。我们在野地里找到一种成熟之后颜色黑色的成串的小枣子，我们叫它五端端，我不知道为什么是这个名字，它们很甜，真的很甜，像桑枣子，但却要甜得多，也一点不酸的小野果。我们吃得津津有味。真的，我们吃完了，还到处去找，找到一处，就呼朋引伴地叫起来。

那一天，在母亲家里，我和母亲在屋子里包饺子，有个男孩子在外面到处乱转，一会儿进来，手里托着一些黑色的枣子，我说，五端端。他就一个一个送到我的嘴边，我吃一个，赞一个。我想起小时候的事。那时，有一回，我找到一处长了很多熟透了的五端端的野地。我的欢喜真的无法形容，我想到了村子上的那个男孩子。我用自己的很旧的手绢包了个一手绢送给他。但是他看着手绢，也不打开，就一把捏住了它们，我看见黑色的大量的汁水，从他的手指缝里流了下来，像下雨时，门前的雨一样，我站在那里，觉得它们很像我的眼泪，只是在我的心里流而已。我站在那里包饺子的时候，我不由想起这件事，这件事都过去三十年了吧，但是我一直忘不掉。

那些乡下的日子总是淡的，但却有着极远的滋味。那些人事都云散了，回忆起来，就剩下一些淡淡的怅惘，尤其不能在夜晚的时候把过往的事情，一件一件拿过来细细地抚摸。那样的岁月无法回去的疼痛，叫一个人的夜晚怎么承受哟。

那时的村子上，总有淡白色的炊烟，散散淡淡地，一直飘到晴空里去了，我会痴痴望着，看它们一点一点散在天空里，最后消失了，什么也没有了，然后又一柱升上来。为什么，我们会那么喜欢炊烟呢，是它在诗歌里出现太多，成为一种诗意的形象了，还是因为别的，然而，那个时候，我还从来没有读过一首写炊烟的诗，像"大漠孤烟直"，像"屋顶炊烟，直直弯弯，团团片片，直接上青天。"这样的句子，还是在上了中学之后的事。

然而也许就因为，它一直就是美的，是一首优美的宁静的诗，飘在我童年的乡下的天空之上。炊烟总和故乡关联，总和祖母的烧饭的影子相依。

　　有一些人，虽然去了，却好像总没有离开我们的生活，她在我们的记忆的最深处，我们没有说出来，但她却一直跟随着我们，是我们生活的一部分。

　　就像祖母。她在黑暗的贫穷的夜里，给我讲过的那些俗俚的故事，那些不能登大雅之堂的歌子，那些在里下河流传过的古老的民谣。它们一直在我的文字里活着，滋润着我的心灵。而最早的时候，我不知道祖母对于我的成长的意义。她是我的最早的文学启蒙的老师。她的走调的歌子，她的随口编来的故事，她的慈祥的爱和长久的温暖，都在我的生命里打下了烙印。而我要到多少年之后，才能醒悟。

　　我想，我是一个没有故乡的人，因为我一生没有离开过家乡。我总觉得，故乡是一个由遥远的地理上的距离产生的概念，而我没有。

　　我愿意做一个异乡人，走在遥远的城市或者异域的大街上，事实是，这样的可能性，已经随着岁月的流逝，越来越成为绝不可能的事情。

　　我将在这个乡下终老。在我的逐渐消失的炊烟里，在我无从寻找的童年记忆里，结束我的人间的生活。我的不能平静的灵魂将最终憩息在茨菰花淡雅开放的田野里，那里野草茂盛，流水在轻语，它们不了解，在地下长眠的灵魂经历的一切。

凝望乡村

五爷

五爷，一辈子未娶。他兄弟五个，他排行最小。在村子上，辈分最大。他个子不高，敦实实的。五官没有什么特色，你不说他丑，但是似乎也没有哪里长得好看。他眼睛大，嘴巴大，一张扁平的柿饼脸。

他不应该找不到女人。他性格温和，没见他跟谁吵过架。可是就是一辈子没人给他介绍过一个女人，这真是奇怪的事情。他的二哥，是个歪嘴斜眼的人，在五十多岁的时候，还娶了一个寡妇。五爷也不是一个懒惰的人，他很勤快。村子上，许多人都是喜欢评头论足的，什么样的八卦都说，但是关于五爷的八卦一样也没有。

他也没有暗地里搞过女人。没有人议论这件事，他肯定就是一个童男子，五十多岁的童男子。

他对人很和气，走在路上，看到人总是笑眯眯的。人们也尊敬他是长辈，他自己也好像德高望重似的，把自己当作长辈，用关怀的口气跟小辈说话。

他偶尔会到邻居家串门，说的话也是一些很能在场面上说的，一点也没有离经叛道的话。他一直在一条人们认为正确的正经的轨道上活着。

他怎么会这个样子呢，没有一个人会想到。他跟他的八十多岁的老母亲一起生活。

每天的生活平静、单纯。早上起来煮饭、喂猪、打水、扫地，他对于这些事情，都没有什么怨言。他自己也从来不谈起女人。他也没有一点自卑的意思。他从来都不。他一直很正常，过着很阳光的生活。

他对于男女的事情，好像从来都不知道。乡下的淳朴其实不全是这个样子的。鸡鸣狗盗的事情，也并不是没有，可是这竟不能熏陶五爷。他好像生活在另外一个世界里。那里，他是高高在上的，辈分最长的五爷。他谦逊，但是，又有长辈的样子。他温和，却又好像担负着榜样与教导的责任。没有人叫他要担负，他就这样担负了起来。他就像一个被自己或者人们的嘴巴供奉起来的偶像。其实，他只是一个连女人的身体是什么样子都没见过的乡下老光棍。

可是没有人骂过他。当面也没有，背后也没有。这在鸡零狗碎的乡村，其实是一件非常稀罕的事情。

人们似乎忘记了他是一个也需要家庭和女人的男人，大概他自己也忘记了，他也从来没有任何性的需求。看起来，他连自慰都没有过。

他的世界非常地单纯。他安于这样的生活，并且总是乐呵呵的。他没有不高兴的时候。他每天该做事做事，该说话说话，该睡觉睡觉。他从来不为自己的未来发愁。他有那么多侄儿和侄女，那么多兄弟姐妹。所以他对生活好像非常满意。

一年一年，别的男人都眼看着衰老了。他好像还是那个样。他不爱打扮自己，可是也不拖拉。他没有任何缺点，除了没有女人，他的生活好像一点缺憾也没有。

他就像一粒嵌在乡村棋盘上的棋子，是妥帖的一分子。一点也没有怪异或者不合适的地方。

一年一年，时光在村子里慢慢地走来走去，带走了许多老人。也把村庄变了又变，可是，他好像永远都不会变似的。

打工者雪子

雪子二十四岁的时候，一个人出去，跟在无锡打工的小舅舅一起在厂里做事。

他刚刚失恋。晚上，坐在宿舍的床上给家乡的初恋女友写信，写完，就锁在箱子里。他的落寞和寡合与这个新鲜的城市，格格不入。但是慢慢地，时间就把他改变了。城市里的全国各地涌来的青春的身体，飞扬的谈吐，城市里各种新奇的事物，风起云涌，慢慢就吸引了他。在车间里，一个高个子的女子就吸引了他的注意。很快，他们就走到一起去了。

这个叫小虾的女子，也是苏北人，老乡。离雪子家很近。小虾的父亲坐牢去了。小虾二十岁，一只眼睛有点斜，皮肤却是白的。

过了一阵，雪子就把小虾带到家里来了。班也不上了。家里买了一台电视，盖了三间瓦房，为了雪子结婚用的，他们就在那三间雪白的空荡荡的房间里同居了。

村子上，人们都知道了这件事。雪子担心小虾家里不同意，就先斩后奏了。雪子的母亲非常高兴，她可以节省下一大批彩礼的钱，实际上，她也拿不出这么多的钱给儿子结婚。她还有一个小儿子。

不过，她也到县城买了一套家具回来，算是给他们同居的礼物。等孩子生下来，小虾就成了雪子名正言顺的老婆。

小虾留在家里生孩子。雪子一个人又去了南方打工。过一段时间，就写了半通不通的信回来问候怀有身孕的小虾。

小虾生了个女儿，把披肩的长发剪短了，穿着雪子在街上刚买的一套短褂短裤，依然像一个刚刚私奔上门的女人。

孩子满月，小虾就随了雪子去南方上班了。孩子留在家里，给雪子的母亲带。

雪子对她母亲和父亲仿佛有深仇，就因为没有替他名正言顺地结婚。雪子一直恨他们。

很多年，雪子都不怎么回来。过年回来，也只在丈母娘家过年。小虾对婆婆爱理不理的。小孩早就送在丈母娘家带着。

后来，小虾又生了一个儿子。模样看起来有点蠢，不像女人的清秀，也不像男人的健壮。雪子却是惯这个孩子。

好像又过了很多年。雪子基本不怎么回家了。好像他已经把家遗忘了。他就打算一辈子在外面流浪了。

而那年春天，他忽然就回来了。在老宅子上相了又相，然后，又跑到自家的地里东看西看。

终于决定下来。雪子要出宅子，在自留地上盖新房子了。说盖，拖拉机就轰隆隆地装了砖头什么的来了。工地上，开始热闹起来。

雪子留在家里的时间就多了起来。工地上常常晃动他的身影了。夯屋基的机器声，把乡下的寂寞敲开一个小小的洞，那寂寞就溅得四面八方的。

然后，钢筋的底座，竖起来了。红色的砖一节一节往上砌，越来越高，越来越高，耸入云霄的样子。

雪子的父亲就像牛马一样鞍前马后地跟在他后面。工地上，杂事多如牛毛。他哼哧哼哧地做，好像为从前没给雪子办婚礼，立功赎罪。

雪子安然收受他父亲的劳作，似乎一切都是应该。

经过半年劳动，巍峨的楼房终于矗立在村庄外面。

雪子也仿佛功德圆满，打点回到南方继续做工。据说，盖房子还欠了一批钱，他要好好努力赚钱，把这些缺口还上。

雪子的新房，也没有装修，一个漂亮的雄伟的壳子，就一年一年矗立在那里。过年回来看看，也并不入住。因为里面什么也没有。雪子的房子是盖给儿子的。儿子还小，但是总得准备着。这是人们约定俗成的，养了儿子，必要有房子，有了房子，才好娶媳妇。

雪子家的房子盖好之后，村子上的新楼房就像雨后春笋，一下子冒出了很多。但是他们盖了新房之后，都像候鸟一样，又飞走了。

把新房就像一个喜鹊的空巢，留在乡村的风雨晨昏里。

渐渐的，那些楼房旧了，样式也不新了。许多年轻人都在县城和大城市买房子了。乡村的那些房子，或者一年到头空着，从一盖起来，就开始空着，或者住了一些风烛残年的老人。他们把房子住得一点新房的味道也没有。

雪子一开始在昆山打工，后来去了常熟，再后来去了上海。他就一直在上海待着。

他的房子一直也没有住。他的大女儿考了一个二本，过年回来办了桌。他的儿子长得五大三粗，不是念书的料。

他也一直没有在上海买房子。他以后是怎么打算的，没有人知道。

他就像所有离家的打工的农民，他离开了土地，在城市漂浮，他只读过初中，他的女人只有小学毕业。他们就像浮萍一样，在乡下，扎不下根去。他们以后也许还会回来。他的房子一直在等他。也许，他的儿女留在城市里，他们不会回来了。

但是这个变幻的世界，谁能说得清楚呢。

红子

红子的妈早就去世了。他妈是有一天去田里割草，羊角风发作，一头栽倒在路边的水田里，死了。

那是大夏天的中午，一直到田里有人走动，才发现。

那个夏天，红子成了没有母亲的孩子。他的父亲，老实巴交的乡下人成了鳏夫。

日子依旧流淌，没有人在意红子和他的父亲。

在乡村，悲伤被忽略和简化，人们习惯了生老病死与无常，仿佛司空见惯，无有感伤。日子，人们的眼里，只有日子，和日头一样，轮回与流转。

然后，红子慢慢长大了。他成长的细节也被忽略。没有人关注，就像田野里的小草或者野花，它们有着自生自灭的因循生命秩序的自然和随顺。

他父亲一直没有续弦。实际上，那样一个老实的男人，第一个女人还不知道如何娶上的，哪里还有第二次机会。

他喜欢串门，性格和顺，却又有点娘娘腔，不大像一个男子汉。红子慢慢长大，只读了小学，也不知道有没有毕业，就出去了。跟村子上的人去打工。

不久，就跟一个女孩子成了朋友。红子看起来说话活络，不像他的父亲，好像是一个会混的男人。

他回家来说，他有一个大的公司，需要很多的人，他就是来招揽的。村子上的年轻人自然也就相信他，因为都是从小在一起玩熟了的。四五个就一起跟了去。

过了一阵，听说是上当受骗了。那是一个传销集团，被骗进去的人都出不来了。

家家都很焦虑，也想不到红子会这样骗人。不过，也并没有多少人去骂红子，或者谴责他，或者到他父亲那里去找麻烦。乡下人处理事情的方式，有时候单纯而独特。

他们只是在想办法，或者，他们根本想不出办法。黑社会，或者坏人，还有那个庞大的无法掌控的外面的世界。

他们只好等待。他们仿佛相信，这几个孩子一定会遇难成祥，一定会回来的。这样等待非常非常具有不确定性，非常非常迷茫。在乡下，日子很漫长。现在，本来就漫长的日子，变得更漫长了。

好在，他们竟然一个一个都回来了，并且把怎么逃脱的故事讲给大家听。村子上流传着这些故事。

在那些孩子是惊心动魄的亲历，到他们这里，变成了故事。说起来，遥远，并且相当的轻松和传奇。

红子后来和一个外地的女子结婚了。后来，又离婚了。因为外地的这个女子家嫌他家穷。他们有了一个女孩。离婚之后，这个女孩，就归了女方。

红子又出去打工了。这回，又带回来一个女孩。这一次，家里举行了简单的婚礼。

大红的喜字，红缨子的门帘，红色的鞭炮屑，洒了一地。

不久，这个女子就生了一个胖乎乎的男孩。红子的父亲因为做了爹爹，高兴起来。

在村子上说话和串门的时候，都喜气洋洋的。

过了几年，红子的媳妇又生了女孩，家里热闹起来，也似乎像一家子了。

可是那一年上，红子的父亲却得了癌病。

村子上对于这样的病，虽然去看，却也是不怎当回事的，知道不会好。

去医院化疗，然后就回来。跟平时一样生活，吃饭、睡觉、串门，只是地里的和家里的活干得少了。

这样，一年过了一年。人们似乎就把他生病这件是忘记了。他自己似乎也忘记了。常回来走动的，是他的女儿。

有一天，他的儿子和媳妇带了孩子都不在家。他就一个人在家里。

等儿子和媳妇回来，开了门，冷不丁，被房门口挂着的一个东西撞了一下，冷眼看时，竟然是他的父亲，用一根绳子，把自己挂在门头上。

他大惊，喊起来，忙把他父亲抱着，放下来，身体早已僵硬。

他父亲走了之后，他们的日子越发艰难。

那一天，在桌子上吃饭，冷不丁听人说，村子上有他家的五千块救济。可是他一分钱也没有看见，也从来没有听说。他自己也并不去争取，好像被村子上的会计吞了，也是司空见惯、应该的事情。他的努力挣扎，也全是无力。索性，就当着不知道，算了。

村庄比从前安静，除了鸟的叫声是清脆的，别的都相当寂静。

二安

二安是个瘸子。小时候，他妈去田里做大寨记工，把他一人放在家里床上，他在床上跌到床下面，就残废了。

残疾人也要谋生，二安学了皮匠。在虞舜街头摆摊，居然过得也不错。不过，就是没有女人愿意嫁给他。他妈和他大替他盖了三间瓦房，也还是没有吸引一个女人嫁给他。

他性格活，做事利索。改革开放那一阵，就自己到上海去发展了。过了几年，他回来了，不再做皮匠了。他买了一辆三轮车，在街上拉客。他的日子其实蛮丰润的。房子也装修了一下，吊顶、铺地板。那时候，还没有多少人家装修。下雨天，或者过年那几天，他喜欢打打麻将。

在人家里，不知怎么就和一个小妇女勾搭起来。夜里醒来，口袋里的钱，就所剩无几了。他也只是笑笑，然后回来了。

他妈比较担心他，怕自己死了，他就没人问了。他也聪明，挣了一些钱，会给他的侄女或者侄儿，希望老的时候，能有一点依靠。

在乡下，日子无限地漫长。二安的日子也安稳，甚至有着一点点的悠长和甜蜜。每天早上，三轮车轰隆隆的，就像喝醉酒一样，在村子里颠颠簸簸出去。晚上，或者中午回来。喝一点小酒，打打麻将，跟姘头厮混一阵。

等到他的三弟做了大队书记的时候，二安有了低保，日子也更加惬意。可是，他没有女人。

他又换了一个比较长期的姘头，一个驼背的女人，人称小龟腰的女人，腰弯得就像一只虾，还是一只比较小的虾。

小龟腰家里四个孩子．房子破破烂烂的。她本人眼睛大，就像凸出的鱼眼睛，她的嘴也很大。怎么看，都是一个丑。

二安的妈很不喜欢这个女人缠着自己儿子。可是二安喜欢。他妈也没办法。

谁叫她不能给他找一个女人的呢。

等到二安五十岁的时候，突然有一个外地的女人来到他家，愿意做他的女人了。

这个女人第一个男人死了，陆续跟了好几个男人。这个女人个子高大，一脸的皱纹，喜欢抽烟、喝酒，大嗓门说话。

她到二安家，就住了下来，每天过着不像乡下女人的败家生活。抽烟，每顿要喝酒。二安说一句，她就要骂下来。

她说，我不图你有点吃的喝的，我跟你一个瘫子，图什么。二安就骂，你这个败家的娘儿们。

这个女人也不管，过一阵，把她的三十多岁的儿子也带来了。她的儿子还没有结婚。到这里，倒是勤快，喊二安爸爸，叫人感觉有点怪怪的。他在这里一住几天，吃吃喝喝的。每天就穿梭在麻将桌和厨房之间，日子倒也其乐融融，家里多了两个人，家的气氛一下就有了，就像米酒一样，有着醇厚的味道。而二安的弟弟，那个大队书记却不干了。他想赶这个女人走，他担心她把二安的钱都吸走了。

可是那天，在二安家的麻将桌旁，这个女人指着二安弟弟的鼻子大骂。她说，别人怕你，老娘不怕你。你动老娘看看。二安没有撵我走，你凭什么撵我。说着，三下五除二把衣服一口气都脱了。一屋子的人都不敢看，也不能走，二安弟弟一句话不敢说，抬脚就走了。早有人过来，帮她把关键地方遮住，拉到屋子里去了。

二安坐在那里，一句话也没有。

这个女人就在他家住下来了，虽然仍旧是常常吵架。二安希望去领一个结婚证，她也不去。她说，领证有什么用，领了我就不走了吗？

二安无奈。

有一天二安坐在麻将桌上，一屋子的人。忽然，人们眼看二安慢慢斜下去，倒了。人们喊起来，七手八脚的，抬了二安上了三轮车，也有人去打120。

二安住到医院里了，家里没有人来服侍。这个女人就承担了所有的任务。人们说，幸亏这个女人。但是等二安回来，这个女人就说，她要和二安分手。二安也无奈。

女人那天就真走了。二安开着三轮车在后面追，把隔壁五保户李奶奶家的玉米都压倒了。那个女人又被追了回来。

二安又一次住到了医院里。他弟弟说，他的头脑里做了支架，其实，根本没有。他已经病入膏肓。

女人终于走了。二安的钱都在他弟弟那里，这个女人一分钱也看不到。二安从医院回来，住进了养老院。

几乎没有人问他。他的侄女说，你不要喊，不然把你扔大寨河里。他的头发长得就像贼一样，也没有人带他去理。

他妈死了。二安更没有人问了。他在养老院里住着，就像田野里的野草，有任其自生自灭的意思。

夕阳照在养老院上，安静、温暖，还有一些拂之不去的寂寞。

瓦匠小哥

从我读高中起，我的小哥就做了瓦匠。瓦匠主要是砌墙。一把瓦刀，一个淡白色帆布袋，瓦刀总是在墙上敲几下，把大部分水泥敲下来，就插在帆布袋里，瓦刀上还残留着一些干了的不肯掉下来的水泥。小哥每天骑着一辆小巧的金狮自行车，在乡间穿梭。那个时候，镇上还没有兴起房地产的热潮。

小哥的瓦匠手艺，一做就做了三十年，他除了砌墙，还会支锅。不过，支锅是个技术活，支得好，煮饭又快又省柴火；支不好，又慢又费柴火。但是随着电饭锅、电磁炉的普及，大部分人家都不需要草锅了。小哥也嫌做瓦匠太辛苦了。他不再砌墙，他不知什么时候，改贴地板砖了，也仍旧是瓦匠，不过要轻巧一些。

他每天早上六点起来，有时候下点饺子，有时候，到街头的烧卖兼早点摊，来一碗稀粥和小包子，就开着他的新买的奇瑞面包车，车后装着瓦刀、铁锹、大塑料桶，一应的工具，林林总总，一般人都不认识的工具。

然后，他就出发了。小哥的瓦匠手艺属于半路出家的，他的技术乏善可陈。我家的装修就是请他的。慢工出细活，他偏偏非常快。快得我心里发毛。不过，我忍住不说。

那天，他和我的侄儿把几块地板砖放在门口切割，第一块，碎了，第二块，又碎了。我看不下去了，赶紧找个借口下楼。我不能批评他们，但是我又不忍心看着几十块钱的地板砖，在他们手里，一片一片死去。那都是钱啊。我只好选择离开。

小哥只读过初一。我的侄儿初中毕业。侄儿每周上课到星期三必定要请假。他总有事情要请假。现在他们爷儿俩搭伙做瓦工。侄儿做几天就要溜号，就要付工资。小哥很头疼。

那天，我又去新房看装修。新房里，水泥、黄沙、工具、水箱，到处没办法插脚。我踮着脚，在里面象征性地看了一会，就出去了。小哥在墙上开电灯开关的槽子，电钻的声音刺入耳膜，就像锥子一样。我们看了一下，赶紧下楼，把他们留在那里继续作业。丈夫有着轻微的不满，他说，你看，槽子都是歪的，难看死了。我说，怎么办，他们就这个技术，你也是知道的。丈夫说，不读书，做个瓦匠也做不好。要是别人家，哪里有工钱给。我不吱声。

小哥现在在镇上租三间瓦房，从一个小巷子进去，土路坑坑洼洼的，路边还有一些瓦砾，转了几个弯，才到一个高地上。

三间瓦房，右边屋檐旁有一棵榆树。这里和农村没有什么区别，就是离街上近一些，买菜、孩子读书好一点。

小哥有三个孩子。大女儿读了一个大专，在外面不习惯，回家在一个酒店上班。二女儿读初一。低眉顺眼的一个小女孩子，放学回来，就坐在那里看电视。早上，自己起来，炒了干饭，吃了上学。小嫂也不起来煮饭给她吃。第三个是个儿子。读一年级了，作业多，成绩不好，小哥就狠狠打，把小儿子打跪在那里。

小哥一直想在镇上买个房子，也一直都没有买。他总想着到乡下去盖房子。我说，不要到乡下盖。乡下的房子盖了不值钱。小哥低垂着头，搓着手，我这才注意到他的手，粗糙，被做工磨损得不成样子，手指好像都弯曲了。这样的手，我已经很久看不到了。侄女在第一次高考的时候，高考作文写的就是小哥的手，题目叫《品味时尚》。小哥的手是时尚吗？

小哥终于在镇上买了房子，他很早就想做个轻松的事情，但是一直都找不到。他只好继续做瓦匠，开着他的面包车，给人家铺地板砖。他很少去想以后的事情。

　　我不知道他的手艺有没有遭到主家的质疑。我很少问他这事，也不好问。

　　瓦匠活，是个力气活，脏、累。他也不大喜欢喝酒，也不打麻将。下雨歇工的时候，他就一个人开车，到很远的地方钓鱼。他很喜欢钓鱼。冰箱里，就有了许多剖好了的鱼。

　　有时候，他会打电话给我，说，小妹，你在家么？我说，在。他说，我马上去你家。过一会，他就开车来了。一般也不上楼，打电话叫我下去。从车子上提下一只塑料桶，桶里七八条青黛色的摇头摆尾游动的鱼。小哥说，这是野生的。昨天在滨海钓的。我说，你留着自家吃，家里孩子多。他说，有呢，多呢，还有剖在冰箱里冻着的呢。我说，真不好意思。他说，说哪家的话，我走了。说完，就上车，关上车门，调转了车头，开走了。

少年群像

　　他们一个一个都在这人世间走失了，就像珠子一样，不知道在哪一年的哪一刻，就一个一个从村庄这根线上滑落，落在尘土里，落在草丛里，消失了影踪。

　　我们在一起的时候，以为世界就只有村庄这么大，以为村庄已经非常广大，我们从来没有把整个村子跑一遍。我的脚步总在某一些区域里重复。我们不知道灌河，不知道里下河，也不知道盐城。

　　到初二的时候，我仅仅去过临县的滨海。在那里的一间饭店里，吃了一顿饭，看了一场叫《香魂女》的电影，我已经目光短浅地认为，我已经看了世界。我对于广大的外面的世界没有更多的认识。

　　我只认识我那个村庄的人们，即使是村庄上的人们，我也只认识一小部分。

　　我对村子上的树木、房屋，还有一起玩的几个伙伴，倒是熟悉的。

小琴子

小琴子，跟我同年。村子上的人们都说她很漂亮。为什么我总不觉得呢。她个子不高，眼睛很大，可是我觉得她眼睛里没有内容，空空洞洞的。在鼻子两边有一些雀斑，她的皮肤不黑，却也并不是雪白的，嘴是过于的大了。

当然，她喜欢笑。看到人就快乐地笑起来，然后，从嘴里蹦出一串脆生生的话来。所以她是讨人喜欢的。

她读到小学五年级就辍学了。她在家里煮饭、刷锅、喂猪，感觉比读书快乐。

我常常去她家玩。许多人都以为我是找她玩。我自己也这样说，其实，我是找她的哥哥。但是我不说。

四组有人家买了一台黑白电视，晚上，草屋里挤了满满一下子的人。那时候，人们对于电视上的内容感到特别的新鲜，譬如亲嘴啊，做爱啊，还有生孩子的场景啊。一屋子的人看这个，闹哄哄的，每个人心里都有一种害羞的喜悦的新奇的又怪怪的感觉。

我也夹杂在里面。那时候，我在喜欢着小琴子的哥哥。

在电视结束的时候，我不知道听谁说的，说，小琴子和这家电视的主人有点不好。我半信半疑，不知道这种关系究竟是怎么一个不好。

我们每天都聚集在小琴子的家里。她家有姊妹三个，所以比较热闹。我们去一个人，就是四个了。她家每天都有人去玩。

她的哥哥小学子有一些书，像《天龙八部》《故人风雨》等，都藏在一只小木箱子里。木箱子上吊了一把锁，一般人都不给看的。

那时候，我竟然可以在里面一本一本往外借书看。我自己也不知道什么缘故。也许是我父亲在村子上辈分最长，最有威信，跟他家关系又特别好，而我在家里又特别得宠的缘故。

那时候，德高望重这个词语，可以用在父亲身上。他说的话，在村子上，是有一点分量的。

我常常坐在他家的茅草屋的一个小拖子里读书。小拖子，是在草房子旁边后接出来的，非常矮小简单的房子。里面只有一张家里请人打制的宁波床，很大。一张大桌子，一把椅子。里面也就满了。自然，我们进去都坐在床上，或者干脆站着。然后，有人在看大桌子上淋漓的黑色的草字，那是小学子写的。有人去摆那盘象棋。小学子也是喜欢下象棋的。我呢，在到处搜寻，看看有没有什么新借来的书。桌子上，还有一台录音机，里面有一盘周冰倩的磁带。周冰倩的歌，如泣如诉。不知道为什么，那时候，对《我想有个家》《我曾用心的来爱着你》这两首歌深深地迷恋，觉得唱出了我们的心声。

小琴子一般都不加入我们的行列，她在外面刷锅、洗碗、喂猪，有时候系一个围裙。冬天，她的床上总是撂着一件紫红色的织了半截的毛衣。她背后偷偷告诉我们，那是给她哥哥织的。可是她的哥哥并不领情。

夏天的时候，我们一起去割草。因为下了一点雨，都不想割了，就顺手把地上匍匐的巴根草，一连串地拔起来。

我们对这些茂盛的青草的喜爱，一直延续了一辈子。

我们不能闻到那些青草的香味，往事就一直在青草的气息里住着。

我们也不能看见那些茂盛的长茅草，即使这个时候，它们对我们一点用处也没有了，我们见到它们的狂喜和想把它们割回去的冲动依旧不减。

我们几个人就坐在小东子家放在门口的一张小桌子上，一人一个桌面，双脚悬在半空，一荡一荡的。

我们互相说着闲话。小东子家是后面二队后搬过来的。小琴子很早就认识他们。我听他们在谈以前的掌故，觉得自己孤陋寡闻，什么都不知道，就像那只坐在井里的青蛙。

小琴子后来出去打工了。我依旧留在乡下。乡村的风，比以前寂寞了一些。我的心也比以前寂寞了一些。

天空，比以前空，而且大。田野也是。夏天，我们在田野里插秧。

小琴子回来了。在我家田的旁边，她操着一口南方的洋气的普通话，跟许多花枝招展的女孩子一起说笑。我一个人，在自家的秧田里，自卑地没有勇气抬头看她。

听说，她发誓一定要嫁到城里。成为城里人。

她似乎成功了。

她嫁给了一个无锡人。不过，一直没有回家办婚礼。

后来，她的孩子跟我的孩子在同一年出生了。

她留在了城里。

直到有一年，我们得知，那个男人不要她了。那个男人原来有老婆。小琴子不过是他的一个小老婆。她从来没有进过人家的门。

她只剩下儿子。儿子在男人的家里读书。她在一个工厂里打工。

村上，三哥去世的时候，她回来的，打扮得像一个女孩子一样清纯，春天的时候，还有点微寒，她穿着漂亮的裙子，两根麻花辫。现在乡下都没有这样的麻花辫了。她看起来就像五四女青年一样，青春、单纯、美丽。

实际上，她在那个城市里，连一间房子都没有。她只是一个纺织厂的女工。她的学历还停留在五年级。

她依旧微笑着，好像从来没有任何不快乐的事情发生过。她在那个城里活的风生水起。她是无锡城里人。

小东子

小东子是个温柔的男孩子。个子很高，眼睛又大又温柔，虽然他只读了小学。他并不知道如何让自己变得温柔。可是他就是温柔的。他的温柔是天生的。

他说话的声音也是温柔的。跟我们女孩子说话的时候，他总是俯下身子，微笑着。他微笑的时候，他的眼睛也是微笑的。

那时候，我很奇怪自己为什么没有爱上小东子。他帅气而温柔。

也许是因为他没有读过书的缘故。我后来想。

他兄妹三个，一个妹妹，还有一个弟弟。

有人说，他有狐臭。但是我一次也没有闻到过。母亲说，跟他有缘的人，就闻不到。我们乡下，把狐臭叫作臭骨头。人们传说，有狐臭的人身体上，有一个小窟窿。臭味就是从这个窟窿里冒出来的。

我的一个初中女同学，长得很漂亮，但是有狐臭。夏天的时候，老师提她到黑板上板演的时候，她的一只胳膊抬起来写字，我们下面的人，就被熏得要晕过去了。那臭，简直无法形容。照母亲的话说，是恶臭。

但是臭骨头的男孩子或者女孩子都是很漂亮的。我们那时候并不知道是什么原因。后来读了一些书才知道，混血儿总是漂亮的。

小东子也是臭骨头。这个大家都知道。他们一家子里，大人肯定有一个是的。据说，女人有狐臭，传一家，男人有，传一个。这样的话，人们都在背后说，是非常忌讳的。因为男孩子和女孩子都要找对象。要是传出去，找对象就难了。

一般有狐臭的人，自己都不知道，只有别人知道。小东子的妹妹小梅子，狐臭就特别明显，夏天，穿了薄薄的衣服，即使刚洗过澡，那种狐臭的味道也还是非常地浓烈。小梅子又是那种嘻嘻哈哈喜欢走路搂着人的女孩子，所以我们晚上一起去看电视，很害怕她搂着我们。好在，她身上的味道，并不是很恶臭的味道，属于我可以忍受的类型。

夏天的时候，雨停歇之后，不出去做事。小东子和小学子两个人一起在门前的小桌子上，染头发。他们虽然很年轻，却早早有了白头发。

我们看他们在一盆黑水里，用小刷子，一下一下，帮对方互相刷着头发，看了一会，就走开了。

冬天的时候，小东子就结婚了。媳妇是邻村的一个女子。有人看见过的，皮肤很白，个子很高。

他们是自由恋爱的，在晚上看电影的时候，互相看上的。

小东子结婚的时候，我们竟然一个也没有去玩，好像他从我们的队伍里走失了。或者，他已经不再是我们队伍里的一员了。

小学子说，小东子以后就跟我们不一样了。

是的，我们渐渐就疏远了，也不知道为什么。以前那种熟悉亲切和温柔，悄悄就消失了。

有一年，我回家出礼，他站在我身边，对我说，大姑，你的身材还这么好。我回过头，朝他笑笑，好像回到了好多年前。

就在那一年的一个晚上，他去厂里做工。在外面喝酒，忽然垂下头，死了。

那一年，他四十五岁。

那一年，小学子在苏州，或者常熟，或者上海打工。

我跟小学子不说话，也已经很多年。

清明，或者春节去给父亲上坟，总是看见不远处，那块年轻的石碑上，刻着一个熟悉的永不老去的名字。

我把头转过去，看到他的年轻的妻子和儿子离去的背影。他们总是比别的人扫墓的时间提早一些。

小学子

小学子是小琴子的哥哥。

我常常去她家玩。目的不是找她，是她哥哥。

小学子个子不高、敦实，是个闷葫芦，轻易不说话。

我注意他是因为几件小事。

一件是我们许多人在村里的一个大场上玩一种叫倒拐的游戏。这种游戏就像一种战争，双方对峙，又比较粗暴。把自己的一只腿搬起来搁在另一只上面，一只脚在地上跳来跳去，然后就像一个战士一样，向对方的阵营冲锋，直到把对方的人撞倒，把象征胜利的一块小石子抢到自己的阵营。

这个时候，男女孩子都像狮子或者老虎一样，有着暴力的倾向。到处是冲杀的人群。而我发现只有一个人站在人家门口，远离这混乱的人群，静静观望。这个就是小学子。

他为什么不跟我们一起玩这种游戏？我对独特的人和物都有一种好奇的心理。

还有一次，他母亲跟别人谈起他，说，他打针不哭。而我每次都要哭，或者干脆临阵逃脱。

当然，我就那么喜欢上了他。

其实，在祖母的描述里，他是个小眼、塌鼻子、大嘴巴、矮个子的丑男人。

我怎么会喜欢这样一个人呢。

他只有初中毕业。其时，我已经在读高中了。

他家里有一个木头箱子，箱子里有一整箱他在南京学习买回来的书。

他的小屋子里的大桌上乱七八糟的。一盘没有收拾起来的残棋；一本言情或者武侠小说；一盘潘美辰的磁带，是他的小舅从无锡打工带回来的；一张墨汁才干的大字。

还有，他很少跟我们讲话。一个不讲话的男人，在女人眼里，是有一点神秘感的。

后来，我们在一个春天的晚上，在后面的小学校的围墙边，就拥抱了，接吻了。

再后来，我们的行为被父母知道了。他是我的侄儿，我是他的姑姑。我们不是一个辈分。我们被迫分开。当然，现在看来，他是我爱情的试验品。或者，那是一场爱情的实习。我从来没有打算嫁给他。

后来，他去了南方。不久，带回来一个高挑的披发女子，他们同居了。再后来，他们有了两个孩子，一个女孩，一个男孩。

他回来的时候，我们在公众场合，从来没有说过话。估计，这辈子，不会再说了。

小中梅

她比我大两岁。

我应该叫她姐姐。

但是我不叫。

一年级放学回来，奶奶叫孩子们都留在我家的小桌子旁做作业。

做完，大家就散了。

吃晚饭的时候，我发现，我的铅笔没有了。我哭了起来。

祖母立刻放下筷子，走了出去。她好像胸有成竹似的。

我一直在抽抽噎噎地哭。

过了一会，祖母从黑暗的外面进来了，手里拿着一支还没有削过的铅笔。我破涕而笑。母亲说，我就知道。

于是继续吃晚饭。山芋粥的味道很香。浑身乌黑的洋油灯挂在墙上的钉子上，光只笼着我们的身体，之外，都落入黑暗。

三年级的时候，我跟小中梅同班。她是留级生。

每次考试之前，她都送我一些好东西，一些反面可以写字的纸。她叫我考试的时候给她看看。我就信了。

我考试总是很好，她也很好。那个烫发的女老师疑心我的成绩是抄袭来的。

直到有一次，我跟小中梅座位不在一起，考出来的成绩不一样。那个后来疑心我作文也是抄袭的女老师，才相信是她抄袭我的。

小中梅跟我一起去走亲戚。两个一起步行。她的姑姑家和我的姨娘家在一起。我们路过一个集镇，集镇上的货物就摆在路边，我们一边走，一边在那些摊子前流连，我们的口袋里没有一分钱。

我们终于走过了集镇，到了一条平坦的大路。小中梅忽然停下来，神秘地伸出一只拳头，然后，慢慢展开，手心里赫然躺着一只杏子。我大惊。不知道她跟我一起走过，什么时候施了障眼术，把我和摊主都瞒过了。

小中梅读到六年级的时候，老师都很喜欢她。她小小的脸，小小的眼睛，喜欢笑。她抄袭的本领很大，眼睛特别尖。所以抽优等生去镇里考试的时候，总是带着她。因为她会作弊。小眼睛，一刷，就瞄到了。

初中的时候，她跟我一起步行上学，那所民办中学离家很远，我走得很快，她一会就被我拉下了。她于是小跑着跟上我，走着走着，她不知怎么又拉下一大截。于是又小跑着追上来。如是几次，她不追了。甘心走不过我，一个人在后面慢慢地走。

不知道，她什么时候就辍学了。

然后，嫁人了。

前几年，她不知在哪里得到我的电话。叫我替她担保五万块钱。我没有答应。她说，你还是那个胆小鬼。我会骗你吗？我说，我就是胆小鬼。

后来，回老家听说，她哥哥盖房子，她欠了三万块钱。一直没有还。她的男人也不成文，经常打她，在上海，混得也不好。

直到她的哥哥房子盖好，她也没有还钱，也没有回来。母亲把她的事情说给她的嫂子听，她嫂子说，幸亏大姑没有担保。她就是一个骗子。

小月亮

小月亮。这个名字特别的好玩。

小月亮是小中梅最小的哥哥。在响水的二中读书。那时候不叫二中，叫向阳中学。

高中毕业回来，也没有事。也没有跟着他的父亲老木匠学手艺。

他跟村子上的一帮小青年在一起每天早上起来，到我家后面去吊吊环。或者练沙袋，或者举哑铃、杠铃。那时候，因为电视剧《霍元甲》的热播，所有人都迷恋武术。

他们晚上也一起去看电影，跟邻村的小青年打起来，小月亮总是热血沸腾的样子，大约也是因为他在那一趟青年里，读书是最多的，所以也有一些思想或者理论。

可是有一次，他跟人家打群架，吃了亏，以后，就再也不出去打架了。

他跟我们一起去邻村看电视，走在路上，他忽然感叹了一句，说，哎，都二十岁了，老了。我听着他的感叹，心里忽然就有点感伤起来，不知道怎么样来面对时光无可奈何的流逝。心里对二十岁的小月亮充满了悲悯，甚至对自己也悲悯起来了。害怕自己也会很快走到二十岁。我们走在路上，有人偷偷跑到前面的田青地里躲起来等我们走到的时候，一下子跳出来吓我们。我们也跑到路边花生地里拔人家的华生，然后，就在河边洗一洗，一边走，就一边剥了吃起来。

回来的时候，黑暗的马路上，很久很久才有一辆车通过，整个马路，被温柔的亘古的黑暗所笼罩。我们走累了，干脆就躺在马路中间，柏油马路上还残留着白天太阳的余温，熨帖着我们的身体，那隔着衣服传导到我们身体里的温暖的热量，一下子就把我们的寂寞孤独熨贴平整了，我们爱上这乡村的宁静的遗世独立的夜晚。

它在世界远远的一个角落，但是我们生动鲜活地活着。我们并不孤独。

小月亮后来到城里打工去了，做了一名钢筋工，他把自己在学校里学的知识都忘记了。在烈日下，他晒得很黑，他再回来的时候，盖了非常漂亮的三间三层楼房。

小月亮真的老了，头发都掉得差不多了。二十岁的小月亮，其实一点也不老。我想起那个一起去看电视的晚上。

四妈

　　四妈是个唠叨鬼，撩人够。她到哪里都咋咋呼呼的，好像带起一阵旋风，然后，有人说了一句得罪的话（都是有意得罪她的），她就弓着她九十度的弓箭腰，就像一只逃跑的水鸡一样，一声不吭，就走了。

　　我每次回家，妈妈都要说一说四妈的掌故，很嫌弃她的样子。或者到我家来，也要提起来说一说。

　　现在四妈去世了，她家门前非常寂寞，一块不大的菜地，里面种了一些油菜，春天的时候，就会开得金黄烂漫。没有去世前，她常站在门前撵鸡，跟母亲斗个没完。鸡是母亲养的。母亲说，鸡关着怎么能长肉，所以就散养。我一回家，四妈就搬一个凳子，弓着腰，走到我家的厨屋坐着，向我告状，母亲又欺负她，把鸡都放在她家的田里。我还没有开口，妈就把四妈臭骂了一顿，说，你这个死鬼，你家田里有什么好吃的，就几颗油菜，鸡吃油菜吗？鸡都吃虫子。我家的鸡都是不犯嫌的。不像你家的鸡，就跟主人一样犯嫌。四妈说，大闺女，你看你妈讲不讲理。我只好打圆场，叫妈把鸡关起来。妈一瞪眼说，鸡关起来，还肯长吗？

四妈说，那也不能糟蹋人。妈说，死鬼，你赶紧滚，我家没地方给你坐，我家鸡从来不糟蹋人。不像有的人，唠叨鬼，撩人够。四妈说不过我妈，气哼哼搬起凳子，弓着腰，一边走，一边愤愤不平。我回家就洒老鼠药，药死了，不关我事。我妈说，你药看看呢，我把你也药死了。四妈搬着凳子，走回家去了。

她站在门前，看见菜地里，用爪子在土上乱刨的鸡，拾起一块碎砖头就砸了过去。鸡一哄，都飞走了，带起来许多的尘土。

妈很不喜欢四妈。村子上的许多人也都不喜欢她。

妈说，一天到晚死吹牛，老是吹自己儿子做大队书记，怎么怎么样，迟早有一天要完蛋。一会说，上电视了，一会说，去盐城领奖了。新农村里，哪里有村子里一个人，地都被他卖了，钱不知道哪里去了。新农村的都是响水县城和陈港外地人在这里盖的房子。他自己倒是又得名又得利。妈看不惯四妈吹牛，村子上许多人都看不惯。但是没有办法。四妈有一次吹她儿子要到镇里做公务员了。我不太相信。过一阵，果然身兼两职，到镇上去了。

有一次，四妈又来吹，说，她儿子要调到县里去了。妈告诉我的时候，很疑惑地问我，难道这样的人，真的会调到县城吗？我笑了一下，说，马上就调到省里了。然后，又笑一下说，一个初中没毕业的，做个公务员就不错了，还要去县里。

那时候，四妈的儿子的确红得发紫。走在村子里，那的确很有气势。

四妈有四个儿子，一个女儿。

第一个儿子，在二十岁的时候，喝农药死了。就为了一件亲事，就把儿子给逼死了。大儿子在屋子里喝药水的时候，她就像一个痴子，不但不是把门撞开，而是满庄跑着喊，儿子要喝农药了。等她把人喊来，大儿子把农药喝到肚子里去了。

大儿子是一个忠厚的男子，跟其他几个姊妹都是两样的。就这样，喝了农药，浑身乌黑的，痛苦死掉了。

村子上的人都在背后骂四妈，不算人。

四大爷喜欢打麻将。我们那里的男人，农闲的时候，十个里有九个是打麻将的。女人最讨厌男人打麻将。四妈就是一个。村子上对过分管着男人的女人都是不待见的。妈不怎么管着父亲。可是，看父亲把自己辛辛苦苦做了一个冬天的席子钱，输掉了，还是气得几天没吃饭。妈一个人去河边淘米，奶奶叫我跟着，怕妈投河。

四妈是管男人比较紧的女人。这样的女人人们都看不起，觉得不给男人面子，男人不像一个男人。男人也被人瞧不起，去人家赌钱的时候，人家都用鄙夷的口气说，你还是不要来吧，省得又被你女人骂，她骂你也罢了，把我们一起都骂了。四大爷就说，我打不死她。人家说，你赶紧走吧。我们不敢带你。四大爷就很没有面子。除非没有多余的人，人家为了凑一桌，才会带他。

四妈管四大爷不准打麻将，在村子上是出名的。但是人们都觉得是臭名。

她家在村子的东头，门朝西的一条龙四间草房，里面开了村子里唯一的一个小店，卖日用品，说明他们家在人们还指望田里那点粮食的时候，就已经懂得经商了。所以在我还是二年级的时候，也就是1980年，她家就盖起了三间土墙瓦盖的房子，在那个时候，房子上能看到青砖和红瓦，那就算是有钱人，一般人家都是黑色的茅草房子。

四妈的第二个儿子是一个瘸子。二儿子不是天生就是瘸子，而是在她去田里，做大寨记工的时候，二儿子从床上掉到地上来，一条腿就废了。

后来，二儿子做了皮匠，在镇上做过一阵，又去上海做过一阵，回来之后，开一个残疾人的电动三轮车挣钱，日子倒也好的。就是没有女人。所以下雨天打麻将的时候，他会在路边小店的一家留宿。这个大家也都是知道的。再后来，跟后面一个也是瘸子的女人勾搭在一起。那个女人含胸，驼背，有点瘸，四妈老是在妈身边骂这个女人。妈说，你不要说，二子知道又要骂你多管闲事。四妈说，钱都被她榨光了，哪次不把口袋都掏光。驼背女人家四五个孩子，男人又老实。她自己也做不了什么事情。

妈说，你下次不要这么唠叨。小鬏的事情，你不要管。又不是你的钱，你有本事给他找一个媳妇。

三儿子，就是那个大队书记。一阵子的确炙手可热的。自己家盖房、装修，开着黑色的汽车，村子里，没有人家有汽车。

一个女儿，嫁在灌南，也是经商的，有钱。

四儿子在县城开出租车，日子也不错。有一个儿子、一个领养的女儿。

村子里，以前对她不待见的人。现在见了她，都非常客气。都喊她四奶奶。逢年过节的，家里都很热闹。她又要搬了小板凳，就像小野鸡一样，出溜到妈家里，坐在锅灶旁边，唾沫乱飞地吹，不管村子上的人怎么对她，妈的态度总还是那样。高兴了，就跟她说几句；不高兴，就立刻撵她滚蛋。妈说，有本事叫你儿子来找我啊。妈跟她是平辈，根本也不吃她那一套。

她只要一吹离谱，妈就立马说，去去去，赶紧到别处吹去，不要在我这里吹。四妈就坐不住了，拎了小凳子，就走。

过几天，忘记了，又来找妈聊天。

去年，四妈忽然去世了。

九十一岁，跟我自己的妈同年。

二儿子从她走后，得了脑梗，住到养老院去了，据说很可怜。他的侄儿侄女很少去问他。三儿子的大队书记也落选了，又得了糖尿病，听妈说，不久去住院的，都走到眼睛上了。那天回家，看他倚在门口，好像还好。四儿子离婚了。自从四妈走后，他们都不怎么回家了。

再回家的时候，斜对面的门总是关着的。以前门前总是停了许多电动车、三轮车，来往都是打麻将，或者相眼（站在打麻将后面看的人）的人，现在只有紧闭的大门，门前的油菜，那么寂寞甚至荒凉，那棵年年开花的桃树，也孤独地站在那里。等到春天，它会开满了鲜艳的花朵，树下有鸡走过，或者刨塘，以前四妈会站在那里，吆着鸡，跟妈大声地理论。

村子上的老人一个一个走了，只剩下妈，是三队最后一个老人了。

然后，我的那些远房哥哥就成了后继的老人。

说到底，四妈不是一个坏人。妈回家后，再没有人搬了凳子去跟她说话，或者吵嘴。

妈有时候说起她，还会说，唠叨鬼，撩人够，好像四妈根本没有走。

前天，妈说，四妈的孙子回来，跟妈说了很久的话。说，奶奶走了，我们也不回来了。这条路都要断了。他说，他读研究生二年级了。

我记得他好像没有在村子上生活过几年。但是每次回来，都像在村子里长大之后，移植到城市的植物，对于乡村，说不出的熟稔与依恋。

兰亭叔叔

兰亭叔叔住在村子的最南头，我家住在最西头。我家是三组，他家是四组。兰亭叔叔到我家来，总是要穿过整个三组和四组到我家来。

兰亭叔叔只有兄弟一个，父亲也只有兄弟一个。我们两家来往很频繁。他们是怎么好起来的，我并不知道，好像从我记事的时候，两家就好起来了。

兰亭叔叔在乡里的医院输血。我们村子上，对在街上做事的人，总是高看一眼，好像他们地位非常尊贵。兰亭叔叔自然也是。村子上的人到医院看病，都在他那里吃饭。

兰亭叔叔回家的时候，一定要来我家。

有时候，他给我家带来一些红色的油漆。然后，他就用刷子，把我家堂屋唯一的一扇窗户漆成紫红色。那个时候，村子上，一般人家都没有这样的窗户，都是在墙上开一个洞，冬天就用塑料纸蒙起来。我家这个用红漆漆好的窗户，在春天明媚的春光里，就散发着文明的气息。

我站在窗户旁边，看着兰亭叔叔，手里拿着一个漆把，一下一下，在窗户的木头缝里涂抹。

兰亭叔叔到我家来，就像一件非常荣耀的事情。因为他是从街上来的人，而别人家，就没有这个幸运，接待这样一个尊贵的人物。

兰亭叔叔来的时候，总喜欢在我家吃晚饭。

我家的晚饭总是简单的。兰亭叔叔来之后，就会变化一下。他总是给我们带来新奇的体验。他把西红柿切成一瓣一瓣的，然后，洒上一些白糖。这种高贵的吃法，只有街上的人家才知道，才会这样奢侈。他把我家的腌制的萝卜干，放在锅里，用葱花油盐炸了，炒出来，空气里都是葱花和萝卜的香气。我们一家和兰亭叔叔围在门前楝树下的小桌子旁，一起吃这样的晚餐，我们的生活好像突然美好起来了，有了西红柿里的甜味和萝卜干里的满溢的葱花爆炒的香气。我们说笑着，兰亭叔叔的声音爽朗而温和，这样一个男人，给我们的生活带来了多少向往和甜蜜的东西啊。

门前的楝树在黑夜里，那么温柔。星星在头顶上闪耀，乡下的夜晚静谧而有了许多的韵味。萤火虫还没有出来，提着尾巴上的灯到处明灭不定地闪烁。露水也许已经滴落在暗绿的山芋叶子上了。露水在静夜里，有着暗淡的光泽。

祖母的蒲扇一直在我的身上扑打着。兰亭叔叔的声音变得很飘渺，父亲也在说话。兰亭叔叔在说他的输血的事情，这些天哪些人又去了他在街上的小屋，他们到那里，就像到家里一样，又吃又喝。我在那里想，兰亭叔叔真大方。对谁都这么大方。

他就像我们村子里的一个神一样。

兰亭叔叔到我家来，也没有什么规律，说来就来了，说走又走了。

他仿佛是一个财富的象征。

过一阵，他会突然用平车拖满满一车的酒糟给我家。夏天的上午，门前的楝树上，知了还没有开始叫。楝树叶子绿得油亮亮的。他忽然就推着一个笨重的木板平车来了。到门前，父亲就出来了，站在那里，和兰亭叔叔一起看着满满一车的酒糟。酒糟的味道浓烈而刺鼻。味道太大了，好像空气里都充满了酒糟的味道。我远远地跑开去了，太难闻了。兰亭叔叔和父亲一直站在那里。兰亭叔叔脸上微笑着，喊父亲、大哥。父亲都喊他兰亭。他们就像亲兄弟似的。所以我在村子上，看到兰亭叔叔的几个孩子，都觉得非常亲切，好像姊妹一样。他们也是的，即使兰亭叔叔的第二个儿子有点流里流气的。他竟然烫了一个卷发，就像小流氓似的，我看见总有点恐惧，好像他是一个坏人。但是见了面，也仍旧招呼，好像就是跟别人家的小孩不一样似的。这样的感觉一直维持了很久。

我不知道兰亭叔叔送酒糟给我家有什么用处。在我看来，是一点用处也没有的。街上有一个酒精厂，厂里有许多的酒糟。兰亭叔叔就用平车从十几里路的街上，拖了满满一车酒糟过来。后来，这个酒糟是什么用处，我也并不知道。

冬天的时候，兰亭叔叔会穿一件漂亮的长大衣，大衣里面是绿色的绒子，风度真是好极了。

他到我家来，基本是赌钱的。

在我家简陋的草房子里，兰亭叔叔一进来，好像立刻蓬荜生辉了。他往往在我家外面的一张床面上坐下来。然后，随便地一耸肩，大衣就自然滑落在床上。那是多么尊贵的大衣啊。我很想去摸一摸那个温暖漂亮的里子。可是我只是看一看，似乎就自足了。然后，我就看兰亭叔叔潇洒地坐在那里打麻将。他是不缺钱的。

兰亭叔叔来的时候，对于我家，就像节日一样。我的生活就好像打开了一扇窗户，忽然就敞亮了。

我们也会到兰亭叔叔家走动。当然，多数是他到我家来。

有一次，他家做事情，也许是他父亲过寿。我不知道。反正，我们一家在他家吃饭，很晚了才回来。

婶子长得很漂亮，眼睛很大，对我们非常热情，喊母亲大嫂，喊父亲大哥。他们留我们吃到很晚，然后，又说了许多的话。然后把我们送到屋子的后面，又说了很久，才让我们回家。我们在村子里，走了好久，才到了家里。路上太黑了，也看不清路。可是我感到心里很暖和，好像冬天多穿了一件夹袄在身上一样。

有一次，兰亭叔叔带了一些红红绿绿的泥人给我。街上有一个泥人厂。兰亭叔叔总能搞到一些新奇的东西，带到我家来。有一个泥人，是个小姑娘，有非常漂亮的黑辫子。我很喜欢，不时拿出来，抚摸她的黑辫子。那时候，一般的孩子都是没有玩具的。我们总是几个小孩子做了泥人，放在屋子后面，没人的空地去晒，又难看又笨拙的样子。也许一场雨，它们又变成一摊泥土了，然后我们再也不自己做泥人。

兰亭叔叔的父亲忽然就生病了。

他到我家来，跟父亲谈这件事。那个时候，没有人对癌症有什么办法，农村的人得了这样的病，就只好随他去了。

兰亭叔叔的父亲也是一个很好的人，我们喊他二爹。

有一天，村子上的人说，二爹到大寨河那边的一棵树上吊死了。

那两天，父亲和母亲几乎天天在南头兰亭叔叔家里。父亲说，二爹真是一个好的老人，不想拖累儿女，知道自己的病不会好了，就到野外去上吊了。怕在家里，让小孩子害怕，也怕把家里弄脏了。这样的体贴，使兰亭叔叔更加伤心。父亲回来说，兰亭哭得就像牛喊似的。

过冬的时候，天还没有晚。大寨河那边，就听到扯着嗓子，像牛喊一样的哭声。父亲说，兰亭又在哭二爹了。父亲这样说的时候，有点鄙夷的味道，好像一个男人不该这么多情似的。我们听兰亭叔叔声嘶力竭地哭了很久，对面河坡上，燃起了冲天的红光，好像把半边天都照亮了。

到第二年清明的时候，我们照例听到兰亭叔叔跟前一年一样的哭号。

我们似乎都习惯了，父亲还是会说一句，兰亭又号了。

从医院里有了血库之后，兰亭叔叔的生活似乎就变了。

他的小屋里，去的人少了。

跟他相好的女人好像一夜之间都蒸发了。

原来，他那个小屋也是他藏娇的地方。他是输血队的队长。现在，他只是一个医院里被照顾的穿白大褂扫地的。

他来我家的时候越来越少。

记得最后一次是跟父亲坐在我家的淡黄色的大桌子前喝酒。父亲劝他不要再跟那些女人鬼混了。父亲隔着桌子，望着他说，兰亭，大哥跟你说，露水夫妻不到头啊。他嘿嘿笑着说，某某说，要饭也要跟他一起去。我坐在那里，头脑里忽然冒出一个词语，无耻。

其实从上了初中之后，我看到兰亭叔叔，只觉得可耻。当我知道，他是那样一个人，我心里无比的厌恶，跟同学走在路上，远远看到他，赶紧快速地跑掉。

他远远地喊我，乖乖大银子，不认识你大爷了吗？我感到一阵厌恶，似乎要呕吐了。

后来，我出嫁了。

兰亭叔叔曾经一心想我做他家的三儿媳妇。村子上，许多人都认为我们两家是娃娃亲。可是父亲一次也没有承认过。

后来，兰亭叔叔得了肝病。我在街上看到他。他满脸皱纹，我简直不忍心多看他一眼。这不是我心目中的兰亭叔叔，潇洒而倜傥，好像一辈子也不会老。

他的小屋已经无人问津。到街上去看病的村子上的人，好像约好了似的，一个也不去他的小屋了。他的小屋曾经免费接待过多少人，他自己也不记得了。

兰亭叔叔已经不来我家了。

父亲也早就生病了。

他们兄弟几乎没有见面的时间。

那年冬天，兰亭叔叔终于去世了。

父亲也在他的破烂的草房子里，等待命运最后的裁决。

父亲拖着病重的身体，去参加了兰亭叔叔的葬礼。

然后，过了几年，父亲也去世了。

他们兄弟两个到一起去了。不知道他们会不会一起喝酒，还有打麻将。我反正把麻将给父亲放在墓里了。他一生，最喜欢赌钱、喝酒，最喜欢一喝酒，就喝倒一屋子的人。

有一个晚上，我睡不着，到另一间屋子读书。忽然从书里掉出一封信来。我看了看，是无锡寄来的，不知道是谁的。我打开一看，竟然是兰亭叔叔的三儿子给我写的信。我已经搬家五六次，不知道这封信怎么幸存下来。

它的内容是这样的。

×××

你好

　　提笔祝你全家身体健康，万事吉祥。一生当中没给你通过一次信。在你看到这封信的时候，你会感觉到很惊奇。你肯定想不到我会给你写信。这次去信也没有别的事情，你现在在哪里教书，是中学，还是小学。今生虽然我们有缘相识，但没有缘相守。不过，我真心祝福你能永远幸福快乐。在我心中，你现在就是我的妹妹了，不知你是否能接受我这个哥哥。

　　不知你现在对象找了没有，要是没有，我在这儿有个朋友，他是淮阴的，性格好，又实在。他今年二十六岁，到无锡已有六年。老板对他很好，手里钱大约四万左右，老板又把他户口调到无锡。

老板对他说，只要你找到对象，也把女的户口调到这里。在家里什么工作到这里还是什么工作，还有买一套住房给他。老板对他可好啦。每年除吃给他七千元钱，车费来回都报，回家一趟还买茶食给他，每年还要买千把块钱衣服。当然他对老板的功劳可大了。今年没有生意还做了四五十万，上年把一个月就做了一百万。说起数字可怕人。但是老板的用处也大，现在老板手里二百多万，老板说，你在我这边干到四十岁就行。我的看法不知你怎样，现在人没有钱是不行的。我们那个穷地方在不在也没有了不起。我的意见望有三思。我在这里钱不多，每月只能四百元，是我不吃烟的，要是吃烟，就没有了。明年我也要把老婆带来找个厂里两人在这里，每年能赚五千元左右。最后望你收到此信，请速回。落笔，祝你工作顺利，永远快乐。

　　此致

来信请寄无锡市江海东路436号陈兆地（收）即可
1999年11月2日　　陈三

　　这封信，我看过的。但是我早就忘记了。当年有没有回信呢。我也完全不记得。

　　按照我的性格，我是不会回的。

　　现在，兰亭叔叔的大儿子因为年轻时候跟着兰亭叔叔输血，身体空耗，前两年去世了。

　　婶子在兰亭叔叔去世后，得了老年痴呆，什么人也不认得了。有时候，竟然只能用铁链锁在家里。

　　他的二儿子和三儿子在哪里打工，我也全然不知道。只知道他们都在家里盖了房子。

我们就这样，被生活的激流冲散了。

我看完信，看看手机上的时间，是深夜四点多，天快亮了。

我把信折叠好，夹在书里，这个陈三是喜欢过我的，有一阵，我赋闲在家，他天天跑去我家，在村子上，也不知道什么地方，捣鼓许多书给我看。而我，心情好的时候，就给他一些好脸色；心情不好，就撵他滚蛋。

我扭头看着窗外漆黑的夜色，天快要亮了。我轻轻合上了书，准备继续睡觉。

第二辑　乡村物事

归去来

母亲到我家来，和塑料袋里的衣物一起带来的还有一只妹妹早就淘汰下来的笔记本、一款黑色的式样老旧的老年机、一副在地摊上买来的边框金色的老花镜。

她每天坐在我家楼上外间的一个床上。她是来给我家煮饭的。

我们在乡下上班，儿子在县城读书。中午我们不能回家，所以很需要一个人煮饭。

母亲就这样在我家驻扎下来。

她每天的事情是煮午饭，余下的时间，就相当漫长。

晚上，我们回来的时候，母亲会告诉我们，中午，我们那边靠西边的房间，阳光非常温暖，她就坐在椅子上晒太阳，一直晒到太阳走到玻璃那边去了。卧室里变得清凉起来。

她就出来做晚饭了。

我们回来的时候，她的晚饭早就煮好了。

吃过晚饭之后，她会捧着一本书，然后指点着上面的一个字，问我或者老公，这个字怎么读。有时候，她会带着一支笔进来，让我们在不认识的字旁边注上一个简单的谐音的字。有时候，一个晚上，她要来好几次，我就会有点不耐烦。

眼睛也不看她指点的那个字，说，我也不认识。

她只好去问老公。

有时候，晚上回来，屋子里漫进薄薄的暮霭，她一个人站在我们房间的窗子旁边，看着外面。外面是一大片空旷的田野，冬天的麦子，有点暗淡的绿色，一片小小的树林子，苍苍的灰色，偶尔有喜鹊在上面停息，一会又飞走了。

田野那边是一个公园，里面有一个标志性的灯塔，一泓荡漾的人工湖水，虹一样的曲桥，也有一个夏天长满了菱角的野湖水，里面有野鸭悠然游动，或者在夏天的春天的晚上，从湖里突然飞起，一直飞过那条小路，飞到对面的响坎河里去了。

这些地方，我曾经带母亲走过，不过是在春天的晚上，湖水闪着暗淡的波光，有着温柔的质地，路边开满了春天的硕大的粉色花朵。那是春风沉醉的晚上。

这个时候，风在花朵和青草湖水上走过，就走到我们裸露的皮肤上来了。我们微微感叹起来。

不知道母亲站在窗口，站了多久，她每天有大量的无法挥霍的时间，她肯定恨不得这样的时间会缩水。

她有时候会说，又去哪里了，才回来。

她站在那里，大约站了很久，把时间似乎要站成化石了。

她望着外面的田野、灯塔。她都想到了什么。

这些，她都不会说，也许她什么都没有想。

周末的时候，她总是早早就打点了自己的衣物。一开始总是说，菜要收回去了，要下霜了呢。好像不找个堂皇的理由，她就无法正当地回去。

一开始,我总是不高兴。说,家里还有什么,几间破房子。她就低着头了。她总说,回去看看。有什么好看的?她就说,想那些邻居呢。要到咏梅家串门呢。或者说,玉梅想送馒头给她呢。

我只好说,你去吧。

她就像被关了很久的小鸟,有被释放的自由。

我们的世界何其辽阔,那不是一个乡下老奶奶的思维能够丈量的广度。

她的世界,就在十楼的一个方寸里。最多走到窗前,让并不宽阔的阳光吝啬地在单位时间里,漫过她生命的堤岸,而这阳光,也不过只湿了她生活的一只鞋子。

她需要不断地回去。

在那简陋的小屋里,似乎也有她的皈依。

城里的我们的房子,并不能安妥她的一直小兽一样活泼在乡下的无羁的灵魂。

她在她的破旧的小屋里,才能把自己完全地整个地安顿下去。

她在那里的睡眠里,有月亮清凉的步子,有树木飒飒的如雨的声音,一只鸡蹒跚慵懒地走过门前,并停下来,一点也不觉得害臊地撅起屁股,拉了一泡鸡屎。然后,忽然扇起翅膀,使劲扑了几下,扇起了一大片尘土。

母亲站在门前,她的腰全佝偻了。全白了的头发,好像冬天的雪都下在了她的头上,她的脸上皱纹很深,脸皱缩起来,就像一朵菊花,一朵干枯的菊花,或者一枚核桃。

她看见这只可恶的鸡,走过门前的空地,竟然不干好事,就大声呵斥起来,并且把手里的拐杖举了起来,嘴里发出唔喜唔喜的声音,这是驱赶鸡的特有的声音,然后看鸡还慢吞吞的,一点也不知道自己犯了什么错,慢条斯理地在那里踱步,就大声骂起来,倒头鸡,非要拉泡屎才走，一点不干家，就像鸡是个人似的。

母亲说完，看鸡也不理她，就走过去，用铁锹把鸡屎铲去了。

晚上的时候，母亲会去咏梅家里串门。咏梅住在后面新农村的楼房里。

她的二儿子原来是个小偷，带过一个女子到家里来，生了一个小女孩，女子就走了，再也没有回来。小女孩是一个痴呆儿，就留给了咏梅。

一直也没有上学，因为不能读书。可是她却非常机灵，在村子上，什么人都认识，离多远就要打招呼。人们喊她小贝贝，背后喊她小海荣家的小痴子。

小贝贝八岁的时候，她爸爸在一个工地做工，被搅拌机搅拌了，赔了八十万。

小贝贝的奶奶和爹爹就用这八十万，在后面开发的新农村，买了一栋二十多万的房子。

不久，小贝贝的爹爹也死了，这房子里，只剩下小贝贝奶孙俩。

小贝贝每天早上骑一个带斗的三轮车，在村子上转来转去。

有人喊她做事，她有时候去，有时候不去。

她喜欢给我母亲做事。她喊母亲老太。

她说，老太，我三轮车借给你拖棒头。母亲的五分地玉米堆在地里，一直没有办法运回来。

母亲说，好，小贝贝。小贝贝说，老太，我能拖。你在后面推一把。我有劲。母亲说，好。

空荡荡的村子土路上，一辆三轮车歪歪斜斜的，小贝贝在前面腰弓成一张弹弓，又像被十级台风吹弯了的树。另一张弓的母亲，在后面推。三轮车就像醉酒一样，摇摇晃晃在坑洼不平的土路上，歪歪扭扭地往前走。

我想起父亲刚刚去世的那些个黑暗的夜晚。母亲执意一个人待在她的简陋的与父亲度过四十多年的小屋里。

每到晚上，我总会打一个电话。要是电话不通，我就会焦虑万分。担心母亲一个人因为什么原因独自死在小屋里。种种的不祥都忐忑在我的心里。

一度，我以为父亲的墓碑就在不远处。母亲也许会有一种安慰，但是母亲一次也没有单独去过。

但是她常常对我说，自己又梦见了父亲。

四十年夫妻。

他们是我见过的老式夫妻里，最好的夫妻。

母亲不能生育，祖母曾有过让父亲离婚的念头。但是父亲却非常决绝，他说，她走，我也走。

那样一个夜晚，祖母只好给父亲跪下了，求他不要走。她不再赶母亲走了。

这样的故事，母亲讲了很多次。

长大后，我看过无数周围夫妻的吵架，而父亲和母亲从来没有。

母亲在老家过两天，把被子在外面的晾衣绳上晒一晒，然后请人抱回去。

到周围的邻居家走一遭，她常惦念的玉梅，她一直认为是她的干女儿。一只被柴呱呱啄瞎了的眼，白色的眼白，恐怖地翻着，那一只充满了温暖的善良的光泽，这样的眼睛，你只有在乡下才能看到。

那样的目光里，全是朴素的生活暖意，虽然它只有一只。前两年，时兴银镯子的时候，母亲把我送给她的非常漂亮的银镯子毫不犹豫地送给了玉梅。

我听说后，待了一会。母亲好像没有注意我的神情，说，玉梅对我真好，今年兴妈妈送镯子给闺女，我就送给她了。我说，好，只要你想送，就送了吧。

听说母亲回来，玉梅送了自己做的馒头，或者饼。母亲出去了，她就从窗户送进来，放在靠近窗子的桌子上。母亲回来一看，就说，又是玉梅送的。

有时候，玉梅把排骨在锅里烀烂了，端过来。母亲说，太多了，吃不完。玉梅就说，大婶，你慢慢吃。下次回来我再烀。母亲说，不要了，吃够了。玉梅说，那买别的。母亲说，不要了。

过些天，母亲又回来，桌子上又多出一些食物：韭菜馒头，或者卷子，或者排骨。

母亲一周一次回家，已经成了习惯。

也从老家带来更多的死亡的消息，村子上，像她这样的老辈，只有两个了。

开朗的母亲，有一天忽然变得悲伤了起来。

在父亲的墓碑上，有一块凿好了的空白，那是留给母亲的。

村子慢慢地空旷起来。

那些熟悉的面孔，过去缓慢的日子，不断升到晴空里的炊烟，似乎一直在飘荡着。实际上，村子里，高楼林立，久不回去，走在村子里，好像走错了地方一样，有隔世之感。

而那些房子，形式模仿江南，高大巍峨，里面没有住一个人。它们的主人把它们留在这里，替自己在故乡扎下一万年的祖上的根，让他们在异乡的天空，有一份时刻可以回归的期待和皈依。

它们一年到头，没有内容地空着。

母亲还会站在下午的窗下，她似乎也变成了那些打工的人们。不断从城里回来，然后又归去。

在文明与现代之间辗转，来来回回。

乡村葬礼

这些年，我回家的次数越来越多，曾经我以为，离开了乡村，我就永远摆脱了它，包括它打在我身上的烙印，被太阳炙烤之后，黝黑的皮肤，朴素的一看就能辨别出乡下身份的衣着、谈吐，还有我手心上，长期劳动磨出的厚厚的老茧。这都是乡下给我不可磨灭的印记。

这两年，我身上乡村的气质与烙印基本上蜕变净了。

我以为我跟乡村已经割断了最后一点联系，成了我一直稀罕的真正的城里人。

可是不是的。

这两年，我不断地奔波在回家的路上。

母亲每次从乡下老家回到我家，总是要讲上很长一段时间家里的事情。

其实，她的家里只有三间歪歪斜斜土坯脱落的土墙瓦盖的房子，还有两间红砖的厨房。她就住在这两间房子里。

门前的大场都被她开垦出来，种上了大蒜、白菜、葱。她门前连条像样的小路也没有。我真是想不通，她现在只有一个人了，还要种这么

114

多菜干什么。况且我们也不需要。

村子上像母亲这样的老人越来越少。直到今年春天，一个八十八岁的大妈走了之后，母亲就变成村子里最后一位高龄的老人了。

这两年，我越来越频繁地回家，回家去参加村子上的紧房家族的葬礼。

只有葬礼的时候，村子才有点热闹起来。

即使楼房越来越多，但是那种无人居住的荒凉，在走近村庄的时候，就像冬天的寒气一样，立刻侵袭了人们的身体。

连鸡鸣犬吠都有着荒芜的味道。

葬礼总有三天的时间，选好日子出殡，或者按时间算，要满三天才可以走。

村子里的人陆陆续续都出来了。

在外面的人也回来了，大部分是儿女或者比较紧密的家族兄弟侄儿侄女。

响器一直吹着，把村子里的荒芜驱散了一些，灵棚也搭起来。哀乐奏的是喜乐的曲子，以前都吹孟姜女，现在都吹妹妹坐船头。人们也不觉得有什么不对。除非是少丧。但大部分都是老丧，岁数大了，就是喜丧了，随他们吹去。

门前走来走去的，白花花的孝布。在乡下，生死是大事。家族里的人都要来帮忙做事情。

墓地好几天前，就准备好了。旧的衣服放一些进去，生前喜欢的麻将，或者烟酒，都放一些。用红布蒙了墓碑，放一挂鞭。

等到从火葬场回来，一趟人站在墓前，儿子就将骨灰盒放进墓里，人们跪在墓前，哭上一阵，以前还撒一些硬币，现在好像这个风俗没有了。人们就把头上的孝布绾在头上，回家。

到家里，洗了手，吃上两块水糕，就等着中午吃饭了。

打工回来的人，总是匆匆吃几口饭，跟几个桌子上的长辈轮流喝一遍酒，也不等酒席结束，就匆匆去了谋生的上海或者北京。人们望着他的背影，他就像另一个世界的人了，虽然回来，但是似乎面目模糊，他跟村庄上的最后一点联系，就是葬礼了。

他其实已经不属于这个村庄了，或者说，他永远都属于这个村庄。

他的房子盖在村子上，他有没有想过，死了之后，也要葬在乡下。

但是这个时候，他哪里有时间想他最后的归宿问题，他那么忙碌，虽然已经人到中年，他还没有想到死亡这样深渊一样的事情。

他也许也跟我一样，以为永远摆脱了乡村，再也不会回来，却又一次一次不得不归来，在乡村与城市之间奔走。

随着村庄上的老人一个一个离世，外出人回来的频率也越来越高，直到有一天忽然发现，自己也变成了即将凋零的叶子，在村庄的树上，摇摇欲坠地挂着。

这么多年，葬礼的许多程序，年轻的人们都不大懂了，可是它仍旧被承继得很好，哭丧棒的捆扎，孝布的长短、色彩，摔盆，守灵，行礼，出殡前的告别，摔盆，上坟，后来的五七，等等，这些习俗都被人们保存得完好，一丝不乱。

只有这个时候，人们好像回到了从前，一些东西似乎回来了。邻里的温情，久不走动的亲戚，还有那些被遗忘的礼仪和人情。

送葬很早就开始了。

一般早上六点吃饭，七点就上路了，当然也还有更早的，到火葬场还要排队。

寒冷的冬夜，早早就起来了。下楼，发动了车子，然后在黑暗里，车前的灯光只能照见不长的一段路。两个人都不说话。母亲还没有起来，儿子也没有起来。

天太早了，只有五点半。天空还有一两颗寥落的残星。

想到老家的某一个房子前面，许多人在寒风里早就起来做饭，孝子

116

们在地铺上守了一夜灵，夜里女儿要起来哭翻身。早上，哀乐早早就奏响了，村子还在睡梦里，儿女们在灵前哭成一团。这一天，是他们看到父亲或者母亲身体的最后一面，生离死别，没有比这个更哀痛。

门前的灯光是昏黄的，虽然是一百瓦的灯泡，在冬夜，就那样冷冷的，好像被冻坏了，瑟缩了一夜。

车子到的时候，远远的，音乐的声音就传过来，心脏就变得紧缩起来。

前面已经停了许多车子，各种牌子的都有。车前面都扣了一朵大的白色纸花。

白花花，就像下了一场大雪。灵前哭成一片。

瞬间，悲伤如潮水，把人们淹没了。

天上的最后一颗星星也隐没了。

人们一个一个绕着冰棺走了一圈。

然后，孝子们都出来了，跪在门边的地上，紧房的侄儿也抱着哭丧棒，冰棺出来了。

人们哭成了一片。孝子们以头抢地。

最前面的大儿子手里捧着遗像还有一个瓦盆。孝子们跟在冰棺后面，哭声震天。

冰棺抬上了车子，咣当一声，车的后门关上了。

孝子跟在车子后面，车子缓缓开动，后面一趟白花花的头顶孝布的人们，要穿过大半个村子，把死去的人送上路。

村子的大路上，日用小店门口，站满了人，看着这一趟送葬的人们。

他们浩浩荡荡，长长的队伍后面，还有一个长长的车队，就像洪流一样，漫过了村庄，一直汹涌到马路上。

儿女们一直哭到嗓子哑了，筋疲力尽，要人扶着。

田野里，那么空旷，大风肆无忌惮地吹着，从这些人们身上吹过。

到了路口，前面的唢呐停了，车子都停下来。人们开始上车。

有一些远房的亲戚和庄邻开始回头走。

车子开起来了。

殡仪馆只需要十几分钟就到了。

当儿子捧着一个精致的骨灰盒坐在车子上的时候，人们都停止了哭泣，表情呆滞地坐着。人们都累了。

一切都结束了。

这漫长的琐碎的礼仪，一个环节也不能拉下的礼仪，成了村子上最庄重肃穆的事情。

我和丈夫这两年不断地回家。在漆黑的早上，开车回家。这样的动作似乎重复了很多遍。就像电影里反复重放的镜头。但是每一次我们要奔向的对象都不同。

七十多岁的叔伯哥哥生病去世，就有两个。还有八九十岁的大妈，还有丈夫的一个叔叔、一个叔伯哥哥……

我们不断地走在回家的路上。

我们走出来的时候，无不有一种决绝，要和这贫瘠的乡村割断最后一点联系，事实是，我们永远走在回家的路上。

乡村，越来越荒凉了。连鸟的叫声，也是莫名的寂寞和荒凉了。

老人一个一个都走了。

有一些不是紧房的邻居大妈大爷走了。我们没有回去。

都是母亲带来了这样的消息。

然后，我总觉得他们都没有死。

或者他们都住在了另一个离我们不远的村子上。

那是另一个世界。他们的热闹我们不知道。

墓地越来越庞大，就像是与村庄相对的另一个村落。里面住着许多我们熟悉的人，清明时节，我在那些墓碑前一一看过，那么熟悉的名字，那些过往就像在昨日，好像他们从来没有离去，不过就是换了一个居住的地方而已。

那么亲切，那么淡淡的忧伤与酸楚，在空气里，挥之不去。

城里的墓地越来越贵了。

也有人把父亲的骨灰放在了花钱买的城里的豪华的墓地里。

离开了那么多熟悉的人们，这个孤独的移居的灵魂，会不会寂寞，在深夜还摸回到故土。

母亲每次回来，都要把村子上的事情和人说了又说，一些死去的人，在她那里，好像一直都活着，她用对待活人的家常谈天的口吻去说那些庄邻。

村子好像还是多少年前的村子，里面的人都没有死。

而其实她自己也感叹，回家几乎看不到什么人了，也没有地方去串门。

但是她还是每周回家一趟，去侍弄她的菜园子，去村子上的教堂赶礼拜，到后面很远的人家串门。她一直看不惯的对门四奶奶，已经死了一年多了。

母亲说起她的时候，还是一副鄙夷的口气，计较的口气，好像她从来没有死。

那个荒芜的只剩下房子的村庄，它一天天凋零了。土地被承包出去了，年轻人都出去了，孩子不是跟了大人出去就是读书去了。老人一个一个死去了。

村庄空了。

人，也没了。

但是有一个新的名词叫新农村，那里住的是城里来的人。

我们回去的次数越来越少。

但是我们还是要回去。墓地里住着我们的先人，每年我们都要去看望一次或者两次。

村庄，在夕阳里，静默着，它的前方，有什么在等着呢。

村庄

　　许多的村庄都是相似的。一些错落有致的房屋，一些掩映屋顶的树木，一些肥沃或贫瘠的土地，也必有一条小河从村庄旁缓慢优柔地流过，这便构成村庄基本的因素了。

　　村庄很安静，因为远离城市，便少了嘈杂。城市里的声音我是不喜欢的，在车辆的轰鸣里入睡，总觉得梦里有了噪声和令我心灵安妥不下来的动荡的因子。而张爱玲却是喜欢这种声音的。因为她的出生地是城市，在骨子里从小就认同和接受了的，这也是一种习惯。

　　我喜欢村庄的清静，风吹过树木的声音，旷远、缥缈，传递着遥远陌生的气息，令人神往与遐想，月光在村庄中无声无息地行走，我总感到月光像一个天使，它是有脚的，只是她更轻盈，它走过村庄的每一个角落，她了解每一户人家的喜乐与悲欢。我能想象出月光照临村庄，光顾每一个孩子窗棂的温柔和恬静。梦里大概也有明亮的月光的影子吧。小河在月光下泛着清凌凌的白光，像鱼的白肚皮，光滑、晶莹。

　　村庄的清静中也不乏寂寞。小时候，喜欢躺在门前的茅草网起的凉床上望天，黄昏的天色清淡清淡的，有时一色儿青色，有时一色儿白色，是使人宁静的色调。老屋的三间茅草房在黄昏淡淡天色中散发出亘古的宁和与温情。一两只黑色的蝙蝠在屋檐边钻来钻去，飞得灵巧、迅捷。这时，我不觉得寂寞，只感受心像一泓池水一样平静、安宁。在村庄的怀抱里，我是那么无忧地成长。

总有这样的场景，在一个酷热的午后，从一场慵倦的梦中醒来，睁眼一看，外面阳光炽热、明亮，地面上蒸发着烘人的热浪，此时蝉声像一场突如其来的暴风雨骤然而降，不由分说地登场，不容你分辨，这无边无际的无休无止的歌唱，声势浩大，你突然感到了深刻的寂寞，好像这世界除了这瀑布一样的阳光和铺天盖地的令人烦躁的蝉声就什么也没有了。四外没有一个人，大家都在一场疲倦劳顿的梦里，睡得疲惫不堪，饱受折磨。我突然感到了世界的荒谬和无助，一切仿佛都没有什么道理。在门前呆怔了大约二十分钟或更长的时间后，我走进黑暗清凉的里屋，抱了一本书、一只收音机，转过门前，坐在屋后的一棵泡桐树下，午后的收音机里传出的音乐是那么孤单、寂寞，无法抵挡这个世界巨大的空洞和荒谬，一切都是不真实的，像一场梦，一场挣扎着想要赶快摆脱的梦。远处的土路被太阳晒得白花花的，因为没有人，显得比平日更宽大更空荡更寂寥。绿色的玉米地那么没有道理地存在于路旁，遮住了世界似的挡住了望远处的视线。那么迫切地希望这空阔的路上有一个人突然走过来。打破这冗长而沉重的郁闷，但知道这是绝不可能的，如果真的出现一个人，你会觉得荒唐而没有道理。这时候，大家都在蝉声和热浪中睡着，像那场永远的睡眠一样。

这一切感受是要在成年之后，生命感到了局限渴望突破的时候，才会慢慢降临到灵魂中来，像一只虫子在偷咬花蕊一样，不动声色的一种侵略与噬咬。

当我终于从村庄突围出来，像很多人那样，在走出之后，游离的目光反而只有一种指向与定格，但我注定不可能再回去，像嵌入格子的事物，一旦被抠出，想再放回原处，几乎是不可能了。我站在原野上，阳光下，油菜花涌动着浪潮一样的花穗，像海洋一样要把我浸没，微风送过来甜润的花香，使我沉睡已久的心有一瞬的苏醒与感动。但我不再是原来的我，不管我如何被感动，我已经无法走着回到原来的地方了。一个偶然的有月光的晚上，我走在乡村田野的一条杂草丛生的小路上回家，在突然之间，我发现自己置身在如洗如染的月光下，像醍醐灌顶一样，我心中的莲花纯洁地怒放开来，没有一丝保留，花蕊中全是月光洁白的影子。像多年未见的老朋友，虽有红尘万丈的阻隔，在一见之下仍然熟悉如故，灵犀相通。我沐浴在无边的月色中，我大声地呼喊，我回来了。我看见了那个真实的过去的自己，单纯、坦率、真切，像今晚的和所有夜晚的乡村的月光。我的心又获得了皈依与宁静。我的灵魂与乡村是一致的，像在前世的生命中就已经熟稔了的，只有在乡村才能使我的目光宁静，灵魂安妥。

从前的乡下

　　小时候，母亲和祖母常常在凌晨起来，那时的冬天，很冷很冷的。母亲穿着棉袄，外面还披着衣服。坐在门边，一手握着一把小小的弯刀，一手握着一根山芋。她想把山芋剖成一条一条的，晾在绳子上，做山芋干。等到大冬天的时候，或者春天的时候，放在锅里和玉米一起煮粥。祖母也坐在一只柳条编的篓子边，和母亲一起剖。煤油灯就挂在墙上。豆粒大的昏黄的煤油灯实在照不了多大的空间。我看见母亲的身影印在墙上，有点怕人。屋子里没有什么声音，她们干活的时候不说话，而且因为是深夜。我也起来了。我好像只有三岁或者五岁，我执意要起来，是我叫祖母喊我起来的。我要求和母亲还有祖母一起晾山芋干。我坐在祖母旁边的小板凳上，等她们把山芋剖出得多一些，就出去晾。我的小小的胳膊还不怎么能承受这样的重量。但我好像很乐意，很开心和母亲她们一起劳动。祖母就夸我，很能干，像个能干豆。我喜欢祖母的夸奖，一夸奖，我就更带劲。

　　在暗淡的夜色中，在寒气逼人的冬天，地上下了冷冷的寒霜。我和祖母站在屋后的河边，往一根系在两棵树之间的绳子上晾山芋干。我的手被冻得有点疼，可是我好像并不觉得怎样。

这样的事情，一直做了几天，才完工了。后来的很多天里，我会去后面取下一个晒得半干的山芋，一条一条掰下来，因为被寒冷的空气冻了，很甜很脆，等到完全干的时候，没有了水分，就不好吃，也吃不动了。那时，只有放在锅里煮山芋干粥，才会好吃一点。

祖母煮山芋干粥的时候，总把山芋干多捞一些放在我的碗里，而且都捡山芋中间的那几段，没有外面山芋皮的，那是又好吃，又不脏的。

很久也没有吃到山芋干了，在超市里看到，总觉得不够地道，看了一会，想买，终于也没有买。好像那样的味道，只有自己亲手做的，味道才纯正。所以不吃山芋干，好像也有很多年了，从前吃它，是吃的有点腻烦的。现在，想吃那样的山芋干，恐怕也是很不容易的，乡下的山芋干，一到集市，就会一下被抢购一空。还没等你反应过来，就没有了。

小时候，家里有一盘石磨，在屋子的门边放着。祖母总用它磨粮食。玉米磨得最多。我最怕拐磨。慢慢地，一圈一圈地转，不知道什么时候是一个头，母亲拐不动的时候，就喊上我。我也没有力气，又不知道如何使劲。就趴在磨担上，推前去，又拽回来，这样一推一拽，力气好像全消散了。就趴在磨担上慢慢地拖，熬着漫长的不知什么时候结束的工作。母亲有时候就生气了，说，你下去吧，趴在上面，更拐不动了。祖母在那头，拗着磨，就不乐意了，以为我偷懒，不肯做，说，不要下去，锻炼锻炼。牛扣在橛上也是老呢。我心里非常怨恨，盼望这样的苦活，无聊的单调的一步也不能挪的事情早点结束。

后来，终于不用拐磨了，因为有了加工厂了。但是雨天的时候，母亲和祖母没有事了，还会商量一下，找出一些粮食来磨。那时，我就要想办法溜出去和小伙伴打牌了，实在没有比做这个活更没有意思的事了。

但小时候，我跟在母亲旁边拐了多少磨，我已经不记得了。后来，那盘磨不知怎么没有了，青青的石头，很结实的，上下两盘，咬合在一起，是一对呢。

那个时代，就那样慢慢地，也不知道怎么的，就消失了。在我们的记忆里，还留着那粗糙的磨担绳子，一直拴在房梁上。祖母踮着小脚，够着把粮食送进磨眼里，玉米或者其他粮食的粉末就从磨的边沿一圈一圈漏下来，是生活的金子或银子，多么地珍贵。

那样的生活，是缓慢的、悠然的。留在了那样的岁月里，只有我们记得了。而讲给我们的儿辈，是要费怎样的口舌，他们才能有一点懂得。我们那个时候的单调的丰富的一去不复返的童年。

乡村新叙事

夜就这么来了。

门前的菜地在夜色里模模糊糊的，有一种温柔的味道，菜籽发出青色的暗淡的光芒，它们那么饱满，向着成熟的方向进发。

母亲站在门前，她准备关门了。

她的两间红砖房子的周围，都是田地，或者荒芜的空房子。到处都那么安静。

她家的后面是一块麦地，原来邻居的三间土房子，眼看快倒掉了。没有大门的房子，就像黑窟窿洞的大张的嘴巴，在夜晚的时候，里面好像藏着什么鬼怪。

前后左右，都没有人家，她的房子，就像浮在海上的孤岛。

白天的时候，大把的阳光照在这些寂寞的植物和房子上面，好像日子也变得荒芜了，那么漫漶无法收拾的荒凉的感觉，就那么淹没过来。

你站在这里的时候，就被这种天地洪荒的感觉，包裹住了。

铺天盖地的孤寂。

那么热烈的阳光，把这种感觉渲染得更浓烈了。你一步也挪不了。

母亲倒是习惯这样的生活。她总是快乐的。

这个时候，她准备关门了。把夜色、星光、那些植物浓烈的气息，还有草窠里、小虫子的叫声，都关在门外。

可是这个时候，出现了一个巨大的事件。

一个穿黑衣服的高大的人出现在母亲面前。

的确，他一身黑衣，就这么突兀地出现了。他的脸是灰色的，眼睛很大，就像戴了眼镜一样，有铜铃那么大。母亲告诉我的时候，用手比试了一个很大的圆圈，说，有这么大。

我的汗毛孔根根直竖起来。我庆幸自己不在现场。

母亲笑起来，说，我才不怕。

母亲是无所畏惧的。为什么呢。她一个人，住在村子里，其实跟住在荒郊野岭似乎没有区别。

她与破败的一切与植物与虫子为伴。

母亲大声斥责说，你赶紧滚。母亲这样说的时候，神色很是凛然。那个黑衣人却并不走，还是大睁着眼睛，看着母亲，母亲从屋子后面抽了一根门闩。

我问母亲，这是人吗？母亲说，不是。我说，那是什么？母亲说，是狐。

我想起《聊斋》里的故事，想，那里的故事，大概不全是编出来的。

我究竟要不要相信母亲的话。

母亲今年八十二岁了。一个人住在乡下。

她向我叙述的时候，平静得很，就像讲一个故事。我也疑心这是故事。然而据我对母亲多少年的了解。她不是那样打诳语的人。

母亲的叙述，似乎有矛盾的地方，我不断地追问，她不断地补充。

有一日，母亲与表姐走在一起，在后面的路边，表姐忽然看到一只生物，瘸着腿，一点一点在那里走。表姐就害怕起来，声音里透着惊惶，她说，大舅妈，你看那是什么？母亲淡淡看了一眼，其实她早就看到了。她说，不理它。它走它的路，你走你的路。于是她们看它一瘸一瘸往麦田深处走去了。

母亲家前面的一户人家，三间瓦房空着。

四妈在去年去世了。瘸腿的残疾儿子，住到养老院里了。平时，这里总那么热闹，炒菜的声音、打麻将的声音、娘俩吵架的声音、四妈撵母亲家的公鸡的声音。这一年，她家门前的桃花兀自开得灼灼地艳丽，可是却是人面不知何处去了。

我站在一树桃花下，看它们开那么好，心里有着说不出的惘然。

再往前面，五姐家的房子也一直空着，好像空了好多年了。自从五姐的丈夫去世，她跟了儿子去了南方，这房子，就锁着了。

她在南方做工，对那里的人们说，她的男人在另一个城市做工。她那么内敛、保守，她怕有人干扰她的平静的生活。

夜晚的时候，她躺在床上，眼泪流在枕头上。这样的话，她从来没有对儿子说起过。

五姐家对面是二嫂家。

二嫂喜欢打麻将。一个儿子在煤矿上，似乎很有钱，回来的时候，从母亲家门前经过，会帮母亲抱被子晒，总还是那么亲热地喊母亲大奶。

那一天，她对母亲说，她家的屋子里，黄鼠狼在里面放骚，味道难闻死了。母亲还是那句话，你住你的，它住它的。

这村子里，因为荒凉，就有了另外的住户搬进来了。

他们似乎相处融洽，可以共生。

母亲那么无惧，是因为她年纪大了吗？我真的不怎么懂。

一个经过了那么漫长岁月的老人，她的内心是强大而智慧的。她的无惧，我不能懂得。在那荒凉的岁月深处，是什么让她变成这样的呢。

乡愁里的地名

有文友，一路向南，去了湖南、长沙、凤凰、边城。夜晚的凤凰，灯火辉煌，是都市里的繁华与热闹。这个名不见经传的山寨小城，因为一个人，世界闻名。

一个地方，在没有出名的时候，它对于人们的意义，就是地理位置上的一个地名。它没有特殊的含义。当有一个走出去的人书写了它，给它赋予了乡愁，赋予了灵气、温柔、善良的人性，还有古老而优美的故事。它的意义就变得隽永深沉，耐人咀嚼了。

这是沈从文的边城。

记得 2004 年去北京学习，第二天，我独自一人去鲁院。而我那个现在已经在另一个世界里的美丽年轻的三妹，她要和朋友去故宫和河北的荷花淀。

晚上到家，谈彼此一天的经历与感受，我问三妹，荷花淀怎样，识字不多的三妹说，有什么好看的，就是一大片水，还有几棵柴。我笑了。孙犁笔下，优美而浩荡的荷花淀，在她眼里，最多比故乡的芦苇塘大一些，芦苇多一些。而且她根本不知道孙犁，自然更没有读过他的《荷花淀》。

总是景以人名。

譬如，吴承恩之于花果山，萧红之于呼兰河，莫言之于高密，沈从文之于凤凰，孙犁之于荷花淀……

当然，还有我们的响水。我们的韩家荡之于诗人。

当文学走进了地理，当诗人远望故乡，地理上隔开的距离，产生了诗意和绵延不绝的乡愁。

故乡的水，日夜在梦里激荡，故乡的泥土的芳香一次次在鼻翼缭绕，那只晚归的牛在大寨河边，浑身湿淋淋的水和黑色的泥巴，拖拖踏踏往村子里走，那只低低翩飞的红蜻蜓，飞倦了，落在一张纤长的草叶上，小憩片刻。

故乡的天空，总是过于广大，甚至寂寞。暮色，就像一张网，慢慢地罩在村庄上空。那个赤着脚的诗人，曾经在夜晚来临的时候，从大寨河的水里，站起身来，两岸，芦苇森森，水藻在碧绿的水波里，轻轻地动荡招摇，一抹夕阳从芦苇上射入水中，谁说，诗歌的来源不是跟自然有关，跟村庄、河流、灰白色的炊烟、芦苇的清气，还有田野里的植物，有关。

很多走出去的作家，他们写的最好的作品，就是写故乡的作品，汪曾祺的高邮，周作人的乌篷船。故乡，那里有诗人和作家生命里永恒的乡愁与爱恋。写故乡的作品，成了他们的代表作，就像沈从文最好的作品，就是书写那个民风淳朴的优美而宁静的边陲小城。

这个夏天，响水韩家荡掀起了一场文学与诗歌的浪潮。

去过北京，提起盐城，朋友们不知道，只知道毗邻有一个连云港，连云港有一个世界著名的花果山。一部《西游记》让苏北小城的这座山，名扬天下。

日夜滔滔流淌的灌河，承载的也是走出去的游子的乡愁。

它们在文学的地理上，开始变得宽广、阔大，甚至温柔，有了某种特定的含义，并一再被书写、吟诵。

记得，在建湖说出响水这个名字，曾经被一个盐城人鄙薄。在盐城，响水是最北的最穷的一个县。那时候，我的心里充满了愤怒。

然而，这个夏天，响水的前面，被冠上中国。一种骄傲的情绪，就那样，在夏天绚烂的天空里，铺延开去。

中国、响水、韩家荡，多么大气、优美、磅礴。

乡村依旧宁静，夕阳的最后一酡红晕，染红了天空。

夏日烟愁

夏天，总是特别的漫长。

早上起来，门前篱笆上的红色喇叭花已经沾露开放，并不见佳。它们爬在篱笆上，也像可有可无的点缀。蜻蜓在半空里飞来飞去，也像没有什么目的。也许空中有小蚊子。昨夜小孩子玩熄灭的黄色蒲苇棒，只剩一点点没有燃尽，潮漉漉地扔在地上，叫人想见昨晚月亮地里的快活与疯狂。

前面的二嫂和婶子已经端了红色紫色的洗衣盆，往大寨河边走。

一只蝙蝠在茅草屋子的灰白色炊烟里，斜着飞过去。它们像这个夏天的人们一样悠闲甚至有一点无聊。

屋子的泥地上，有几只昨天晚上父亲抽的烟屁股，还没有扫去。屋子当间的地上，一台黑白电视机，这个时候也停止了。

每天，这台电视都在播放高考金榜题名的人家点的歌，不是成龙的《真心英雄》，就是王菲的《相约九八》。一首歌重复三天或者更多。

中午的时候，电视剧不是《三毛流浪记》，就是《赵飞燕》，或者

《离婚指南》《来来往往》。

门前的楝树上，绿色的楝树枣挂了许多，黑色开裂的树干上，爬着一只或者几只黄色的知了壳。家里的一只塑料袋里，已经聚集了好多知了壳，说是有地方收知了壳，可是一次也没有卖过。

早上起得早，屋子后面的泥墙上，也有淡绿色翅膀的才出蝉蜕的知了，趴在那里，一伸手，就够下来了。

地上是几个黑色的知了狗的洞穴，它们在黑暗的泥土里，待了好久了。为了一生一次的歌唱，它们忍受了很久的地下的黑暗的生活。

太阳把楝树朝上的叶子上的露水晒干的时候，蝉声就开始起来了。就像一锅煮沸的水，响成了一片。整个村子都被裹在蝉声的热浪里，不可开交。

平原就像燃烧起来了。

到处就像下了火一样。

斜对面的人家屋子山头，有一大片阴凉。那里每天都铺着一大张门板。上面摺一块被单，几个小孩子都在上面坐着，躺着。

一会儿说知了，一会儿说蜻蜓。蜻蜓飞过来，就有小孩子举了大扫帚去捂。捂了，就扔到对面一个鸡圈里，看几只鸡追逐着一只蜻蜓。扯了翅膀，扯了头，扯了身子，抢到的一只，就躲到旁边去独自享用，抢不到的，就尾在后面左边右边地抢。

小孩子看腻了，就继续去捂蜻蜓。太阳很毒，路上都铺着青草，青草都晒干了，发出独有的青草的干燥清新的气息。这样的气息，混合在太阳的蒸汽里，有点憋闷，也有一点迷人。这是乡下的气息。

一个上午，就在门板上，说着废话，混过去了。

中午的时候，男孩子光着上身，穿一个三角短裤，肩上搭一条毛巾，就从村子里的小路上穿过，到大寨河里去洗澡了。

大寨河就热闹起来。水里冒出黑色的头颅和小麦色的身体，就像一条条鱼，在水里游动。

河边洗衣服的早就回家了。

门前晾着各种衣服，花花绿绿的，就像小旗子一样。

这个时候，家家的黑白电视都在播放相同的节目。有些人总是百看不厌。

大人在田里拔秧草才回来，裤子卷到膝盖上面，腿肚子上还有一块没有洗干净的黑淤泥。小孩子看见，就当着没看见，继续看自己的电视。

家里的女人把小桌子从厨房搬到大屋子里来。电视放在大桌子上。一边看电视，一边揉面。

在园子里，翻开毛茸茸的手掌一样的番瓜叶子，摘一个大的番瓜回来做汤，下一锅面，面里多放些大蒜，味道就浓一些，也可以再掐一些瓜头。

浓浓的灰色炊烟从烟囱冒出来，不绝如缕。

祖母坐在锅灶下面。祖母很富态，富态的人总是怕热，可是每个夏天，也都是她在烧火。

一天里，中午的时光最是有点意思。电视在播放着节目。桌子上是大碗的汤面，桌子上还有一盘小瓜菜，腌的，脆生生的，也好吃。

晚上，萤火虫在田野里忽明忽暗地飞，小孩子跟在后面追。一直追到篱笆那里，不追了。眼看它飞走。

蒲棒点起来，小孩子拿在手里跑，就划成一条火龙，把乡下的黑暗的夜色都照亮了。

露水悄悄落在楝树叶子上，有月光的晚上，朝着月亮的那一面，就发出莹莹的光。

人们坐在树下，露水偶尔落在手臂上。月光透出树叶的缝隙洒在地上，或者人们的身上，村子很安静。蝉就像在梦里似的，偶尔会梦呓似的叫一声，忽然也就停止了。

没有风，村子就像在夜色里睡着了。

只有一两处人们聊天的声音。

知了狗在洞里蓄谋着早上的巨大事件。田野里，有人在打着手电筒捉青蛙，或者鲜鱼（黄鳝）。

第二天，天一亮，黑色茅草房子上的炊烟又冒出来。蝙蝠在屋角飞来飞去。

小孩子早早起来在家前屋后找知了狗。

后面的大路光光的，空无一人。到中午的时候，路边的玉米叶子耷拉着，寂静无声，大路上，更是枯燥燥的，一个人也没有，好像大路马上就要被晒化了。

门前昨晚没有搬回去的小桌子上，一把蒲扇还搁在上面，大概是昨晚祖母忘记拿回去了。蒲扇的边缘都用白布沿了边，上面有点潮湿，都是夜来的露水浸润了。

小桌子上面也都潮了，木制变成了深色的黄。

昨天晚上，还坐在小桌子上，望了半天天上的星星，它们那么多，就像人间一样热闹；再看的时候，又那么静谧。

门前篱笆上的喇叭花总是早上开放，到晚上就落了。

它们一天一天的，跟园子里的瓜，篱笆旁的向日葵一样，一天一天的，不知寂寞地开了又开。

祖母手里拿着一把公花，她每天早上都要颠着小脚给番瓜套花。屋子后面的金针菜花，也开了。每天早上都要拎一只篮子去摘。摘了在草锅里淖一下，然后，放在猪圈上唯一的水泥顶子上晒。每天都要爬到猪圈顶子上，把蒸熟的金针菜，一根一根摆下来，就像站队一样。

晚上，再一根一根收回去。

蝉声就像咕嘟咕嘟的开水一样沸腾起来的时候，对面屋子后面的铺板上，又爬满了小孩子。

有一个小孩子到处找大扫帚，准备捂蜻蜓。

七月的韩家荡

七月的韩家荡，被满溢的香气覆盖。

这是一场视觉与嗅觉的盛宴。

李义山曾经有"留得枯荷听雨声"的句子。盛夏的韩家荡，却是荷叶田田，一碧千里的壮观。

正是盛夏午后有雨的时候，雨声里，众荷喧哗，犹如天籁。亭亭的出水很高的碧绿如盖的荷叶，在七月的苏北平原的天空下，舒展它曼妙的身姿。

我站在铺天盖地的荷叶中间，我置身这莲的世界里，周围被荷独特的清香、洗涤。

我的灵魂里，有了清澈的纯净的气息，这样的气息，在我的身体里缭绕、浸润。

莲的清香，总是逶迤而来，在一瞬间，把我们的身和心都沐浴了、洗涤了、净化了。

天空的雨云越积越厚，雨落在这八千亩的荷塘之上，它就是盛夏的交响乐。

然而，雨声带来的竟然只有心灵的安静和淡淡的被净化与熏染后的清香、明澈。

那些荷花都羞涩如女子，含苞待放，在盛夏的浓郁的气息里，幽独而美丽。白色的，犹如明珠，闪亮；粉色的，如同女孩，娇艳欲滴。

荷塘上的风，款款地吹过来。柳丝轻摇，低处的睡莲，就像灯盏，在大地上开放。一盏一盏，引导我的灵魂去干净、美好的去处。

七月的韩家荡，摇曳多姿，因为这荷塘，还有瞬间从荷塘上跑过的风。

这风，把荷的独有的气息，传播得很远很远。

风过来时，带走花朵的香气，花朵的色彩、味道，它们把人们的目光都吸引过来了。

一朵云，也在荷塘的清水里走过，雨水，盛大的一场雨水，就是荷塘上的音乐与歌唱。

那些淡紫色的千屈菜，人们又误以为是梭鱼草的小花，在荷塘旁边点缀着，那些木质的小路，优雅的避雨遮阳的供人们观赏的亭子，都使荷塘有了别样的风姿与神韵。

那些丝丝的垂柳，在荷塘的边上，荷塘含风，柳丝轻抚，这是心灵的盛宴，灵魂的净化与熏染。

一个人，一朵荷花，一片荷塘，这个盛夏，就是荷的世界了。我们被荷包围，就像在温暖的润泽的纯净的佛的怀抱里，我的灵魂，被这莲的香气泽被了。

我就像一个婴儿了，被还原成清香的纯洁的、一尘不染的原来的样子。

这盛夏的午后，荷塘上，三三两两的人，打伞走过，雨声在伞上喧哗，雨声在荷叶上行走、逗留，那荷叶的中间，就留着滴溜圆的一颗，晶莹地滚动着，风过处，荷叶微倾，白色的水滴就滑落到莲下。

莲下，是脉脉的清水，清水之下，就是黑色的淤泥，在淤泥里，养着肥白的莲藕。

这莲，这荷塘，因为美、香、纯净，这无边的风月，就把人们吸引住了。

我愿意是一朵盛夏的莲，亭亭如盖，芳香涌动，在这盛夏七月的天空下，摇曳而清香四溢，洁白而没有被世俗熏染。

一场盛大的诗歌的雨水，就要在这里洒落。它有着周敦颐的遗世独立，有着纯净出尘的品质。

它把苏北平原的夏天，变得热烈、纯洁、浪漫而诗意。

我们把目光调试好角度，在这个盛夏的七月，一起眺望这韩家荡的碧绿如染的荷塘。

树林里

一条小径通向远处的村庄，小径旁野草遍地，野草上沾满了灰土。一只白色的羊在路边的草地里低头吃草。

前面是一座小桥，桥下是脉脉的流水，在午后的阳光下，默默地流向远方。河水两岸，冬天的芦苇，还站在那里，河流一直延伸向远方。

小桥下，一条弯曲的乡间小路，一直通向一片小树林。路边的荒草，在风里摇曳。

一只白肚黑脊的喜鹊，站在一棵白杨树的最高枝上，静默着。大风扇动着它的羽毛。阳光在田野里，一泻千里。

白杨树下，去年的黑色的腐叶，柔软、脆薄，踩上去，发出浅浅的呻吟。

河水就在树林旁边流淌，波纹几乎看不出来，风很小。水里倒映着芦苇的影子。水就幽深了一些。水里的水藻，暗绿的，把水的颜色改变了。一些小鱼在水面慢慢地游，前面是绵长的时间，就像这水流一样。

太阳在头顶照着，河水很安静。树林也很安静。风从树梢吹过来，树梢就有了微微的摇摆，风吹树木的声音，原始并且有一点神秘、好像是远方带来的什么讯息。

蚂蚁还没有出来。一只或者两只癞蛤蟆在河边，他们一个背在另一个上面。这就算春天的一个信息了。

一棵野枸杞，长出了嫩嫩的绿叶子。它的旁边是一丛野菊花，野菊花的叶子，有着小小的齿，就像花朵一样。

树林边，一大块的麦田，一直铺展开去，和远处的村庄连在一起。一个穿灰色棉衣的农民弯着腰，在田里拔草。他就像田野这块风景里的一部分。一只黄狗，摇着尾巴，在田边撵着自己的尾巴，转圈。

阳光洒在田野上，就像金子一样，到处光闪闪的。

墓地就在麦田的旁边，孤零零的，冷冷的光，在灰色的墓碑上流转。墓碑旁，长了许多荒草，枯了，乱糟糟地倒伏着。墓碑旁，一些不知名的树木，高过了墓碑，几只麻雀站在枝头，叽叽喳喳地欢快地叫着。夕阳的最后一束光，打在墓碑上的时候，远处的村庄，孤独的一缕灰白色的炊烟，慢慢从屋顶上升起来。

村庄上，传来母鸡悠长的的打鸣声，一声一声，把乡村的时间抻长了。

河水，暗了下去。河面上的光线，慢慢地收敛了。暗绿的河水，冷冷泠泠地，流着，有着时间暗藏着的深意。芦苇在风里，细细地絮语。夕阳，如车轮一样，挂在芦苇的梢头，渐渐地，要坠落到地球的那一边。

一只云雀，冲到云霄里，眨眼消失在天空里。

暮色，从草丛深处，从河面上，从麦田根部，慢慢升起来。慢慢地，把田野里的事物，浸染了起来。

远去的原野

　　原野消失了，麦地、稻田、暗藏在芦苇地里的清水塘、天空湛蓝的色调、自由的叽的一声从头顶疾飞而过的无名的鸟儿，这一切，都正在慢慢消失，就像远古时候，从来没有过这一切；就像初恋，消失得找不到爱过的痕迹。

　　代之而起的，是广阔的经济林木。原野被现代社会一步一步侵蚀，留下的是我们永久的记忆和缅怀。

　　春天，漫野的青草地消失了。我曾经躺在青草地里，贪婪得就像一个贪恋美食的小孩子一样，使劲地呼吸着青草的香味。

　　阳光无私地照耀着我的全身，一度晒暖了我冰冷的骨头。我的灵魂有一部分也是温暖的。天空高高的，我孩子气地伸出手去够天空，我也许想触摸一下天空，想享受一下触摸它的感觉，天空的云淡淡的，在热烈的太阳下，它无处遁形。

　　脚边一直无限扩展开去的麦地，就像海浪一样，一直推向远方，远方有它的岸吗？风在麦尖上奔跑，那么迅疾，就像小孩子一样，就像笑声一样，就像一叠一叠的波浪，调皮地跑向远方。我只想跟着它们一起跑，像风一样飞快，自由。

然而，麦地消失了。诗人海子要在，他会哭出怎样经典的句子，让我们在有生之年，唱诵。

远处是一块铺展开的锦缎，起伏有致，温暖而华美，就像刚从一个美丽的古典女子身上剥离，还带着微微的战栗的体温。那是油菜地，油菜的开放，怎么也像一个盛典，一场不忍心谢幕的盛宴。怎么可以这么肆意，这么奢侈，这么挥洒，这么淋漓地泼洒了无限多的颜料。这个春天的画家，热情多的有点离题。

怎么形容油菜花的开放，都不能算是一个形容的极致。就是华美、温暖、热情、铺张，甚至浪费。是的，这样张扬的美丽，是一种无与伦比的美好的浪费。怎么可以这么铺陈，这么夸张，这么的美。

然而，油菜地也消逝了，就像那个美丽的洛神从洛水上飘过，美丽而只留下千古的怅惘。

那些芦苇，绿色的，《诗经》里的蒹葭，就这样，没有诗意地消失在我们的视野。只留在记忆里，在深夜，慢慢从脑角挖掘出来，祭奠，还有回忆。

如果在春天，我带一本书去原野，我的身体要放在哪里？我的青草地只在记忆里，散发着独特的怅惘的清香。

我曾经冲动地从这块麦地奔向那块麦地，现在，我的冲动成了无源之水，我独立在那片陌生的林木面前，无言以对。

土地被承包出去了。我们的麦地消失了。现代化的机器把我们最后的一块田园掠夺，我们的牧歌从此结束。

我们还能歌颂什么，人们啊，在你们的眼里，除了金钱，什么都不算珍贵。

第三辑　故土乡愁

雪落大纵湖

　　与雪中的大纵湖猝然相遇，就像一个灵魂撞击的猝不及防。雪，一朵一朵，落在大纵湖的湖水里，树枝上，苍翠的竹子，飞檐的画廊，游丝样的垂柳……其实，大自然真正的美，绝对不是语言可以形容。

　　这个时候，你不能走近它，唯恐惊动了一个安静的灵魂，你也不能喧哗，生怕打破了旷世的沉寂。它那么美丽、干净，它只属于它自己。

　　远远地看着，看湖水，有着亘古的幽静；看那些草木，在属于自己的生命里，独自舞蹈；看那些曲桥，就像旖旎曲折的女子的心思。

　　苍黄的芦苇一大片一大片，顶着洁白的花朵，世界那么寂静，而雪花在大地上无声地盛开。湖面上，黑色的小野鸭划开荡漾的水痕，在湖面嬉戏。它们是这沉静世界的一部分，它们在天地之间，演绎大自然生命的活力与永恒。

　　雪花，是怎么一朵一朵降落的，我好奇它降落在每一棵草木上的姿态。我甚至愿意在黑暗里，长久地注视着它们如何缓慢地装点大纵湖的每一件事物。

那优美的弯弯的芦苇上，在褐色的芦花上，又开出一大朵雪花。它就那么弯弯地以优雅的弧度，配在空灵澄澈的湖面上方。它就像一个优美的意犹未尽的诗句，在最美丽的地方留白。

雪，仍旧在缓慢地抒情地飘落。在我想象的世界里，一朵一朵，以最曼妙的姿势，降落在湖水里，化成湖水的一部分。

这个世界，多么安静、美妙，难以言说。

那些黑色的被雪花装扮起来的树木，树林间，空阔、旷远，没有人来在雪地上走下第一行脚印，就像《瓦尔登湖》里的景色，远离尘世，洗净铅华。

这雪后的大纵湖，其实只适合一个人的独享。安静地在一泓湖水前，默默坐了，看那只绿羽的翠鸟，在平静无痕的湖面上，一叠打出几个水漂，疾飞远走。这轻轻的动作，无非是更增添大纵湖的寂静。

大纵湖，在这样的时候，适宜于安置躁动的灵魂。它的澄澈干净，把红尘隔远。湖水深幽幽的蓝，或者就是澄澄的碧，倒映着淡淡的模糊的树影，配了岸边的如画的房子，就是一幅淡远幽静的水墨画了。

我总想，在大纵湖的景色里，觅到与我灵魂默契的东西。它有着与雪花一样轻灵的质地，有着与湖水一样宁静深邃的底蕴，有着那些沉默的深刻的树木一样朴素的情怀。

大纵湖，她的美里，有底子和情怀；有灵魂的共舞与和鸣。

深夜，雪花，一朵又一朵从黑暗的夜空降落。它们每一朵都有自己的命运与去向。她把大纵湖的美的灵魂，凸显出来。

在红尘邈远里，猝然就与一个灵魂相似的朋友相遇了。还有什么说呢。远远地，只轻轻说一句，大纵湖，我来了。

抵达

窗外，一些水洼在午后安静的阳光下，折射着盈盈的光。河坡上，几只黑色的羊在低着头吃草，河坡上的草，早已干枯，或者光秃秃的，根本就没有草。只有几片被风旋舞过来的黑色的蜷缩的树叶。风，很安静，在午后，阳光静默地一泻千里。

远处的田野，稻子黄豆玉米高粱都收割回去了。田野里，空旷而荒凉。麦子盈盈的绿，把这些空旷遮蔽了。田野里就显出了一些生机与活力。

不知什么时候，白杨树的叶子都落光了。冬天是在哪一天降临的，我并不知道。我惊悚于时光的猝然流逝。那些银白色的树木，在阳光里，面对时光的洪流，如此淡定从容。

田野里，平芜、旷凉，一马平川，只有一处比较突兀显眼。那里是墓地，我的眼睛很快从那里掠过，好像要逃避一种事实与存在，逃避一种内心的惊慌与永恒。

他们活在时光里，变成了永恒的一部分。与大自然的风雨，与大地，星光月辉雾霭流岚，还有宇宙，成为被时光雕刻的亘古。

它们是另一个世界，我们故意逃避，却无法忽略。它们告诉我们生命时光还有生存死亡的全部意义。

午后的阳光下，光线柔和、温暖，把广大的苏北平原大地，拥在怀里，轻轻地抚摸。

灌河在不远处，轻轻喧腾。河流、大地、天空、阳光，构成了平原上独有的物象。

站在窗前，想象就伸长了它的触须，一直蜿蜒到湿润的土地上每一个角落。

生命在冬天的时候，会沉潜、深刻。冬天就像一个擅长思考的老人，戴着一顶半旧的帽子，在萧瑟的风里，一边走，一边眯缝着眼睛，思考着一生走过的路。

路边的茅草，经霜之后，红艳艳的，就像火焰一样，燃烧起来。

冬天，河床低下去了，天空深邃，星空绵延，宇宙依旧神秘、广大，没有边际。站在冬日的星空下，思绪会变得邈远，伸到无限的空间。

时间和空间，在这个时候，变成一个具体而微的事物。无数的星星，在深蓝色的天空里，闪耀，它们离我们如此的遥远，又离我们如此的接近。我们不知道为什么站在星空下的自己，和平日的自己为何不一样。星空把我们的精神世界提升到前所未有的高度。

我们是精神的王者与主宰。我们渺小又高贵。我们脱离凡尘，成为自己。

那些陨落的星辰，就像我们坠落的可以追赶的梦想，在猝然与我们相遇的一瞬，照亮了我们的生命。

在某一个夜晚，我们年轻的生命站在天底下，长久地等待，六十年才经过一次我们生命的哈雷彗星，扫过我们的地球。我们知道，一些星球生命恒久，而我们人类转瞬即逝。犹如流星。我们也对流星雨充满了最初的好奇。我们也希望我们的生命是流星，灿烂辉煌，哪怕只是一瞬。

啊！当我们面对大自然的时候，我们安静了下来。那些田野、麦田、河流、天空、树木、日月星辰，使我们想起时光，我们想握住一些什么，或者只想在星空下站着，等待一颗预知要经过的流星，划过天空，还有我们的生命。

流星的一瞬的灿烂，照亮了我们渺小的谦逊的生命，我们原来是地球上小小的尘埃。我们被流星，赋予了光亮，并希望自己也会有一粒细小的光。

旷野之上

晚上，雾早早就起了，但是在一片旷野之上，有一轮硕大的孤独的月亮，它那么安静巨大，俯视着这一片空旷的寂静的旷野，以及旷野下的一切事物。

它好像离我极其遥远，我已经很久没有静静地面对这样的月亮，就像我离自己的内心非常遥远和陌生了一样。

许多个有月亮的晚上，我走在月光下，月光照彻我的灵魂。我看见了内心的那个自己，我完成了内心与自我的对话，在月光下，我内心的成长极其迅速。一些思想和语言，就像泉水汨汨涌出，令我猝不及防。不敢面对自己灵魂的清澈干净。

我以为真正的月亮是在乡下的。它沉默温柔，默默地行走、游移，在村庄上空，在田野河流麦地上空。

它没有干扰和污染。不被楼房切割，不被灯光混淆。

旷野，在灯光之外，仿佛遗世独立。圆圆的巨大的月亮突兀而孤独，它的存在，仿佛是和繁华世界的对立。

而我的心，立刻安静下来。

　　路边的枯黄的芦苇，围着一圈静静的池水。芦花在这样的夜晚，有着别样的诗意和静美。银色的没有一片叶子的白杨树，透过树杈，可以看见这微黄的圆圆的月亮，安静如处子，挂在树梢之间。这样的意境，真是说不出的优美宁静，是诗的境界。

　　旷野上，脚边是麦地，潮湿的土地，微微泛着光，那是月光照射的。绿色的麦子，居然不是青黄，而是嫩嫩地绿，欢欣地绿。不远处，零星的灯光，温暖，是散布的村落，黑色的温柔的朦胧在月夜里的房屋，那房子里透出的灯光，给夜行的人一种力量和温暖。灯光下的脸庞、屋子里的饭菜香、居家的物件、许多的想象，就涌来。每个灯光背后，都有一个故事。

　　月亮，照在这一片空旷的偶尔有着人家的旷野上，它那样无声安静，却又好像洞察一切地俯视着。

　　我想到了宇宙，时间之外，自己，还有人类的存在；以及一些在年轻时候，一个人走在乡下的小路上，常常会思考的人生的意义。

　　自己和宇宙的关系，自己和这片土地的关系。

　　心，在仰望月亮的时候，变得辽远而阔大了。那些在浮世的红尘里，会消逝无踪的珍贵的思想。它甚至虚无，形而上。但它对一个人的生命，意味深长，意义巨大。

　　我忽然想起劳伦斯的小说《虹》里的女主人公，曾经在月光下奔跑的无人能解的孤独。那孤独深邃到只有女主人公自己一个人了解。另外一个，是读小说时，感同身受的我。

我从海边走过

冬天的海边，总是格外的荒凉和寒冷。

海在不远处温柔地喘息，或者喧闹地奔腾。那些淡黄色的花卷，就是海的花朵，或者语言。

芦苇，枯黄的一片。那些褐色的芦花，开放在冬日的海边，把一些暖意传递过来。

这是一片粗犷的广袤的土地。它孕育着生机和活力。

煮海为盐的人们，曾经在这里面对狂风、海啸、寂寞，还有一大片变成化石的日子。

高高的晶莹的盐堆，就像雪山一样，屹立在冬日的空旷的海边。

紫红色的盐蒿菜，就像一大片燃烧的火焰，把滩涂烧出一片大火来。这热烈的耐碱的植物，顽强而热情，就像生活在海边的人们。

那样朴实，有着温暖的质地，朴素如野草一样的情怀。

在这苦寒的地方，夜晚天边最小的星子，低垂与地面接近，似乎伸手可触。它们给盐工们的生活带来诗意与光明。

飞翔的野鸭，低鸣的海鸥，茂盛的大米草，神秘的开山岛，烟雾迷蒙的空气，还是朦胧的阳光，腥咸的潮湿的海边独有的气息。

这些，把海边人们艰苦的生活稀释了。

他们在呼啸的风声的孤独里，有了别样的慰藉。

没有淡水的时候，他们去三十里外的镇上拖水；没有蔬菜，他们带了土，在盐碱滩上开辟出了姹紫嫣红的菜园。

那些长长的垂挂的豆角，似乎会说话；那些西红柿的甜蜜汁水呼之欲出；那些蜿蜒着藤蔓的瓜果，都像孩子一样有着活泼的姿态与眉眼。

他们的日子有了炊烟，就安定下来了。

一排河住了一些人，二排河，一直到六排河。

他们就像小说里的句子，遥相呼应。

这里的天空广大而寂寞。偶尔有丹顶鹤飞过。人们惊喜地站在广大无边的天空下，看这头上被点了朱砂一样的、美丽神秘的鸟儿，在天空自由地飞着。它们洁白的羽翅，带出了风声。

盐田，一块、一块，就像孩子们写字的方格。

在这些方格里，是盐工们的作业。

那些晶莹的结晶体，就像一个隐秘的花园，盛开在淡黄色的卤水下面。

盐，是会开花的。我第一次听说。

从卤水里，铲出第一锨洁白的盐花，盐工的脸上，是不是也有一朵菊花在开放。

那菊花里，有咸涩的汗水，有劳作时溅上去的泥点。

暴风骤雨来临前，许多人都躲进了安全的屋子里。

他们要冒着这暴雨，顶着狂风，拉滩。

在暴风雨来临之前，把盐田一块一块都盖起来。

养了这么久的卤水，一场大雨，会让所有的劳动化为乌有。

高高的洁白的雪山一样的盐岭，在阳光下熠熠生辉。那是盐工汗水凝结的晶体。

二排河的水，缓慢地流淌着。

红色的低矮的瓦房里，住着最后坚守在这里的人们。

昔日的辉煌已经不再。

那些烟火缭绕的日子，热火朝天拉滩的日子，广播里比任何地方都更关注天气的日子，厂车一天开多少个班次的日子，不知什么时候消失了。

晶莹的食盐，曾经是人们赖以骄傲的支柱产业。在市场的大潮里，走失了。

广大的滩涂，依旧那么安静、空旷，甚至温暖。

那些盐工的汗水，创业初的艰难与无与伦比的热情坚韧，仍旧在岁月里，闪着夺目的光华。

我曾经不止一次在滩涂的天空下行走，深夜、黎明、正午，我在那里度过长长的湿润腥咸的夏天、深邃温柔的冬日。

我了解海边的风声，与子夜时天边最小最低的星子。

我聆听过海水的喧哗，也目睹她温柔的外貌。

在暴雨中，来不及抢回去的水盆，一场大雨之后，踪影全无。在大雨来临之前，人们紧张地拉滩的情形。

暴雨中，那扇脆薄的木门仿佛随时被狂风骤雨掠走。

门里，到处里细细的被狂风卷进来的沙子。

那一刻，你体会到什么是大自然的淫威，什么是末日的恐惧。

海水不再是温柔的。它奔腾着，似乎随时冲垮堤岸，带走一切。

在海边，我对这里的人们充满了敬畏。

现在，当辉煌的一切成为过去。

这里，还有一些最后的留守的人们。

我的眼睛抚摸过破败的门窗、潮湿的地面、简陋的生活用具。我的心有一处被朴素的情怀击中。

当我看到那铲上来的洁白的盐花、一块一块盐田，我的心有一处被揉出了酸涩的汁液。

我歌颂一切朴素的劳动、单纯的热情、无私的奉献。

在这里，不仅仅有摇曳着褐色花朵的芦苇，翻腾着美丽浪花的黄海，海上漂浮的来往的船只，海边那些芦青草、海英菜、盐蒿。

还有一种叫作盐工的精神。

他们就像扎根在这里的芦青草，有着顽强的生命和坚韧的精神。

他们沉默，就像这片缄默的土地。他们朴实，也像这片生机勃勃的热土。

因为这些热情朴实的人们，这广袤的滩涂，还将有一首强劲的开发建设的赞歌。

嗅嗅这春天

春天，就像是一呼啦就来了。汹涌的春潮，叫人应接不暇。最先在草地上缓慢蠕动的丑陋的癞蛤蟆，我们一见之下，还大为惊奇，不成气候的青色野草，枝头一两朵零星的花朵，都向我们诉说着春天。路边一小丛蓝色的星星一样的二月蓝，轻盈地立起来的麦苗，还有吹在脸上，就像温柔的软软的手掌的春风。

我们等待的心，总是有一点焦渴，就像等待一个温柔的爱人。

我们觉得自己等待得太久了。

却还要来几场意料之中的寒潮，或者几场冷雨。

春的脚步，就这样迟疑，走走停停，很让人们费猜疑。

雨那么大，好像退回到冬天了。春光明媚的日子好像根本没有在昨天或者前天出现过。

听听那冷雨，敲打着窗棂。白色的晶莹的，就像眼泪一样，爬满了透明的玻璃窗。

整个中国就浸在这冰冷的雨水里。春，哪里去了。

夜晚，就捧一本书，慵懒地听雨，知道春一定会来的。只是总要经历好几场冷雨寒潮的考验，春天才会像一场盛大的演出一样，呼啦啦，拉开厚重的大幕，春天的好戏，才会隆重地热烈登场。

就像我们的人生，并不常常是明媚的艳阳天，你不知道哪一天，忽然一场冷雨，落在你的生命里。

你只有承受它，就像承受一种命运。

而你也深知，在明媚之后，总会有几场冷雨和寒潮，作为繁华登场的前奏，或者过渡。

我们学会了忍耐和等待。

我们在等待里，也深信，美丽的繁花似锦的春天，总会如期到来的。那时候，春风十里，春水荡漾，春花烂漫，春心萌动，万物蓬勃生长，生长的力量就像火焰、青色的火焰，不可阻挡。

当然，仍然会有不期然的风暴、冰雹，打折花朵、麦苗，把美丽的一切摧毁。

这，都是生命里必须经历的。

曲折而美丽。

就像人生。

就像生命。

就像这春天。

但是，我们总还要盼望。

春风沉醉的傍晚，公园的小路边，一张长椅上，偎着两个年轻的小情侣，杏树着满树洁白的繁花。身后，湖水款款流动，天空清明如水。我深为感动，不忍走过去，因看花惊动他们。

这一年，我看到了尽情绽放的花朵，而去年我来时，已经落英缤纷。那一刻，站在无数落花中间，我仿佛深深感到生命凋零的淡淡伤感与庄严。那么美，那么多，那么惊心动魄。

时光仿佛停驻。我是误入桃源的那个人。我是荷锄葬花的那个女子。

这个时候，一切都不能言说，不可言说。不需要任何一个人，来惊动这里的一切。

生命里的某一时刻，只能是一个人，一个人慢慢深味这时光流逝的味道。

它就像头顶的繁花的天空，瞬间，令人眩晕、旋转。

里下河的民谣

　　秀英每天到田里去干活，她习惯了自由的生活。小银子就丢给了祖母。祖母早上起来，坐在锅灶后面烧火做饭。小银子还没有起来。她依旧不会说话。祖母教她喊妈。她不会喊。只会说，哎。黄石回家的时候，喜欢带油条给小银子吃。小银子最先喊上的，是爷。这里喊父亲，有很多种。有喊大大的，有喊爷的。这里喊祖父反而喊爹爹。

　　小银子学会了走路，歪歪斜斜的，一走起来，就像一只在野地里溜的野鸡，头一低，直杠就跑了。祖母在后面喊，慢一点，慢一点。不要跌倒了。她虽然走路不像走路，像在跑，却从没有摔跟头。她显得很安静。每天搬一个凳子，坐在门前的空地上，盯着一只小鸡，或者躺在门前的凉床上，仰头看着高高的天宇，或者楝树，也许在听声嘶力竭的知了在那里大声地喊。一天就混过去了。

　　祖母在门前点着小脚，倒刷锅水，把锅铲得呼哧呼哧响，那声音要钻到心里去。或者到鸡圈那里喂鸡。祖母喂鸡的时候，跟鸡说话，不要抢，不要抢，都有份。喂猪的时候，站到猪圈前，就开始唤猪，猡猡猡

158

罗。一直懒懒躺着的猪，拱起身子，头一点一点地，摇摇摆摆走过来。祖母把猪食倒进食槽。站在那里看两头猪，把耳朵都埋到食槽里。一甩，流质的猪食飞溅出来，洒了祖母满身。祖母就假装生气了。拿起手边的柳条，对着猪耳朵打过去。叫你不要抢，还要抢。锅里还有呢。弄我一身猪食。一边训斥，一边放下手里的柳条，掸着围裙上的猪食，慢慢回身到锅屋去了。

小银子跟在祖母后面，进了屋子。她找来一个小板凳，然后，站上去，她的下巴正好够到锅台。她就把下巴抵在锅台上，一双小眼睛，不住往锅里望。锅里没有什么好吃的。最好吃的，是山芋干饼，黑乎乎的，有一股子甜味。但也非常稀罕。

田里，盐碱地白花花的，就像大地开了花一样。芦青草在地面上，像蛇一样蜿蜒爬行。地里还没有一种叫水稻的庄稼。麦子长得也不好。地里是野草、野菜的天下。

小银子的伙食是例外的。祖母用一只淡黄色的茶缸，里面装了米，放在锅塘里炖。等饭好了之后，祖母从锅塘里慢慢掏出茶缸，外面被柴草的烟熏得有点黑了，茶缸外面很热。祖母总是夸张地嘘嘘着，以迅雷不及掩耳之势，把茶缸端到锅台上。然后，揭开盖子。一股米饭的诱人的香味，一下子就从茶缸里升起来了。这香味有着独特的魅力在屋子里到处流窜。一下子，就香味四溢了。

小银子小小的脸上，就有了笑，就像一朵淡淡的开在田野里的小花。她的快乐总是一点不隐瞒的。她眼睛看着茶缸，好像那目光有脚，一下就伸到米饭里了。

锅里煮的是什么饭，小银子倒不大注意。她只记得自己的饭，跟父母和祖母的都不一样。

黄昏来临，海边的小村宁静而美好。夕阳已经落下去了，地面上散发着白天的余温，几只晚出的黑色的蝙蝠，在茅草房子的边缘，炫舞，它们显得神秘，行动快捷。小银子想，它们是不是偷盐吃的老鼠变得呢？她的眼睛一直盯着它们看。天宇是淡青色的，就像鸭蛋皮那样的淡绿；有时候，天空又是淡白色的，也像鸭蛋皮那样的蛋白。原来天空的颜色和鸭蛋的颜色一样，会有不同的色调。有时候，天空会飘过一些云朵，有的就像扯碎了的棉花，一丝一丝的。有的就像大场上堆积的高高的棉花，一大朵，一大朵，堆得那么高。它们还闪着耀眼的光芒。她很想坐到那上面去。远处的喇叭里，传出唱歌的声音，多么好听啊，然后，是抒情的有着配音的广播剧。一个广播剧，已经连续播了多少天了。可是小银子躺在门前的凉床上，夏天的晚风吹过她的皮肤，那么清凉，就像祖母的手一样。她听那个《响铃公主》的广播剧已经多少遍了。这是她生活里快乐的一部分。祖母并不知道。她一个人坐在门前，或者一个人躺在凉床上，听暮蝉在空气里唱歌，她还能看到它们趴在黑色的楝树上的样子。或者看一只小鸟从很高的天空，闪一下，就飞过去了。她已经会说话了，但是她还是不习惯用语言表达。她习惯用眼睛看，用自己的耳朵听，在心里，自己跟自己说话。她并不寂寞，她常常一个人自己跟自己说很多话。

乡下的日子就像橡皮筋一样，是被抻得比一般日子更长的，也更慢。就像一首极抒情的慢板，要一唱三叹的，一天又一天。每一天的样子，也几乎是差不多的。

可是人们喜欢这样的节奏，好像前面还有四万八千年可以慢慢地享受。小银子每天都坐在门前，或者跟在祖母后面。

有时候，往往是下午的时候，祖母没有事了，会把她背在背上，祖母的食指没有了，是在大集体的时候，跑着去升旗，自己无意中割掉了。没有指甲，就是圆圆的囫囵的指肚子。

太阳落到茅屋的后面了，祖母一只手托着她的屁股，一只手锁门，然后，把钥匙上的红布条绕在手指上，挪着小脚，慢慢往村子上走。村子上，人家不多，稀稀拉拉的。

走过一块麦田，许多人在太阳下割麦子，都弯着腰，看到祖母背着小银子走过来，就都直起腰，跟祖母说话。小银子趴在祖母背上，对这样陌生的人感到隐隐的害怕和排斥。她发不出声音。她就像长在祖母的背上一样。下午的太阳，毒辣辣的，就像闪光灯一样烙在小银子的心里。多少年之后，这样的画面还会反复地回放。

冬天来临的时候，门前的楝树落光了叶子，就像光着头在大风里走的村子上的人。楝树枣就像枣子一样，一颗一颗挂了许多在树上。门前挂起了芦苇编的吊搭子，小银子的身量还小，她掀不起笨重的吊搭子，就尾在祖母或者母亲后面出去。

很多时候，她就跟祖母坐在泥火盆边，两只脚放在火盆上烤。淡青色的草灰上，微微有着草木的余温。玉米瓤埋在灰堆里，只要用小棍一拨，就是闪亮的火棒，非常美，好像把整个冬天的阴暗也照暖了。草灰里，还埋着花生、玉米。等到一定的时候，会有嘭的一声喜悦的炸响，一颗玉米开出的花，绽放在暗淡的草灰上。那炸起来的草灰，一瞬就迷了小银子的眼睛。她小小的心里，也有一朵小小的花绽放了。她微笑起来。低头，拈起玉米花，在嘴边吹了吹，她闻到了食物固有的诱人的香味，她舍不得吃，把它轻轻放在凳子头上，等炸多了，再吃。

一整个冬天，小银子家就一件大事，就是秀英做席子。秋天来临的时候，门前早已堆了高高的芦苇垛。

那是秀英和黄石在河里割回来，又用独轮车推回来的。

冬天一到，秀英就找出撕子，坐在凳子上，用撕子，从芦苇的根部，一直撕到梢子。从早上，一直撕到夜里。等一堆芦苇撕好了。黄石就把石磙从旮旯里拉出来，然后，把芦苇铺在门前，他一个人，拉着石磙，从芦苇这头，拉到那头，又从那头，拉到这头。小银子就站在那里看，等芦苇压熟了，小银子就站到石磙上玩。

压熟的芦苇抱到屋子里，一家人就坐在那里剥芦苇，把芦苇从撕过的地方打开，就像扑克牌一样，握在手里，然后，把长长的芦苇一甩，把背面的芦苇膜剥掉，这是一个浩繁的工程，一家人一字排开，坐在那里剥，来了串门的邻居，往往也会剥几根。一般剥到手里拿不下了，就把它们圈成碗口的形状，放在那里，等待被编成席子。这时，它们另有一个名字，叫蔑子。

　　剥好芦苇，屋角堆了雪白的一堆蔑子。祖母或者母亲把地面上的芦苇膜扫去，母亲开始准备做席子了。

　　席子在乡下的用途很多，铺在床上，一家有三四张床，就要三四张席子。夏天要乘凉，席子往往就往地上一扔。那要专门的席子，不能用床上的。那样床上就太脏了，也许还会有蚂蚁。

　　还有夏天要晒金针菜或者蚂蚁菜。席子也是必备的。晒这些菜的席子，不能用来睡觉。

　　还有粮食要晒，晒粮食的席子，也不能用来睡觉。那样全身起扁片，或者痒痒的。晒粮食，需要四五张席子。

　　芦苇还可以编成结子。一长条，围在粮食囤周围，一圈一圈围上去，囤子就越来越高。结子就像一条长龙一样，盘曲蜿蜒，一直圈上去。

　　每天晚上，秀英开始做席子。一盏黄色的遍身油腻的煤油灯，挂在土墙上。屋子里，秀英的影子映在墙上，有点诡异。煤油灯实在照不了多远。灯下，秀英一直低着头，坐在席子上，她的身子下，已经积聚了厚厚的一叠席子，她就像坐在云上一样，好像这白云，要把她飘浮起来。但是她一直沉重地坐着，从这边的席子角，转到那一边。她的工具只有一把菜刀，另外就是一双粗糙灵巧的手。蔑子在她的怀里跳跃，一花上来，一花下去。编到头了，静夜里，是切蔑子梢头的声音，清晰干脆。

　　祖母带着小银子，坐在屋子西边的一张床上，那是祖母的床。那里，煤油灯几乎照不到。黑暗笼罩了那里。祖母在讲故事，或者唱歌。她讲

162

的故事一点不动听，可是小银子听得津津有味的。她的两只小脚在床面边，晃来晃去，就像荡秋千一样。祖母教她唱《大海航行靠舵手》。祖母唱一句，小银子唱一句。祖母说，丫头，不是左嗓子。祖母不识字，教的歌词全是错的。小银子也不知道。她学得很快。祖母的故事有限，会唱的歌也有限。一个冬天，祖母的故事告罄，歌也教完了。她搜肠刮肚，找不出可以哄小银子开心的歌子了。

那天晚上，她唱了一首小银子感到稀奇的歌。"姐在房中淘白米，二对喜鹊来报喜，喜鹊不住喳喳叫，哪有心肠把米淘……"秀英在地上编席子，听祖母唱这样的歌，有点不高兴。抬起头，望着黑暗里的祖孙说，不要给小孩子唱这样的歌，把小孩子带坏了。祖母立刻就噤声了。

小银子的眼睛一直看着煤油灯下的母亲，她一直在那里等秀英编席子结束，然后，带她去睡觉。冬天的夜太漫长了，秀英身子转过来，小银子以为要结束了，可是她又开始了另一边的编织。

祖母只好自己编故事给小银子听，粗制滥造的痕迹太严重了。小银子好像也无所谓。她的眼睛一直看着母亲。母亲映在墙上的黑黑的影子，慢慢地移动。黑暗的房顶，大而空。寂寞的风，就像鞭子一样，掠过房顶，呼啸而过。

只有那盏照不了多远的煤油灯，散发出温暖，还有秀英，也是一团冬天里的小小的火焰。还有祖母，祖母是大大的温暖。她的硕大的乳房，常常是用来给小银子暖脚的热水捂。

夜很长很长，小银子却一点不困。祖母的歌就一直唱下去。故事，也一直编下去。唱了整整一个冬天，编了整整一个冬天。

然后，秀英的席子编完了。祖母的歌和故事，留在小银子的脑海里。

多少年之后，她在高邮作家汪曾祺的小说里，读到相同的歌词。她不知道，祖母给她唱的，是里下河的民谣。

转身

说书

夜晚，在场院的一块空地上，放一张木头桌子，一个隔了好几个村子的说书男人，就坐在桌子后头。他坐的也许只是一个普通的板凳，也许是一把椅子。那时候，这样时髦的象征城里生活的椅子，在乡下并不多见。

夜很黑，看不清说书人的脸，他只是神秘的漆黑的一团，隐在黑暗里。他的面前也没有书，桌子上，连醒木都没有。不过，桌子上有什么东西，我是不知道的。

大场上，稀稀落落坐了几个人，没有什么气势，也缺少氛围。空气里流动着一种叫寂寞的东西。而说书，就是驱逐寂寞的武器。

我跟父亲一起坐在大场上的一条板凳上。我的旁边有一个村子上的木匠大爷。他是村子上，唯一会讲古书的。

也没有什么开场白，说书就开始了。

说书，其实应该叫唱书。这个说书人，从头至尾都是唱着的。他的声音洪亮，在空气里，传下去很远。他把乡下这寂寞似铁桶的空气破了一个小小的窟窿，好像空气里，有了一点活泼的气息。然而，我小小的心里，还是觉得寂寞像一个流浪的小孩，在村子里，无所事事地游荡。

说书人唱得很精彩，我被他描述的情境吸引住了。这个晚上，我的世界里，有了一些在他的说唱里衍生出来的东西。那是另一个世界里的故事和人物。我的狭小的世界，被向外延伸了一点小小的空间。

乡下的时间是慢的，也是无限延长了的。也不知道什么时候了，露水也许悄悄降了，晶莹的湿润的圆圆的，站在草叶上，那些小虫子隐匿在草根下面，也停止了唱。

说书人停止了他的说唱。他怎么离开的，我不记得了。我和父亲也是草草地就离开了。说书人是怎么离开的，步行的吗？那时候，七十年代的乡下，自行车是个稀罕的珍贵的物件，一般人家没有。一个村子里，也没有一辆。但是那时候，什么都没有，乡下人最多的，就是打发不完的时间。漫长的，来自洪荒的时间。

那一个晚上之后，说书人再也没有来过。他哪里去了。他自然还在他的生活里。不过，他再也没有来过。

也许，寥落的听众使他没有兴趣再来。总之，我再也没有听过书。我的心里有着小小的失落。我一直记得他的那句唱词，"走路不带书来唱"。那时候，真的太小了。那些唱的故事，一个也是不记得了，好像很好笑，也有一些是古书上有的。但是记忆那么隐隐约约，落不到实处。

再后来，在我跟着父母去乡里的文化站，领独生子女证的时候，又看见了一次这个说书的神秘人。他在高高的台子上面弹琴。他那时候，弹的是什么琴呢。我个子太小了，又离得太远。我没有看清楚。他是我生命里的一个神秘又向往的人物。

一直到我高中毕业的一天，我在我们村的路上，遇见他。别人告诉我，他就是那个说书人。他黑瘦、干瘪，一点也没有一个乡村艺术家的风度。他也早就不说书了。

其时，父亲花了三十八块钱的巨资，从响水县城买了一台海鸥牌收音机。在那个时候，对于一个家庭来说这是一个多么巨大的事件。我们每天在吃饭的时候，或者闲下来的时候，就围着收音机，听里面的刘兰芳播讲的《岳飞传》，一天一天地，为了那句"要知后事如何，请听下回分解。"一天里都想着下面的情节是什么。

后来，镇上开始有了录像厅，当街的门面，每天传出轰鸣一样的音乐和音乐打斗的声音。世界变得热闹，甚至是纷乱了。

我开始读小说。

说书人的影子，在乡村里彻底地消失了。

而那个晚上，却像电影一样，总在我眼前，晃啊晃的。

木匠

木匠大爷是喜欢古书的。但是很多时候，他的主业是一个木匠。村子上的人们都喊他木匠，喊他的老婆叫二木匠。

木匠大爷喜欢木匠这个手艺，我想。我常常到他家玩。看他身体匍匐在刨子上，看木头在刨子下卷了起来，哧溜一声，一长串的淡黄色的木花出现了。刨子那么神奇，把普通的木头变成了木花。一些木头的碎屑，落在地上，木花也掉在了地上。空气里到处弥漫着木头的香气，有点刺鼻，又有点独有的香味。

大半天过去，地上就全是木头屑子和木花了。我喜欢在木花上走来走去，木花发出清脆的碎裂声。木花其实是被淘汰的木头，它还有一种

166

功用，就是用来烧火。

木匠大爷把那些光滑的木头，竖着靠在墙上。它们不久会变成宁波床的架子或者床衬。

村子上许多人家的结婚用的宁波床，都出自木匠大爷之手。一般人家都睡普通的光板床。宁波床有一个四方形的架子，面积又大，阔气得很，结婚自然是最适用的。冬天的时候，村子上结婚的人家多，木匠大爷，每天都在那间被他在门楣上刻了"汾阳荣华"的繁复雕花的朝南的瓦房里，做他的木匠功课。

屋里屋外都是白花花的木头花子，进了屋子，也没有插脚的地方。我们进去的时候，就在当间的地上站着，看他做活。

木匠大爷把自己家的一件土墙瓦盖的房子的窗户和门头上，雕刻了许多繁复的花样，那是村子上独一无二的。那些花纹古老、美丽、复杂，有着远古时代的印迹。

这里的人们都一致认为，我们的祖先是苏州阊门人氏。这里曾是一片汪洋，直到沧海桑田，这里依旧渺无人烟。洪武年间，我们的祖先被朱皇帝驱逐，一路哭号迁徙，拖儿携女，一直奔了这个荒凉无人之地，于是扎根下来，一路繁衍至今。

而木匠大爷门楣上的"汾阳荣华"，却又出自哪一路。我后来想，我们这里的人，都是姓郭。人总喜欢追根溯源，人又喜欢攀附荣光的祖先，而在邈远的过去，有一个叫郭子仪的人，最是声名赫赫。而我们，或者就是那一支。木匠大爷的家里，有着纸质发黄的墨色褪尽的家谱。那就是我们最早的渊源了。但是很久没有人追溯我们的最初所来之径，在忙碌里，在仓皇的惊魂未定的迁徙里，大约没有时间和闲暇去想这样的事情。

这就是木匠大爷"汾阳荣华"的来历了。那时候，他刻的这四个字，并没有人注意。也没有人说起。倒是对文字一直敏感的我，每次经过，都要看上一眼，把心里的疑惑又过滤一遍，却也从来没有问过。

他繁复的雕花，一日一日在风雨里剥色黯淡。他门前的生意不知道哪一天开始冷落了。人们渐渐不再喜欢宁波床，那么大，有点大而无当的感觉了。人们开始谈论高低床。高低床像什么样子呢。人们一开始很疑惑，难道是一头高，一头低的吗？那人怎么睡觉呢。睡在高的那一头，不是头太高了吗？睡在低的那一头，头不是要晕了吗？人们真是感到百思不得其解。城市里传来的新奇的床的款色，叫乡下的人们好费解。

木匠大爷是不打高低床的。高低床上，也没有雕花。色样简单得很，床又小得多。可是人们现在都去买高低床了。即使打，也找年轻的木匠打高低床。

木匠大爷偶尔还是有事的。村子上，有人死了，立刻就要请他去打棺材。他的手艺依旧是一流的，也总在出殡的时候，准时把崭新的棺材打好了。

等有了火葬的时候，人们不要棺材了，要了有什么意思呢。棺材里，不过只能放一些衣物，或者骨灰盒。有了骨灰盒，还要棺材做什么呢。况且骨灰盒的做工是越来越精致漂亮了。

木匠大爷的手艺渐渐就荒疏了。他每天喜欢喝二两小酒，醉醺醺的，他脾气很好，或者打打麻将。

有一天，他喝了一点酒，到家里，坐在那里，头一歪，嘴角流下一长线的涎水。木匠大爷就这样死了。

村子上，没有人再做木匠手艺了。他的儿子出去打工了。他雕刻的美丽繁复的窗棂，在风雨里，朽烂了。在风里，发出凄凉的无人问津的声音。"汾阳荣华"四个字，已经褪尽了红色的鲜艳的底子，苍白而寂寞，有一天，打工回来的儿子推倒了老屋，在上面盖了一栋高大的簇新

168

的楼房。那是村子上的第一栋楼房。

然后，就像雨后春笋一样，村子里长出了无数相似的风景。

村子上再也没有出过一个木匠。倒是邻村，有手艺不错的木匠，到城里去挣钱了。他们不打宁波床。他们打现代的家具，上面的刻花，也洋溢着现代的气息。

黄河故道边的历史与日常

运河镇，在 204 国道边上，每个从这里路过的人，坐在长途车上，必会从高高的马路上，带着微微的俯视的目光，看到这个小镇的中学，路边的街市，街市上热闹又寻常的街景。

运河镇，旧称龚集街，皆因街上龚姓居多而得名。我的远房大姑曾嫁在运河，很多年前，我和父亲骑车从滨海回来，路过运河，就曾到龚大姑家吃午饭，记得她家的房子临街，房门并不朝着街上，很是僻静。门前好像有一架葡萄。龚大姑没有孩子，她去世之后，跟我们那边也就断了。

运河镇这个名称的由来，我不曾找到原因。这里没有大运河经过。

南边的中山河，就像一条玉带把响水与滨海两个县分隔开来。中山河，就是废黄河。我每次走到这里，目光总是被它牵扯得很远很久，在河流转弯的地方，在树木一直延伸消失的地方，我会有极其凝重的历史感，沧海桑田，大概就是这个样子的。

我的想象不会停下来，它会沿着这条河流，一直追溯，追溯到黄河

170

在这里奔腾的年代，我想擦洗一下时光这面镜子，更清楚地看清一条大河在这里走过的痕迹。

我站在中山河的云梯关边的桥上，看河水蜿蜒流去，看两岸树木青翠，曾不止一次想，乘一只小船，在这河流上漫流，寻找它的形迹，在时光里，一次一次眺望。

黄河流到这里，一层一层地堆积，每堆积一次，就留下了厚厚的肥沃的淤泥。一次一层。就像连环套一样，所以这里就有了套做名称的村庄。大套、二套、三套、四套、五套、六套、七套。我在想，是不是一套就是黄河泛滥一次，冲刷一次留下的痕迹呢。

风慢慢吹，把许多的历史都吹成了虚无，吹成了不可知。但是黄河一定来过的。运河的地势在全县是很高的。这跟黄河淤泥的堆积是不是有关系。2000 年，发大水的时候，县城境内，唯有运河镇和黄圩镇因地势较高，没有被淹。这也是托赖黄河母亲的福祉。它来过，留下的福泽，一直给这里的人们恩慈与爱。

运河镇多沙土，适合种植花生。前年，我们在运河镇采访，坐在镇上派的小皮卡上，把十二个村都走遍了。也许就是从那几天，我开始爱上这片土地。

在运河的烟霞流水的生活里，我沉浸下来。龚集、彭庄、四套、二套、三套、单庄、南河、伏兴、桃园……这些村庄的名字，有了具体的概念。那里的人们，那里的庄稼，那里的沉埋的历史，每天在夕阳里，坐在车上，心里总会有一种说不出的感觉。这是一个有历史的地方。

在龚集街居委会，村子里找了年龄最大的说话几乎都不太清楚的最年长的老人，给我们讲述历史。可是他已经讲不清楚了。

他说到了五七干校。在全县，只有运河有五七干校，并且它成了一个地名。总有坐车的人们会说一声，前面五七干校下车啊。

这是一个有故事的地方啊！老人讲到一个下放的知识渊博的儒雅的

中年人，和他带来的小女儿。可惜，老人的讲述我们实在难以理清楚，混乱、没有章法。那段历史也老了吧。我忽然就想起曹文轩的小说《青铜葵花》里的五七干校里的那个下放的城里男子和他的女儿葵花。

可是不能记起来了，就像一阵风，当最后一个知晓这段历史的老人走了之后，就再也没有人记得了。只有这个地名，还留在这里，没有人去追究它的来历。

五七干校里面种了许多的花木，也住着一些人们。我一次也没有走进去。啊，我多么想走进去，细细看一看那里是怎么一个情形。但是我的确一次也没有去过。

三套是一个靠近中山河的寂寞的村庄。我们了解到，三套曾经有过地主，有过国民党军官，还有贞节牌坊。幸亏，这一切都过去了。

三套也产花生，多沙土，运河镇的各个乡基本上都产花生。有一句谚语是，运河的花生油，淌到响水。运河镇到响水大约三十华里，这要多少花生榨的油，才能淌到那里啊。

每到秋天，我们学校里的退休老师的家属，总会骑一个自行车，旁边挎一个篓子，到一块已经收了的花生地里去拾花生，然后，过一段时间，我们就会看到，学校的水泥路上，白花花的花生晒成一长条。

运河镇有自己的母亲河，叫响坎河。响坎河从运河的中心穿过。它沟通了滨海和响水，直通灌河。响坎河随着灌河的潮水涨落而涨落。每到涨潮的时候，有船只从河里驶过，响坎河是安静的、温和的，周围的人们并不吃它的水，它就像一条围在运河镇脖子上的飘带，美丽飘逸，不动声色地俊逸。响坎河两岸芦苇森森，鸟儿鸣叫，河水缓缓，因为僻静，孩子来洗澡，曾经有一个淹死了。那一阵子，我不敢到后面的双桥去看风景，也不敢在暮色拢身，雾气弥漫在河面的时候，在水边的石阶上呆坐，看水缓缓流去。

后来再去，站在双桥上，还是不由想起那年夏天的那个小男孩，看着闸里旋转成漩涡的水流，深觉可怖而危险。一个生命就这样消失。

这就是生活。寻常生活里的无法预料的悲伤。

很多时候，我喜欢夕阳下的芦苇，夕阳有时候，就像担在芦苇梢头的一枚鸡蛋。它那么美丽，甚至忧伤。它一点一点往地下面走，一点一点走到芦苇的根部。

明天它还要回来。村庄、运河，它总是不走。它们就像一个永恒。

一直到暮色慢慢把河岸上的暗色的火焰一样的麦苗隐藏在夜色里，变成神秘的气息一样的存在。

我看对岸，学校里的教室的灯光也次第亮起来了。

我想到，这是运河中学。

我在这里工作了十六年。这个时候，我离一段距离来打量这所已经六十多年历史的老完中。

作为一个六十岁的老人，它有一点沧桑，一些温暖。它也是一个说不完的故事。既然我在这里待了这么久。我想，人的一生有多少个十六年。这里，用十六年的时间，会让我永远属于它。

就像游子之于故乡，不管你走下去多远，你走不出故乡的目光。

中学，在运河的心脏部位，就像心脏对于人体的重要性。中学对于运河的重要性，也正在此。

我一直当我是一个外乡人。但是运河用十六年的时候，收容了我的不羁的灵魂。它曾经四处漫游。

我站在楼上，远眺远处烟霭一样的树木后的村庄，看不到而只能想象的河流，那些我不能穷尽的生活、生活里的人们。

我惭愧，我跟我的学生们心灵的游离。我站在一个远远的地方看着他们，不曾走近。那一天，看一群站起来的留守的孩子。他们有着怎样的思想，心灵的苦痛与幸福，他们有着怎样的生活。

我没有认真想过。我用统一的目光看他们。这是我的错误。

运河往西边走，就是云梯关了。

云梯关，是黄圩的地界。云梯关为海口，关外即海。

我们骑车，从运河的几个村子旁的公路，一直往前面骑，就看到云梯关了。

在这个古老的湮灭的雄关旁边，就是运河、云梯关，把运河保护起来了。它就像在关隘的怀里。

运河是幸福的。

在单庄，居然保有古老的单姓祠堂。这真是一个奇迹。

这些年，人们对于祖先，宗族，故乡的概念忽然就强烈起来。是的，小的时候，我们常常会问，我是谁？我从哪里来？

这是多么古老而年轻的话题。我很想去看一看这个近几年又重新修建的祠堂。它有着我们的来处与归途。

有的时候，我多么想，自己变成一只小鸟，在运河的上空，飞翔。它可以看到村庄上的每一棵树木，花朵的开放，甚至看到已经稀罕的袅袅炊烟、河流的走向、村庄的脉络，它们就像金线一样在地图上交织，每一条线里，都有暖意与乡愁。

有的时候，我也想不断地在历史里细细回溯，追究每一条线索，每一个时光变幻的镜头。

历史、地理、村庄、人们、黄河故道边的烟霞流水的日子，牵扯住了我的目光，到永久。

旧时月色

村庄

那时的村庄，是电影里的黑白片子，安静、寂寥、深邃，有着说不出的岁月味道。

清一色的黑色的茅草房子，淡黄色的墙体。窄窄的泥土路，就像蛇一样，在村子里绕来绕去。

每家门前，总有一两棵楝树，或者泡桐树，屋后是洋槐树，那时候，意杨还极少。人们没有考虑到经济的问题。

门前还有青色的石碓，或者石磨。家里的石磨还在用着，泛黄的磨担，上面是经年累月手在上面摩挲的印记，光滑、圆润，是岁月、时光，那么绵长、遥远。

总有一天，它会沉没在时光的深处，无处打捞。

可是在记忆的脑角，它总不会磨灭。

祖母拗着磨的样子，她富态的身体几乎都匍匐在磨担上面。一只胳

175

膊伸出去，又缩回来，仿佛无始无终循环往复，没有终了。

日子那么静，就像水沟里的水流，那么静默在一个偏僻的无人知晓的角落里，是属于自己的流淌的时间。这时间，就像默片一样，在属于自己的角落里上演。

日子也是慢的，慢得你感觉不到它在流动。在这样的岁月里，所有的人都似乎深谙了永恒的意义。

时间，它没有流动，或者流动得极其缓慢、优柔、优美。它的姿态，那么自由，就像一只在水里游动的鱼儿。

那些水边的树木，在风里摇动的姿态。水里的芦苇、菖蒲，它们散发出迷人的水的气息，自己的独有的气息。

有人在村子里走动，狗在轻轻地叫，鸡在低头啄食。它追着一个土坷垃，以为里面会有好吃的。或者它甩着一只小虫子，跑下去很远，才把它吞到肚子里。

各种花，开得很静。似乎都没有人注意它开了，又落了。

四季往复，在村庄里，是那么自然的事情。

要是有一天，一个女孩子站在门前的场院里，仰头看了许久的青天，那高远的境界，引起了她的一些感喟、惆怅、怀想，这个村庄就会突然有了另外的深长的意味。

它值得记取，或者怀念的部分，被认同了。

那些遥远的风吹过楝树花，那些花朵簌簌地落了一地，它们飘然下坠的在空中悠然旋转的姿态，在一瞬间，把一个女孩子的目光锁住了。

她感觉到了，这飘零的花朵，就是时光的印记啊。

村庄，就慢慢地苏醒了。它有了不一样的韵味与灵动。

那些古老的歌谣，把一个乡下的女孩子的心灵滋养了，喂大了。祖母坐在床沿上唱道，"姐在房中淘白米，二对喜鹊来报喜。喜鹊不住喳喳叫，哪有心肠把米淘。"这个歌谣，后来在汪曾祺的小说里也读到了。

这个在里下河流域流传到更远的歌谣，它讲的是一个古老的爱情故事。它就这样只剩下这么几句，余下的部分消失在死去的人们的脑海里，也永远地死去并且失传了。

在夜晚的时候，群星闪耀，乡村夜晚的星星格外的繁密、热闹，你看久了，就跟人间一样的拥挤，好像它们离得那么近，那么亲密，甚至它们都要打起来了。

可是这浩瀚的星空、银河、宇宙，它那么广大。

这一刻，当我们看久了它，我们就认识到人类的渺小。在乡村，星空曾是你最好的教科书，它让你思索更浩渺的远古的事情。

你的心，是在那一刻变得深刻、广大，并且有着一种辽远的深沉与惆怅。

当一个人在乡村，那么安静，思考的时间就像汪洋一样，你的身体里，就有了独处时候的广度。

乡村，那么安静，那些旷远的风，那些照在我们头顶的月色，它是不是有点旧了。那种旧，有着模糊的暗淡的岁月的痕迹，在时间走了很久之后，你很想用手，把那些被时光模糊了的月色，擦一擦。

旧时的月色，在一瞬间，就被你擦亮了。

它照着你来时的路径，那么分明、温暖、纯洁。

光阴的故事

春天的黄昏，篱笆里的油菜花开的那么烂漫，空气里散播着丰富的油菜花的香味，还有蜜蜂的香味。蜜蜂的嗡嗡声是这个村庄里，最大的声音。当然，还有风声。春天黄昏的风，脚步那么温柔、缓慢，在每一棵花朵和小草上驻足，或者在河面上顽皮地逗留。

茅草房子在门前遮蔽下一大块清凉的阴暗的部分，它和阳光普照的地方，界限分明。

我能不能把它看作是时间的脚。

这个时候，村庄里，似乎除了泼下来的春天的太阳光，满把的油菜花的浓郁香气，嗡嗡的吵闹的蜜蜂，世界就什么也没有了。

一个小女孩放学回来。她被眼前的无边的寂静与春色打动，她的八岁的心灵在大自然面前苏醒了，成长了。大自然教给她的，胜过书本里的一切。

家里的门锁着，那木制的门，上面有裸露的倒刺，就那样露出岁月的沧桑与木头的本来面目。

她看了一会，从门缝里，看了一会屋子里，那木头的大桌子，唯一的玻璃窗，黝黑的泥土地面，她不知道大人哪里去了。母亲也许在田里，这是春天呢。祖母去串门了。

她推开厨屋的柴门，真的是芦苇做的一扇小门，也没有锁。她从里面取出两只木头凳子。一大一小。她开始从家里缝制的花书包里，掏出书本，趴在凳子上做起题来。

她的面前，油菜花在篱笆里，还是那么肆无忌惮地开放着，那么浓烈的芬芳，这气息，就留在她的生命里了。这画面，也定格在她记忆的深处。

夏天的午后，太阳那么炙热。到处是热烘烘的气息。有点叫人喘不气来。她一个人去村子上一户人家玩。

太阳把楝树的叶子晒得那么闪亮，简直晃人的眼睛。知了把整个村子都叫得沸腾了。那么吵，可是又那么静。除了知了声嘶力竭的煮沸一样的叫声，到处晃眼的大太阳，村子里，什么声音也没有，好像村子在这样的声音与光芒里，睡着了。

地面都干裂了，白花花的土，都翘起来。一踩，就碎成几瓣。

路上晒了许多割回来的青草，碧绿的颜色已经被暴晒成淡绿色，上面就像覆了一层薄薄的霜，可是又没有光泽。

脚踩上去，一股干燥的有点呛人的青草气息就直窜进鼻子。那气息，又热烘烘的，烤着身体的每一部分。

周围很安静，好像除了青草，青草曝晒后的气息，似乎什么都没有了。

她有点恍惚，好像自己漂浮在一个孤岛之上。那里除了这个远离世界中心的偏僻的村庄，巨大的转来转去的大太阳，煮沸的知了声，就什么也没有了。她那么孤单，不知道自己是谁。她的内心被一种巨大的茫然所占据。

她想起自己要去的那一户人家，那实在的屋子里的陈设，那屋子里的实实在在可以触摸的人。

那个男孩子睡觉时，恬静的天使一样的脸。

她飞快地跑起来，想把什么甩在身后一样地跑了起来。

日月星辰

村庄里的日月是不是比城市里来得真实，它是我们生活的一部分。光影，日月的变动，就是时间。

没有时钟的村庄，总是看日影的变化。祖母说，太阳到门槛这里了，能煮饭了。母亲说，三星出来了，天要亮了。

母亲说，七女星转到后面去了，就是秋天了。

日月星辰，就是时间啊。

我们就跟着日月星辰在一起，过最自然的日子。日出而作，日落而息。为什么我们开始怀念最原始的生活。

它的怀念里，有一部分生活的苦楚，被过滤了，剩下美好的真实的部分，就像岩石裸露出来的表层，它总是最真切的，可以用手触摸的部分。

早上起来，看太阳从人家的屋子上面升起来，越升越高，一直升到树梢间。地上就洒下许多的光斑，这些光斑跳跃着，就像调皮的孩子一样。一直到太阳升到头顶，光芒万丈，我们不敢正眼看的时候，祖母开始到厨房里做饭了。

我们每天看日月经天，看它的脚从东边走到西边。我们感觉到时间，就是这样的，一点一点地，消磨掉了。

当一钩浅浅的月牙挂在天上，那么细。祖母会说，初二三凉月牙。为什么叫凉月呢。我不太清楚。后来看到有一个地方，叫凉月巷，真的有说不出的亲切。也只有我们苏北这个地方，才叫凉月。是月亮看起来，就像玉一样光滑，想象着要是摸起来，也有玉的凉意么。

我们这样看着凉月，一夜一夜丰满，长大起来。一直到满月。

满月的晚上，坐在树下，祖母会说，你看，凉月亮堂堂的。满月之后，月亮就一点一点残缺起来。我们心上似乎也有一个地方，一点一点有了淡淡的缺憾。这个缺憾是什么呢。原来是为着圆满的消逝，为着时间的流逝。

可是它总还会周而复始地圆起来呢。

月亮似乎从来都没有变。变的是我们。

长大以后，读李白的"白发三千丈，缘愁似个长"。以为只是简单的句子，等到年岁渐长，才读出巨大的惆怅。这是一首慨叹时间的诗句啊。

只有在乡下才能看到的繁密的晶莹的星辰。

那是我们的星辰。

在月朗星稀的夜晚，那月亮旁的淡淡的星星，也引起我们许多的遐想。我们到处去寻找星星。孜孜不倦于那样的寻找与寻找之后的惊喜。

没有月亮的晚上，就是星星的节日。

它们那么热闹，没有声息。

它们就是永恒。它们不说话，却给我们无限的启示。

在乡下，数星星的夜晚，就是与神秘的世界对话的夜晚。在这无限的星空里，你得到的，比任何地方都多。

亲人

我的亲人，在我的眼里，是跟日月星辰一样的发光体。他们温暖的善良的部分，就像光与热默默传递到我的心灵里，使我的生命不是冷漠的一团。

祖母背着我走到锁着的门前，在那一大团的阴凉里，一只手托着我的屁股，一只手伸到门前，她的手指上绕着红布条扣的钥匙。

那时候，我是几岁呢。越往前的记忆就越坚固，就像父亲，在得了阿尔茨海默病的时候，他都不认识母亲了。他却一直记得祖母，一直喊着妈妈。他以为自己还是孩子，从来都没有长大。

那些寒冷的黑暗的大风从屋顶呜呜吹过的晚上，暗淡的茅草屋子里，一盏遍身油腻的煤油灯挂在墙上，我跟祖母坐在火盆边，泥墙黑乎乎的，啊，就像我们的贫穷的一望无际的生活。可是祖母就像一团温暖，她肥硕的身体里，蕴藏着一种我看不见却能感到的火焰。

她的裹过的小脚，穿着粽子一样的黑色的鞋子，她走路总是摇摇摆摆，我总担心她的小脚，怎么承受她那么多肉的身体，可是她总是背着我去村子上串门。

火盆里，只有一堆的青灰，看不到一点火星。火盆下面埋着玉米，还有红红的火星。

只要用小棍一拨，火星就亮起来了，就像大火落在了屋子里。可是祖母总是不让我拨，一拨，火就会燃尽了，变成灰烬，屋子里，就储存不住一点热气了。

母亲在地上编席子。整个冬天，母亲都是这样匍匐在地上的姿势。我等得那么不耐烦。静夜里，芦苇碾成的篾花在她的怀里跳跃，煤油灯挂在墙上，只照到她编席子的一小块地方。静夜里，只听到母亲拿篾花的声音，切篾花的断头的声音。此外，就是外面的大风。

　　这样的日常里，一定有着生活的深意，不然，为什么我一直记得这样的画面。然后，我的祖母，这一团的温暖，住到了泥土的下面。不，泥土的下面只有她的衣冠。她的青色的外襟的上衣，她的青色的黑色的大腰裤，她的小脚鞋子。她的蓝底白花的包袱皮。我记得她的长长的烟袋，她斜靠在被烟熏黑的土墙上，叫我给她装一袋烟叶。我一直不喜欢抽烟的女人，可是我却一直觉得祖母抽烟是理所当然的。祖母二十三岁的时候，就守寡了。她怎么熬过漫漫长夜。这都是我后来想到的。

　　然后是父亲，在八年前的冬天，也走了。

　　那是多么好的霜华遍地的晴天。

　　我没有一点悲伤。真的。我从来都没有觉得他们离开了我的生命。他们从来都没有走。

　　在漫长的岁月里，他们的温暖，一直在我的文字里，翻来覆去地出现，他们是我一个人的永恒。

　　虽然他们跟我一点血缘都没有。但是他们是我的亲人，是我一个人的日月星辰。

咂摸秋天

秋风挟裹着雨意从遥远的地方吹到这个小学校时，我正在上课。草木一下子有了萧瑟的意味。

乡村在秋阳的美丽中有了一点温情。一些庄稼收回去了，麦子有的已露出了绿意，我喜欢坐在窗前，望着草木被风吹着的姿态。

秋阳温暖地照着这个小学校，平原不再躁动，它安静如处子，一切都缓缓地慢慢地在有序的季节里进行着。

秋很温柔，使人的心有放置的地方，我们可以静下心来想一想，望几眼晴空，贪恋着乡村里平常又美好的景物。

我们能感受着季节变换的奇妙，在每个季节的开始，我的心都生出莫名的欢喜，自然真是一个神奇的魔术师，它悄悄地改变草木和世界的颜色，又那么不经意地点染和变化，我们抓不住每一个瞬间的镜头，站在门前，想着杜甫的那句"无边落木萧萧下，不尽长江滚滚来"，似乎在诗里看到了这一境界的表达，然而到底有点萧瑟凄凉之感。

我喜欢在秋天的旷野里走，我能感受到生命在贴近自然的那份亲切，我是那么和谐地融入了它，并成为它的一分子。我的脚板踩着泥土，感到了内心是多么自在和踏实，仿佛心有了着落和归宿。我的内心有一种渴望拥抱和抚摸每一棵草木和庄稼的冲动，泥土湿润的气息使我心醉神往。

一个没有在大地的怀里真正生活过，与它肌肤相亲相濡以沫多年的人，决生不出这样强烈的发自内心的感受。

我不用耳朵和眼睛也能听见和看见涓涓的清水在密密的芦苇间流动的声音和闪亮的样子。我不用眼睛能看见绵白如山堆积的云朵和湛蓝天空下，一望无际金黄醉人的稻田起伏的姿态，那些蚂蚱怎样从一株稻子飞到另一株稻子上，绿色的翅膀闪着荧荧的光。

老屋

老屋五间，三间门是朝南开的，两间朝西，算是厨屋。老屋很旧、很破，用泥土砌成，茅草苫盖。老屋的窗开得很高，窗口很小，屋里长年光线极暗，白天还需开灯。只有堂屋后墙上开了一扇窗户，用玻璃嵌着，屋里一个窗台，水泥刷得极平。我喜欢在上面放一只绿叶水杯，杯里插着一枝美丽的白菊花。这是老屋的精神，老屋的眼睛。

老屋门前有一块空地，我常和伙伴在空地上做游戏，有时唱歌，有时也爬上门前的楝树。老屋门前的几棵楝树，干褐色，不很粗，一年四季，我看着它们循序生长，是一件极美的事。我热爱这些树木，当花开时节，当月圆之夜，当秋风吹落树叶，当光溜溜的枝杈在地上投下班驳的树影，我都觉得从内心生发的快乐，神秘的与自然相融相契的欢乐。

老屋后面仍旧是树，多洋槐。我喜欢洋槐的花，细致，柔软，像一个纤柔的女孩子，淡淡的静，温软的香，叫人的心柔软，不由产生怜惜的感觉。

老屋不美，我在写作时常向往一扇明亮的窗，让我坐在窗前的阳光里安静美好地写作。现在老屋早在一场洪水中倒塌了。老屋成了永远的过去。

回忆像潮水样涌来，涌进我的梦。于是我的梦里时时有老屋的影像了，还有一个孤傲的女孩子，固执地在窗台上养着一枝白菊花，陶渊明的菊呀！

我知道我不能忘怀老屋了。夕阳下的老屋静美，奶奶烧饭的炊烟在屋顶不绝如缕地飘，曲曲折折直往青天而去。月下的老屋静穆，小小的窗口的灯光亮到很久，像燃着一个不熄的梦。

老屋以古老的姿态扎根在我心里，生活在它怀里的三十年，使我注定永远属于它。梦里，我依然是老屋门前那个忘情玩耍的孩子，黄昏里倚在柴垛上望着青天听音乐袅袅飘来的女孩。

时间与迷宫

奶奶在时间之外，她的面容年龄，在那一个晚上，定格。

那个晚上，似乎很远了。隔着那么远的时光望过去，我把那一个晚上，想象成永恒的画面，甚至有一点温暖。

我只是走出去一会，再进来，就看到奶奶头歪向一边，嘴角流着涎水，眼睛微微睁着，没有一点光出来。

我甚至是镇定的，叔叔和弟弟坐在对面的桌子旁边打牌。他们一点也没有感觉到，奶奶走了。

屋子外面，黑漆漆的，就像在墨水里浸过。到处是温暖的流淌的黑暗。父亲在屋子后面的菜地里，挥动着手里的斧头，他准备砍倒一棵树，给祖母做棺材。那是一棵长了很多年的泡桐树。

父亲从下午就开始砍树，他已经砍了整整一个下午和一个晚上。他是祖母唯一的儿子。他知道，这一切都是他的职责，他要把祖母好好地送走。

第二天，我就看到门口的大场上，放了一口木料新鲜的棺材。村子上唯一的木匠大爷，已经不知道给多少人家打过寿材。门前到处是新鲜的白色的刨花。小孩子还抓起来玩耍。

唢呐的声音响彻了半边天。

后来，我又送走了父亲。我走在长长的送葬队伍的最前面。我顶着白花花的长长的孝布。

我又想起那个晚上，父亲一个人在屋子后面，只穿了一件灰色的汗衫，用他布满老茧的大手，挥动斧头，一下一下，又一下。

我还看见过年的时候，父亲手里提着的火纸，还有对过河滩上冲天而起的火光。

我曾经以为，这跟我没有关系。

我把一些时间的隐痛藏了起来。或者，我假装时间会停在某一个点上。不走。

时间，就像一个迷宫。我们每一个人走进去，就找不到了归途。

我们就在时间的河流上，漂流、漂流。

而现在，祖母和父亲，他们已经不在时间里面。他们在时间之外。

他们从这人世间消失了。

在茫然的空间里，失去了物质的存在。他们会不会依然以另一种方式，存在在这庞然的我们难以解释的世间。

在我的生活里，他们从来都没有消失。

他们以另一种方式存在。只要我活着，他们就一直存在。他们以另一种方式活在亲人的身体里。

这种精神的嵌入，就像树木的根须，它在深深的泥土之下。你要拔上来，必要牵扯到整株的植物。

很多时候，他们活在我的文字里，要是宇宙一直存在，他们就一直活着。

在文字里，祖母唱的里下河的歌谣，依旧鲜活。她富态的脸庞，银色的白发，她的裹过的粽子似的小脚。她在门前撵鸡的声音，在河对面都能听到。

时间，很多时候，是凝滞不动的。它就像画面一样，被定格在某一个时刻。

黄昏屋檐下，低飞的蝙蝠。茅屋后面的半落的夕阳，远处喇叭里，广播剧里，得得的马蹄，还有响铃公主的爱情。

时间就像一个迷宫。我们在里面穿越。

什么都会死去，只有时间不会。

而祖母和父亲，被时间排除在外。他们跟时间一起进入永恒。

在时间面前，我们总是忘记了来路，却早早看到归途。风，慢慢地吹。风里有无涯的空旷的抓不住的时间。

抓一本书，在太阳下，盖在脸上，听时间跑马一样，翻腾着跑过。太阳，是时间的轮盘，白天，转成黑夜。一天一天，一年一年。

有一天，你也在时间之外。你惧怕过吗？在年轻的时候，为了生命的荣枯，焦虑过，恐惧过。然后，慢慢地，在时间之流上，看惯了生死，仿佛一切都很轻。就像落叶一样轻飘，死亡微不足道。

祖母总是那么淡然的。她似乎不知道这个世界上有死这一回事。父亲也不曾有过害怕。

我走到沉重的中年，忘记了回望。

时间，在我们的身体上，打下了深深的烙印。皱纹、白发、眼里的云翳、眼袋、减少的月经、越来越少的睡眠，还有渐渐消失在风里的欲望，还有不知道在哪里等待我们的意外的疾病。

这个时候，我们在时间之流上，重新打量生命。它一路而来，都是风霜，都是抹不平的皱褶，都是咸涩的味道。

它也是时间的味道，它从轻盈，走向了厚重。

空气里，有桂花的味道，那么淡，走近了，才可以闻到。认真嗅的时候，又消失了。

这一刻的桂花，这一年的桂花香，与下一年，是不是一样。

只是知道，植物的生命可以轮回，而人，却是另一样了。

但是有什么可以悲哀的呢。走过了，在时间之流上，漫游过。那朗朗的日光，清清的风吹过，还有爱过恨过。

生命，有两种，在时间里面，是生气勃勃地活；在时间之外，它进入永恒。

生命，它只是换一种形式。在亲人那里。

生命，它从来不会死去。

那条小河边

乡下我们就读的那所民中早就消失了。

代之而起的是庞大的建筑群，里面是工厂，我从来没有仔细去看过那是一个什么厂，它有一个气派的咖啡色大门。上面写着什么字，我一点也没看清楚。我就是不想看清楚。好像我不去看清楚。那条清澈的小河，碧清的河水，河边在晨雾里滴着露水的白杨树，树下我们常常躺着看书的茅草地，就怎么也不会消失。

只有两排的红砖瓦房，那是我们的教室。

时光就这么流逝了，它有脚吗？它的速度比得上光年。

我站在时光的这一头，踮起脚尖眺望。

第一排瓦房的东边，有一块很大的梨林，春天开繁密的洁白的梨花，就是那样的春天唤醒了我内心的一些东西，青春与春天有同样的性质。我写出了为语文老师惊叹，其实只是大量堆砌辞藻的作文。

那梨林，那满树的繁花，至今都开在我心灵的壁上，它不能随便就散去。

它似乎是我生命的启蒙，青春的见证。它会一直开着，不凋谢。

教室门前是一大块空地，那么奢侈，就做了篮球场。那个年轻的数学老师，只有十九岁，在篮球场上奔跑跳跃，吸引了一大批喜欢他的女生，在那里驻足观看。

那些女生，愿意替这个年轻的、学校里唯一的师范生，洗所有的衣服，包括内裤。他会摄影，讲一口流利的普通话，关键是，他那么年轻，只比学生大一两岁。他俨然成了所有女生的偶像，哎，真奇怪，就没有包括我。

我眼见她们一个个女生陷入狂热的暗恋，不可自拔。

其中一个胖胖的女生，头发浓密，身体散发出浓烈的青春女孩子的体香，啊，那味道，真是要熏倒我。

她在跟我去我家玩的时候，坦陈了她内心的爱慕。可是我看着她大大的眼睛，像蝴蝶一样扇动的几乎要遮盖了整个大眼睛的长睫毛，厚厚的性感的嘴唇，我的感觉是羞耻和不洁。替男老师洗内裤，为什么要这么卑微？我忽然，就不怎么喜欢她了。

后来，她的爱情梦想并没有实现。她辍学了。我似乎也没有替她惋惜。

另一个女同学，在课堂上，不知为了什么，突然就冲了出去。我们这男老师显然得罪了她。其实，是她那颗爱情的种子在生长的时候，遇到了阻碍。

直到男老师去门上带她，她才到学校上课。这隐秘的不能说出口的爱情，就在这乡下的阳光与土壤里，慢慢地潜滋暗长，因为缺少必要的条件，大部分只能夭折。

男老师一度去前面的四丰的村子里，替一个成绩不错的女学生补课。说是补课，其实，我们心里都清楚，他是为了给自己培养一个可以跟他一样考上师范的媳妇。有一个晚上，他跟另一个男老师骑自行车，掉进路边的水沟里，水沟边的水泥筒磕破了他的脸。给我们上课的时候，我们都好奇，过了一个星期天，他们怎么都挂了彩。那个男老师还幽默地撒了一个谎，然后，我们都明白是怎么回事了，哈哈地笑出来。

这个女学生过生日的时候，男老师从街上买了一个蛋糕，在路边小梅山的小店路口，那里都是土路。不平又陡，蛋糕从车龙头滑下来，摔坏了。

至于后来如何补救，我并不知道。

到底，这个女学生没有考上师范，男老师只好去寻下一个目标。他的下一个目标，是我的同桌，一个大眼睛的女生。

他去她家辅导作业，在屋子的山头后面，家人看到他们在那里，就都避了开去。这一次，功夫不负有心人，这个女同学考上了学校。他们的爱情修成正果。

我在早就消失了的那条马路上等车，看到已经考上学校的女同学，穿一件金黄的就像葵花一样的连衣裙，意气风发的样子。她看到我，好像没有看到一样，人家已经高升了。于是，我也没有说话。

我们的语文老师也曾经给一个女同学写过两句诗，是李商隐的句子。春蚕到死丝方尽，蜡炬成灰泪始干。那个干瘦的语文老师就像被风干的带鱼一样，或者就像纸片，风一吹，仿佛就要乘风而去。

他在黑板上讲"风萧萧易水寒，壮士一去不复还"，也讲回环的爱情诗。夏天戴白色的手套，手指就像竹枝一样细。他的三角眼很松弛，看人的时候，里面有一种凶光。

他常去后面一个死了丈夫的女人家里。这个女人的女儿就在我们班级。我们都不喜欢她。她笑的样子，用现在的话说，就是很嗲。走路喜欢一跳一跳的。每次，我们迟到了，语文老师总是叫我们站在门口，用刀子一样的眼光看我们，好像要把我们刺穿。可是那一天，这个女同学迟到了，他却笑眯眯让她进来。一班级的人都很愤怒。语文老师的大儿子坐在我后面，我控制不住愤怒写了一张纸条，递给他。上面三个字，死老头。

为了这个事情，我被语文老师抓到办公室站了两天。

可是我似乎有一种快意恩仇的感觉。这个风萧萧易水寒的壮士之举，就是他教我们的。

当然，我们有许多快乐的事情。

教室门外有三棵高大的白杨树，我喜欢雾天的早上，白杨树在雾气里，朦朦胧胧的，树上的水珠滴在地上，或者高一层的树上的水珠滴在低一层的树叶上，我喜欢这清露的声音。这个时候，我隔着遥远的时空似乎也还是会听见这清响，这应该是世间最美丽的天籁。

我常常在上课倦了的时候，偷看窗外的白杨树庞大的树冠，那深碧的叶子，那是比课堂的知识更有乐趣的一个世界。

或者望着远处的村庄，那些房子、那些村落，里面似乎藏着无尽的岁月与时光的秘密。

门前后来有了一个很大的花圃，花圃里栽了许多的花。我有时候会掐了一朵粉色的月季，插在课桌的缝隙里，老师看了，却也并不说。月季总是很香，我放在鼻子下，闻了又闻，似乎总是不够的。

教室的旁边，是一条小河，这条河边是绵长的茅草地。下课的时候，或者中午，或者活动课，我们都喜欢到小河边坐着，或者躺着，享受茅草的柔软，注视小河的不倦的流淌。心情好的时候，我们来小河边，读书、谈心。心情不好的时候，也会在河边坐着，或者走一走。

青春就像这小河一样，不息地流淌着。

我们有很多的想法，就像这小河的水一样，泛着银子一样闪亮的波纹。

其实，时光就像头顶的日月，转来转去，那个扎着长辫子的穿浅绿色上衣的女孩子，都已经老了。

而那所民中，早就消失在时光里。

每次路过那里，我都不想看那里一眼，好像我不去看，那小河、白杨树、茅草地，已经古老的校舍就从来没有消失一样。

第四辑　岁月印痕

农耕系列

饮酒

苏北里下河一带，三里不同俗。饮酒的风气也是这样的。

但是大抵也还是大同小异，所谓入乡随俗，你到人家的地界上，就要随人家的风俗做事情。

我们这里的饮酒，风格是相当豪爽的，坐在酒桌上，主人一定要让请的人喝足了，这样才是待客的礼数，不然，就是小气，没有礼数，要被人家谈说。

被人家谈说，是大家都不愿意的，这里的人们最重面子。

一般人家，过年的时候要饮酒，一年到头，请新媳妇吃饭，或者走亲戚，都要饮酒的。

乡下人也没有多少钱，一般喝的都是山芋干冲子、高粱酒，或者汤沟酒，十块钱一瓶的。乡下人不在乎什么酒，喝着就高兴。

一般酒桌上，八个碟子，是冷菜，八个热菜，荤素搭配。到人家去出礼，往往会说，八碗八碟都吃过了。要是人多，就十碗十碟，或者十碟十二碗。这个都是可以变的。

冷菜里，鸭蛋花生米，都是家常的，鸭子是家里养的鸭子下的蛋，冬天里，腌在咖啡色的小坛子里，小坛子，圆口，大肚，一只手伸进去，刚好。花生也是家里的田里长的，不费钱。

热菜里，团子是必须有的。鱼也一定要有。鱼上来的时候，就标志着酒席进行到后期了，是要吃饭了。鱼在桌子上的摆放也有讲究。必须是鱼身朝着上席，不能是鱼头或者鱼尾朝着上席，那就是没有礼貌了。

鱼上来之后，甜汤就上来了。甜汤之后，就要吃饭了。

甜汤上来之后，厨师会淘来一个热气腾腾的毛巾把子，恭恭敬敬地递上去，上席的长辈把脸抹了一遍，把两只手手心手背都擦一遍。这毛巾不是好擦的，擦过了，要给红包的。一般来坐上席的，除了出礼的钱，都是准备了红包的。这是面子钱，给少了不好，给多，又不是家里经济能承受的。所以这个上席并不好坐。

酒桌上，有上席。里下河这边的人家，房子都是门朝南的，所以上席就在对着门，靠右边的一个，对面是二席，旁边是三席，三席对面是四席。上席面前放一个鸭蛋碟子，这是一个标志。知道的人都不去坐这个位置，或者知道自己应该坐这个位置，也要谦让一番。以前，坐上席的人特别谦虚，谦虚到虚假的地步，要主家拼命拖，拖半天，才肯在上席落座。那时候，人们对于礼数似乎到了过分的地步。

要是坐错了位置，那个坐错的人总要懊悔很多天，觉得自己不懂礼数。被人耻笑了去。

要是做喜事，等到主家的鞭炮在门前炸响起来，桌子上就都动起筷子来了。互相让着，吃第一筷子菜。

酒桌上，冷碟子是早就上来了。坐在横头上的一个小辈就站起来斟酒。斟酒的顺序不能乱，第一个斟上席，二席、三席，斟过一个，要换一只手再斟。

斟酒的人一般叫酒司令。酒司令要带头请酒。酒司令开头请大家喝两个门面杯。这两杯酒，大家一起喝掉，喝完之后，大家就散喝。一般都是先跟上席的长辈喝，一个一个喝过去。

不能乱了顺序，要是乱了，就会有人不高兴。

喝酒，一般都喝双杯，取双喜的意思。或者喝四杯，就是四四如意，或者喝六杯，就是六六大顺，要是喝八杯就是拼酒了。这样的场面就有点剑拔弩张，想把对方喝倒的意思了。

有些喜欢喝酒的人，坐到酒桌上，就想把对方玩醉。这就有些不怀好意了。

坐上席的人，一般会是舅舅，或者其他长辈。要是安排不好，舅舅会把桌子给掀掉。

以前饮酒，一定要把请的人喝足。即使自己喝醉了，也要把客人陪足了。要是客人的酒量大，就要请大酒量的人来陪，要是请不到大酒量的人，就多请几个陪。主人是一定要热情劝酒的。即使知道自己会喝醉，也不能说不喝了。一定要等主席上的客人，喝足了，拼命阻止再开酒或者添酒，然后就上主食。一般也就上个米饭，酒席就结束了。另有非常好酒非常好客的，非要把人喝跑掉的，遇到这样的，也是一道风景。只是现在这样的人已经很少了。

菜园子

不知道别的地方是不是跟我们苏北平原一样，都有一个菜园子，菜园子是自留地。归属权属于自己。

每家的菜园子都在家前屋后，用一个篱笆围着，防着自家或者邻居的鸡鸭去捣乱，一通乱吃乱踩，菜园子就不像话了。

菜园子里，种的都是平时饭桌上的蔬菜，或者葱蒜，春天是小白菜，洒一些，乘着不断上升的温暖的地气，就郁郁葱葱地长起来了。

小葱、大蒜、芫荽，都要栽一些。家里长的，随手就拔一些来，做调味品。

萝卜、大白菜是秋天长的，到要下雪的时候，就起出来，码在家里，或者挖一个地窖，藏在里面，等到春天的时候，一棵一棵从里面取出来吃。

也有腌菜腌萝卜的。一个大的褐色的水缸，把萝卜或者白菜洗干净，萝卜要切成一条一条的，就是后来的萝卜干。白菜洗干净就一把一把地码在水缸里，码一层，就放一些盐，一直码一缸。冬天，咸菜烧豆腐，风味极纯正。那些生活的温暖，会沿着这些家常的味道一直弥漫在舌尖上，或者以后很多年的生活里。

萝卜干腌好了，拿出来就可以吃。腌好的萝卜干是黄色的，很脆，很咸。乡下人总是因陋就简，连切成一段一段的，都很少，萝卜干切成小小的段，用油盐炒熟，又香又脆，风味又是一样。可惜，这样奢侈的吃法，在家里是享受不到的。读书的时候，最多买一瓶便宜的酱油，把切成段的萝卜干在酱油里一泡，这就是高级一点的吃法了。难得有同学带上用油盐炒过的萝卜干，要是有，就是一宿舍同学的美味了。夏天腌的小瓜干一吃也是咯嘣咯嘣脆，反正比白嘴吃饭好得远。

在菜园子的一角，往往会有一个小小的花圃，家里的孩子，也不跟父母讲，乡下人把土地看得金贵，讲了自然是不高兴的。小孩子就自作主张，把靠近路边的一小片，辟出来，做花园。说是花园，其实，并没有多少花。花的来源，无非是到小伙伴那里讨来，或者交换来的，或者在一棵上剪一个花枝，回来扦插。

小小的花园，就这么日积月累，开辟出来。春天的时候，菜园子开了花团锦簇的一菜园子油菜花，蜜蜂在花上嗡嗡闹着，旁边的小花园，几乎被挤得看不见了。

但是那里的月季，一棵小小的四季常青的松树，小小的太阳花、木槿花，总还是不管世间的繁华，独自开放得很好。

夏天的时候，紫红色的晚饭花，就像喇叭一样，总是开得特别的浓烈。

这小小的菜园子，就有了另一种味道了。家常里，有一点生活的向往与浪漫。在茅屋前面，这些花，把生活的黯淡照得亮一些了。

秋天的时候，菜园子一角，有一大株才移过来不到一年的菊花。金黄金黄的，小黄菊开得很可爱，金丝菊热烈而烂漫，在落叶飘零的秋天，在田野和村庄都变得萧瑟和被冷色调主宰的季节，这菊花，就像一团热情的火焰，把生活照亮了。

冬天的时候，菜园子里空荡荡的，只有一些大蒜盖在稻草下面，一些菜皮散落在空地上，菜园子一角的花也都死了。其实，它们的根还活着，在地底下，等待春天。只有那棵小小的松树，很矮很矮，依旧青翠。

菜园子，是人们日常里的一点小私心、小欢喜。它总是贴心贴肺的，让你在每一个日子里都有一点安全和温暖。没有菜了，去菜园子里拔几棵，简单炒炒，一饭一蔬里的滋味，对于乡下人的日子最是深长绵远。

那些小孩子的花草，便是平淡生活里的一点小小的点缀与希望，总还有一点爱美的心，在粗糙的生活里，没有被完全磨钝，由小孩子悄悄地保存在生活一个不经意的一角。

所以菜园子，在人们的生活里，不管什么时候，都是一个不可少。它把人们日常的生活里的一些皱褶，都用着淡淡的菜蔬里的温暖熨平了。

婚嫁

一辈子只有一次，婚嫁便是最讲究，最隆重的事情。

结婚之前，家里都是准备了很多天的。

女孩子要给自己纳鞋底，红线、红底子、红绒子的鞋子，要做一双。留着结婚那一天穿，给男方也要做一双，白底子、黑绒子的鞋子。家里的墙上，当然要准备一串鞋子，带到婆家去，留着慢慢穿。新房里，也精心拾掇了。被子要里外三新的，被面是红彤彤的，被子一般准备两床，娘家有钱的话，可以陪两床，没有就算了。新房里，梳头桌上摆了红色的罩灯，要是没有红色的，就裁一张正方形的红纸，在中间挖一个洞，套在罩灯下，这样，罩灯的光被红纸反射出来的，就是一片温暖的红光了，红碗两只，上面用红纸蒙着，红线扎着，红筷子，都是逢双的。香胰子、雪花膏、木梳，都是成双的，把一个梳妆台都摆满了。梳妆台上也是用一大张红纸蒙着的。

屋子里的墙上，也贴了一些画，在床里边的墙上，就贴了两张活泼的嘻嘻笑着的胖娃娃的画，新房里，被一团红色的喜气包围着。门口挂着一个门帘，布的，上面的流苏也是红色的，门口两边的墙上通常写着这样的对子：红梅多结子，翠竹广生枝。一般都是请人用红纸黑墨水写的。村子上总有一两个喝过墨水的人。

新房的窗户外面用一大张红纸蒙住，到夜里十二点的时候，新人要休息的时候，两个姑爷要说喜话，送房。送过房之后，就可以休息了。以前的姑爷都会说喜话，一边说，一边用筷子，从窗户外面，戳穿红纸，把筷子抛在床上，一般是一把筷子，筷子落在床上多，预示着新娘会生殖力旺盛，孩子成群。

婚嫁的头一天，叫作催妆。这一天，新娘子要把箱子、衣服、鞋袜，要带到婆家去的东西都准备好。

结婚的当天，称正日子。

正日子早上，八九点钟，新郎就来了，骑自行车，七十年代，还有叔公替侄儿带媳妇的风俗，后来就渐渐没有了。新郎用自行车带新娘，即使新郎的力气再小，路再难走，新娘都不能在车子上下来的。这就难为了个子小的新郎。每每这样的事情会成为人们好笑的谈资。譬如上坡的时候，新娘子不下车，新郎要把车子推上去，或者骑上去。这都是很困难的事情。人们说起新郎的狼狈和认真来，都要笑好久。

有一阵，用拖拉机带新娘，拖拉机的前面，扣一个纸做的大红花。拖拉机一般要到天晚的时候，才能到家。因为新娘家里总舍不得让新娘出嫁。母亲坐在灶下，眼睛都哭红了。最后，还是亲戚劝，明天就回来了，第二天要回门的。可是回门的时候，就是人家的人了。女儿养这么大，嫁给人家，总是许多的养育的不易，在一起生活的温暖，都一起涌上心来。当然，最后，还是让新郎把新娘带走了。新娘在堂屋里，跟哥哥和父亲喝一个糕茶，再吃一顿分家饭，脚上套一双哥哥或者父亲的黑布鞋，意思不能沾了娘家的财气。鞋子到车子旁边，就脱下来，脚上是自己没有沾过泥土的鞋子，穿着，就上车子或者拖拉机走了。要是天晚了，这个时候，要有一个全配人或者伴娘过来，全配人又叫大瓶奶。不知道为什么叫大瓶奶。小孩子喜欢唱，大瓶奶，平又瓶，腿裆夹个大油瓶。大瓶奶一般人都不能做的。必须家里什么人都有。父母公婆儿女都在的。所以叫全配人。伴娘一般就是新娘的闺蜜。一般人家有，一般人家没有。这个时候，新娘出来，全配人手里要撑一把红伞，人们说，这个时候，七女星出来了。要是七女星照到新娘身上，新娘注定要生女孩子的。有人家白天也讲究，也打伞，因为有懂一点科学的人说，星星白天也出来的，只是我们肉眼看不见。

新娘上车之后，会发现车上还做了一个亲戚家的小男孩，这个小男孩也是事前找好了的，来压车的，压车要给红包，一般都找亲戚家聪明伶俐的小男孩，希望新娘子生出来的小孩子，跟这个压车的小孩一样聪明英俊。

在催妆那一晚，新郎家也要找一个亲戚家的英俊聪明的小男孩跟新郎睡一晚，叫压床。红被子的四个角里都藏了花生白果在里面，压床的小男孩要在里面摸出来，还有床下的小马子里，也有花生和白果，也一样要摸出来。

新郎家的意思，也是希望新娘生出的小孩像这个孩子一样聪明。

新娘到婆家的时候，下车前，要一个下车礼，下车礼给了之后，到门口，有促狭的姑爷早就用板凳架起来多高，把新娘和新郎拦在外面，要敲新郎的竹杠，一般主要是要喜烟喜糖。门口围了许多大人小孩亲戚邻居在看热闹，新娘低着头，尽量不让人们看到她的脸，调皮的小孩子就在人缝里钻到新娘面前，仰起脸看个够。新郎为了减少新娘的难堪，只好快点把自己的最后一些喜烟和喜糖贡献出来，好携着新娘逃到新房里。

门口的红色的鞭炮屑里，许多小孩子在那里找没有炸响的散鞭。新娘和新郎进去了。人们三三两两站着，好奇的小孩子还站在新房门口，想偷窥新房的景象。一会儿趁大人或者全配人不注意，就狡猾地掀一下门帘。瞥了一眼里面红光一片的世界之后，快速放下门帘。等大人走开，再掀。直到被发现，被撵走。

新郎这边的饭桌，是在晚上开的。

新娘那边的饭桌中午已经开过。女儿被人家带走了。亲戚也走了，家里冷冷清清的，底下的孩子去玩了。父亲和小弟弟或者哥哥要到男方来吃酒。然后，在这里过一宿。家里久只有一个母亲看着一地的狼藉，默默伤感。

新郎这边，却热闹得很，一切的快乐和幸福都刚刚开始。到处是跑动的小孩，亲戚走来走去，准备吃饭，晚上看新娘子，闹洞房。

这饭，一直要吃到很晚，反正新娘子要到十二点才睡觉。

吃过饭，第一个看过新娘子的人看过之后，人们就进去闹房了。有的人家闹得狠，有的也不怎么闹，在里面的板凳上坐坐，看一看新娘，看看新房里的家具、陈设，也就出来了。

送房之后，新房里，依旧透出罩灯温暖幸福的红光，把门前都照亮了。

这罩灯，一夜也不能熄灭的。这象征这新人的婚姻就像这灯一样，一直亮到白头。

我想吹吹风

　　有时候，我真的很想说话，可是要是这个人说的话，总是令我厌烦。我就宁愿选择不说话。孤独也是一种选择。

　　坐在电脑前发呆，思绪那么漫漶，不知道在什么地方漂游。一篇散文激起我的灵感，就像雨夜一样，潮湿、喧嚣、静谧、浪漫、刺激、温暖、冰凉，就像初吻一样，有着特别的异样。

　　所以孤独的时候需要一种道具，打开的书本，白色的雾气袅袅升起的茶。喝茶，对于我，或者对于很多人，只是一种仪式，具有一种文化的背景和象征意义。我的思绪就随着雾气升起来，飘到很远，然后消失在空中。

　　这种漫无边际的想象，对于我的意义，或者对于一个写作者的意义总是非凡的。它就像一种无用的事物，譬如鲜花、天空、雨水、诗歌、河流，它们看似没有意义，却充满温暖和寓意。

　　在这个夜晚，它们被赋予色彩，并被一再咀嚼。

　　我忽然发现，我对于深陷物质的人们，情感复杂。我一边羡慕他们的心无旁骛，一往无前，一边不能和他们长久对话，或者心里把他们推出门去。要是他们来跟我说话，我就想快快结束这种柴米油盐的交谈。好像他们浪费了我的宝贵时间，其实，有很多时间，我就一个人呆呆地坐在那里，眼睛看着电脑上一个打开的文档，只有一个空洞的不知道填充什么内容的题目。忽然想起中秋节的晚上，一个同事跟我聊天说的话，他说，你也很忙啊。我说，我忙什么。他说，一天到晚搜肠刮肚写东西啊。我忽然就又好气又好笑起来，真不愧是语文老师出身，"搜肠刮肚"这个词用得实在是太好了。我一个人在黑暗里，想起这个词，想起他平时说话慢吞吞的嘲讽人的神情，笑了好久。

我喜欢生活里这样的人。他们活得多么阳光、开朗，直奔主题。他们嘲笑得多么到位和理直气壮。

吃饭的时候，我大概是一千零一次或者一万零一次对老公说，我再也不写作了。从今天起，我要好好挣钱。老公笑着说，好啊，我知道，你明天就又变过去了。我就是这么一个变来变去，在物质和精神之间不停否定与肯定，不停打摆的人。就像爱一个人，不停地否定他，甚至发了毒誓，甚至在纸上写下他的无数缺点，要把这种感情打下十八层地狱，最后发现，它就像不倒翁，慢慢地在黑夜里悄悄立起来了，不在桌子上，在你心的最底层。连你自己也不承认它的存在了，可是它还在。它那么淡淡的，带着唇上洗不淡的唇膏的颜色，只是淡了，不是消失。

时间和新欢会让一段感情磨灭。

可是需要等待。

一杯茶，慢慢就凉了，还没有喝。一段故事就这样结束了。真正结束的时候，连再见都不要说。

我想知道生命的意义。但是我只找到了喧嚣。那些物质，在短暂的时间里，安慰了我的空虚。我觉得，我多么需要。

但是我一个人想去桃花潭。那里的水，已经被污染了。我想，那么多的人的气息，把几千年前的友情冲淡了。

我们不再相信友谊。友谊已经死了。这个时代，我在街上看到对我最热情的人是需要我刷手机微信里钱的人们，不然，人们的笑就死在僵硬的肌肉的表层。

我在桃花潭水前坐上一个下午，我的行为更像一种哀吊。我的手机里，大部分是潜水的死尸，我连激活的心情都没有。我不想说话。我宁愿让我的话都变成僵尸。

也不要言不由衷，我整个下午一个人在街上游荡。

我看那些匆匆而过的人们，打扮时髦的中年女人；化妆之后更加残败的有钱的老年女人；指甲里都嵌满了黑泥的乡下卖菜的中年男人；推着几捆青菜、几个红柿子的衣衫褴褛的乡下老人。他走过时，热切地看着我，希望我买下他的柿子，可是我迟疑了一下，还是开车走了。一边在心里谴责自己，为什么不买下它。你在饭店里随便请朋友吃一顿的零头也不止这个，你心血来潮买一件回来或许不喜欢都没上过身的衣服，也不止这个。

一个下午，我就在街上晃悠。街头的黄色的米粒的栾树花落了一地，细细碎碎的，就像我的心思。被风吹成一团，就像被岁月肆意揉碎的我的心神。我根本叫不出名字的树上，开了红彤彤的像花又不像花的花朵。我想，它是不是凤凰木。我不想去查百度。太烦了。这么多的植物，我查过就忘记了。只有小时候认识的那些植物，总是记得。

我不想附庸风雅，一个人跑去潮河边。

我想在那里吹吹风。我不想去。

我就一个人在街上游荡，各种的思绪在头脑里，跑来跑去。李白、杜甫、白居易、苏东坡、陆游、沈园、林逋、马金莲、弋舟、江小白、长江、黄河、戈壁、落日、日记、桂花、聊斋、敬亭山……

每想起一个词，就会有相应的诗句，或者画面。桃花潭水，长恨歌，东坡肉，钗头凤，疏影横斜水清浅。掌灯猴，所有路的尽头，江小白可以作小说人物的名字。君住长江头，我住长江尾。黄河之水天上来……

秋天的天空特别明净，就像水洗过一样，又像小孩子单纯的眼眸，一尘不染。阳光也很好，可是我的心却混沌、沉浮，就像沸水里的茶叶，上上下下。

这沸水之后，就是渐渐淡下去的色泽，就像人生。

我不太喜欢咖啡。

我喜欢茶。咖啡过于浓烈，人生的滋味，过于浓烈总使人担心。因为浓烈之后，就是平淡。我害怕平淡，但是平淡才是最日常的滋味。最绵长，最磨人，许多的人生都被它慢慢消耗。许多的感情也是经不住平淡的。不是许多，是所有的感情。这个时代，它是咖啡，滋味浓烈，刺激，使人兴奋，兴奋之后，就是长久的催眠一样的倦怠。

倦怠比死亡更残忍。它近乎凌迟。一点一点地割。

我也不喜欢茶，它越喝越淡，嘴里仿佛一点滋味也没有。

我一直喝白开水。它是最悠长的。它从来就没有味道。

人生，所有的一切本来就是从无到无，多么像白开水。

在深夜，面前放一杯冷却了的白开水，透明、无色、荒凉、冷寂、空无、冰凉，滋味无穷，是真实的一下子到底的人生。

这个时候，再也没有左右为难，在物质与精神之间彷徨无依，再也没有浓烈之后的失望与死灭的空虚与生命的恐慌。

白色，最彻底的色彩。它是一切色彩的底子。它是一下子就见底的人生。它最彻底，也最悲凉，它最醒悟，也最彻骨。

所以在葬礼上，人们选择一身缟素。这是真实的人生。《红楼梦》里的大地一片茫茫真干净的人生。

儒释道里，最是彻悟的时刻。

一个人，在街头，看一个小孩子，歪歪斜斜地蹒跚而去，这人生，刚刚开始，满满地喜悦。

可是年轻时候，每看到人家结婚，总是悲不可抑，以为人生最悲哀的事情，就是结婚。人生到这个时候，所有的梦想都死灭都终结。

这样的悲哀要持续很多天，以致朋友结婚，根本不能去参加婚礼，担心自己的一张悲愤的脸与那样的氛围大相抵触。

这个晚上，一个空白的电脑文档，一杯已经凉了多时的白开水，一本打开却根本没有阅读一个字的书，陪我坐了一个晚上。

但是甚过言不由衷的无聊的对话。

谒二郎神文化遗迹公园

《西游记》里有这么一段记载，二郎神住灌江口。《西游记》里的花果山在与响水毗邻的连云港，灌江口自然就是流经响水的灌河了。这样的神话传说，给滔滔灌河笼罩上了神秘的色彩。

在很久以前的灌河岸边，就有一座二郎神庙，后来，不知什么时候消失了。在响水的历史里，是有迹可循的。

在九十年代的《散文》杂志里，有一篇散文叫《响水口》，写到了父子俩在河边打鱼，还有河边的一座二郎神庙。那篇散文写得非常生动，有着历史和生活的暖意。那个作者，我一直以为是响水人，姓周。后来，这个作者终于没有出名，湮灭在人海。我很想见到这个人，听他谈谈那时候的灌河岸边的生活和那座后来消失了的庙宇。关于庙宇里面的样子，也有详细而真实的描写。现在，知道那座庙的人似乎没有了。

现在，我们的车子行驶在207国道上，路边是初春的依旧枯黑的树木和野草，一闪而过的带子一样闪亮的河水，隐藏在树木之间。路上没有什么人，车子飞驰。我们的目的地是灌南的二郎神庙。

车子过了江湾大桥，又开了一段，进入一个熙攘的小镇，两边是饭店，超市，路上来往的人们骑着电动车。

　　路边有车子停在外面，在路对面，我看到了一个高耸的牌子，上面写道，二郎神文化遗迹公园。

　　我在心里微笑了一下，名头挺大的呢。哪有什么文化遗迹，不过是一个人工景点。

　　买了票，我们跟妹妹他们一起进去。

　　妹妹从杭州回来，这两天奔波，有点累了。坐在车上，就有点晕车。

　　我们走进大门。迎面是鲜艳的红灯笼，悬挂在头顶上的敞篷子上，平添了许多的节日热烈的气氛。

　　一直往里面走，也不辨方向，就随便走去。路两边是红色的纸片，上面都是关于《西游记》上人名地名的谜语，还有打灌南地名的谜语。这可真是有地方特色了。我看了两个，一个也猜不出。我一向缺少这方面的智慧。

　　再往前走，一个高大的门楼，两边是龙飞凤舞的长对联。我们看了一会，都读不出来，就走过去了。

　　对面就是一泓碧水，水上一带曲桥，水中央是一个圆形的小岛，周围雕了十二生肖的像。

　　我们走在午后温暖的垂柳岸边，妹妹在水边蹲着，我走过去问，是不是不舒服，她说，是。我说，早晓得不带你来。

　　下午的公园，水边的亭阁安静，有着静谧的古典的味道。水边的芦苇，黄黄的，在阳光里静默，水款款地流着。

　　在水边蹲了一会，妹妹说，我们走一走吧。我说，好点了吗？她说，好点了。

　　于是往曲桥走，在草地上，一只从水里或者洞里出来的癞蛤蟆在那里慢慢爬行。

我说，看，癞蛤蟆。我们都有点兴奋了。这个丑陋的小东西，勾起我们许多的记忆。我们就像老朋友相遇一样。我用手机拍下了它。我们走过去了。妹妹却一直蹲在那只癞蛤蟆面前，用手指轻轻按一下又按一下它的身体，好像去碰触一段遗忘的往事，又像在唤回一些逝去的回忆。她是真诚的，甚至也是开心的了。

　　我心里为带她来的歉疚，消散了一点。

　　我们站在圆形的小岛里，互相拍照。妹妹也走过来了，有点兴奋的样子。妹夫看了她一眼，微嘲似的说，拍照片就不晕了，是不是？我笑了。妹妹是很喜欢旅游的。工作一周再累，出去走一走，就好了。

　　大自然是疗治疲惫的良药。

　　我们拍了许多照片。继续往里面走，路边的小亭子，柱子上也写着金字的对联，仍旧关乎二郎神或者《西游记》。

　　路边的竹子，水边的芦苇，竹子之间曲径上错落铺设的青色的石磨，又像古代的钱币，午后的阳光从竹林上折射在这条弯曲的小路上，就有了一种斑驳的古典的色彩了。我们的影子歪歪斜斜地印在那些石磨上，有一种穿越的感觉，又像到了桃花源一样，远离尘嚣，忘记世俗。

　　出了竹林，眼前变得开阔，几棵一人难以合抱的黑色的大树，站在坡上，树下是一个巨大的石碾。时光倒流，时间仿佛在一瞬间停滞了。多么静谧的所在，我在那树下站了，好像回到了某个古代的场景。这里的老槐树是《天仙配》里会说话的那棵吧。或者这树下，该有两个古代的童子和先生，在这里坐着闲适地下棋。或者，是八仙里的一对仙人，在这里盘坐着谈话。

　　我在这里，有一种怔忡，或者时光的错觉。

　　我在树下的淡青色的大石碾上坐下来。清风徐来，我忘记自己是人间的人，还是山中的侠客。

　　对面的铁丝网后面，泊着许多的船只，恍然，使我知道，这里还是真实的烟火人间。那些斑驳的锈蚀的船只，在风浪里，历经沧桑，我也想起来，这里是灌河的下游，灌河从东海一直流到淮河，它只是经过了我们。而我们都爱它，称之为母亲河。

再往前走，竟然看到一片梅林。

我并不知道那是梅花。

艳丽的骨朵一个一个，缀在黑色的树枝之间，我立刻就被这春色迷住了。在梅林里穿梭，忽然发现一朵梅花绽放了，然后就看到两朵、三朵，五朵，六朵。它们簇拥在一起开放，多么美丽啊！

这早春二月的梅花林！我们在里面流连忘返了。

梅林前面，就是二郎神庙了。庞大的一个黑色飞檐的雕梁画栋的庙宇群。

钟楼上，古铜色的钟倒悬着。鼓楼上的鼓有着一个大大的鼓面，红色的鼓边。我们都惊叹了。我想起上海静安寺的钟和鼓，似乎也就那么大。

地面上，有用鹅卵石漫地的，摆成了非常美妙的图案，有着古典的意味，又有着典雅安静的合乎寺庙的庄严色调，与大殿以及所有建筑的色彩呼应着。

后面的真君殿，高大、巍峨、庄严。

我进去，请了一支香，难得来一次。我愿神灵保护这一方水土的人们，以及凡尘渺小的我自己。

这里，每一个阁楼，大殿的门两边，都写了对联，有的竟然一个门两边，写了两副对联。

在一个"灌洲孝圣"的阁楼里，在四面墙上，都画了二郎神的画像，并都对他的忠义孝信，进行了阐述。后面一个"天下孝义"的阁楼里，迎面是影像介绍，四面墙上挂了许多画，"一方真神""张仙姑思凡""劈山救母""灌河口斩妖""庙后竖旗杆"，详细讲述了二郎神的故事。

在最前面的高大的门楼上，里面是"西游秘境"四个大字，两边是两副对联。"谁敢欺心需防真君开慧眼，休存侥幸何如大圣化精灵。"这是里面的一副。

正面是"杨二郎故里"四个金色的大字。

对联也是两副。此处选的是里面那副："劈山救母曾让桃山添虎势，斩蛟治水不容灌水起鲸波。"

门楼外面是一大片广场，站在这里，可以远眺慈孝阁，近观五龙河。这里有五条水道，按照风水学来说，这里的风水一定是极好的。适合建筑庙宇。

二郎神住在灌江口，这里是五条水道汇聚，凡有水的地方必有灵气。自然也适合神灵居住。

不过，我倒是更喜欢这里随处可见的甚至多到泛滥的楹联，书法我是不懂的。但是那些优美的线条总给我艺术的享受和美感，那些词句总有文化的气息与熏陶。这里的树木苍劲，这里的环境清幽，这里的文化氛围的营造也是极好。

还有并不是空穴来风的二郎神的故事。

《西游记》里那句确凿的说辞，二郎神住在灌江口，给了我们充分的佐证。虽然它只是一个神魔小说。可是花果山是真的吧，灌江口也是有的，二郎神自然也不虚。他住在灌江口，镇守着这一方。

夕阳挂在慈孝阁的黑色飞檐边，树木苍苍，天色将晚，我们却觉得意犹未尽，一个多小时仿佛走马观花。

走出二郎神文化遗迹公园，我忘记这里是一个完全虚构的人工景点了。

我忽然有想买一本《西游记》，好好读一遍的冲动。在四大名著里，只有《西游记》，我的确忽略了它，没有好好读过。我想，我是多么错误。

秋天的马家荡

　　一直向往着，去看看马家荡，所谓荡，我总觉得，其实就是一带的芦苇，掩着一弯的河水，秋天的时候，水格外清澈，明净，映照着头顶的明朗的秋天的天空。秋空，格外的深邃、湛蓝、干净、美好，一切好的词语，都可以加上去描绘它。你仰望秋空的时候，容易忘记自己和尘俗，把心灵的尘垢涤净。

　　那里，也远离尘嚣，这是一个可以躲避和暂时逃离尘世的安静的地方，适合心灵的游荡和憩息，在尘世里，在喧嚣里，总有累了、倦了的时候，这时候，马家荡是一个极好的宁静安妥的所在。风很轻，云很白，大地遥远安静，风是自由的，云也是自由的，我们的心，也跟着轻盈起来。就慢慢地把尘世的累与苦，推到脑后，在岸边的草地上，抱膝而坐，看看风吹着脚边的小草，欣赏小草摇动的样子，天真稚拙，天然的一段的趣味，在平日，你难以体会其中的兴味。

　　一大片的芦苇，无边无际地铺展开去。风在芦苇上走过，它了解每一棵芦苇的声音，正是白露的时候，霜还没有降，一切都很温暖，芦花紫红色，或者青色，还没有白，在秋风里，轻轻摇曳，那样无心的美丽，潇洒和出尘。

水，很温柔、清澈、美好，像个女孩子一样，有着明净的荡漾的眼眸。一些绿色的棱角，在水面上漂浮着，你愿意摘，就摘一把，不愿意，就让它一直生长着，它也是喜欢的，明年落在水里，过几年，又长出棱角的绿色藤蔓来，漂浮在水上，这一种自然的生活叫人羡慕。

这时候，适合在水边站着，慢慢地品味，这秋呀，滋味在悠远和深长里藏着，就像秋月和美酒，要慢慢地静下心来，一点一点地咂摸，那滋味，才会慢慢地从心灵和舌尖上，弥漫开来，一直把你的整个人都浸淫了。

自然，也适合坐一只小小的木船，在茫茫的一个荡里，随意地漂浮着，没有一定的方向，木桨横搁在小船上，湿淋淋地，滴着水，想起来，就划一下，忘记了，就任由它在水面上，自由地随处飘荡。这是一种任情的境界，散淡、随意，没有目的，也没有方向，眼睛就更自由了，古人说的，"游目骋怀"的句子，我很有心得。我的眼睛就在芦苇的紫色穗子上逗留，在天空深湛里留恋，那些无边的清凉的水，也勾留着我的心。

其实，也可以吃一吃螃蟹的，秋天的马家荡，除了野生的棱角，还有新鲜肥美的螃蟹，一看了，就生艳羡的心。

于是这个时候，会想起那个远离尘世生活的梭罗，他的一个人的"瓦尔登湖"。那是一个令人羡慕的美国人。他能让自己那样皈依了自然，在自然里，安妥下自己在尘世里骚动不安的灵魂。

在生活里，我们的灵魂总是流浪着，无所皈依，只有自然，让我们有了一种真正的归宿感。

在我们的古人里，只有陶渊明做得最彻底。我喜欢他的《归去来辞》。但我有时候问自己，"倚南窗以寄傲，审容膝之易安"。能够在贫穷的生活里，以一腔的傲气生活，多么地不容易，在只容膝的小屋里，还觉得能够生活，真的要一种灵魂里的高贵来支撑。

马家荡，是我尘世生活里，一次暂时的归去来么！

此处风景

淮北境内少山，只一座大伊山，坐落在连云港灌云县境内。

夏天，雷雨之后，空气中尘埃荡尽，站在制高点，向西北方向远眺，就隐约看到黛色的山的影子。眼不错，就又不见了。

因为离得远，因为身处平原，对山就有无限的向往。加之，诗词歌赋里，对青山的描写，勾起人无数的遐想和欢喜。所以，对于近处的风景，就格外的念想着了。

但这样的思念，也要到多少年之后，才可以去兑现。

这个夏天，忽然一个念头，就转到大伊山那里了。其实，也一直在自己旅游的打算里。

早上九点，天上云彩淡淡，虽说有台风将至，却也还没有来临。

于是在这个空隙里，驾车前往。

这是立秋后的第一天，树木依旧翠微，蝉声盈耳。季节的气息不容分说，扑面而来。窗外的沂河淌，因为低洼、广阔，每年发洪水，庄稼都淹没了，这里虽然沃野千里，却是只能杂草丛生，难以利用。周围的人们都喜欢到这里来垂钓或撒网捕鱼。

我记得这里的沂河大桥还没有建的时候，高高的河堆边，开满了就像金子一样的油菜花。河堆上有个草棚子，在卖茶叶蛋。我和朋友在那个春天骑着自行车，从沂河下的颠簸的灰尘漫天的公路上过去。这里的广阔的原野和灵动的河水，河堆边的柔软的柳丝，在那个春天曾经打动了我。

我坐在车上，拍了一张照片。辽远的大地，白云飘浮的高远的天空，世界被镜头拉近。心在这一瞬也变得广阔无垠了。

车子转了一个弯，在204国道上飞驰，路边的白色的莲花仍旧在开放，凋零的日子快要来临，但那是美丽的成熟的日子。

开了一个多小时，翠绿的大伊山已在我们眼前。

买了票进去，我想起来，这里应该是有一点历史的。大伊山是泰山山脉的一支，商朝时候，商相伊尹在这里隐居，所以称为大伊山。这里有商朝的岩画、星相石，还有古代的石棺。有山的地方，原始自然风貌极好的地方，总有些灵异的人物和故事。这也是我喜欢这里的缘故了。

沿着蔓生着湿滑的青青的苔藓的青石山路，蜿蜒向上，这时，蝉声如织，就像大雨倾盆，在我们周围洒落。林子深幽，石头嶙峋、古怪、峭立。这些大自然的鬼斧神工使我的心沉静而惊叹。

许多叫不出名字的树木，苍翠安静，在风里轻轻地动。我们在栖龙洞洞口站住了。黑洞洞的，年深日久，洞口苍老，岩石暗淡，里面好像藏着什么神仙鬼怪。我们都不敢进去。这时，过来的另一些游客，打开手机的手电筒，径自走进去了。我们也小心地跟在后面，洞里很黑，地面潮湿，洞壁凹凸不平，我们也打开手机，摸索着往前走。

好像走了很久，终于前面有了一点亮光，原来对面还有一个洞口。我们在心里舒了一口气。怪不得叫栖龙洞，这样的深长，自然是龙栖身的地方了。不远处，就是寺庙。高大金身的释迦牟尼像，金光闪闪，护佑着这座美丽神奇的伊山。山上壁立千仞，刀削斧劈，看起来非常险峻。

崖山的野草生得美丽而奇怪，就像一个个人工栽上去的盆景，规则而顽强。释迦牟尼像的底座上，刻着重修石佛的故事，我把它们的部分拍了下来。摘抄如下："淮北平川二百里始睹一山，曰'大伊'。山灵秀，清涧流响，澄澈安怀。自先民择栖于斯，迄于今六千余载矣，乃存石棺墓葬，商代岩画，星相石等诸多遗迹。以其故，致有淮北第一神山之誉。足令笃信释佛以求为浮屠者专心苦营，谋建庙宇。故史有九庵十八寺之谓，尤以石佛寺为最，香火供奉，盛极一时……"

离开石佛寺，拾级而上，这山，还有许多幽景胜境没有抵达。路边的一些花草总会牵惹我的眼睛。在山道上，我被几株开球状花朵的姜红色树木吸引。我记得在邻居废弃的院子里伸出来的树木就是这种。那时，觉得它阻碍行人的脚步，想尽办法要砍伐它。以为它既不实用，又不开花，影响人们的生活。这时看到它的结出的绿色的小球，居然开出这样一树美丽的球状的花，真是惊异极了。于是要拍下来带回去给立意要除之后快的邻居看一看。

山路盘旋向上，我们三口大汗淋漓，蝉声雨一样在周身洒落，树木幽深，又平添静谧。路边开淡蓝色小花的植物总要把我的眼睛勾住了。那些风貌古老的石头，形状各异，被岁月风雨剥蚀，给人自然的历史的沧桑的面貌和感慨。

我们在神仙洞停下来。那是一个山腰上的洞穴，不大，但可以避风雨。漂亮的现代隶书，三个红色大字"神仙洞"。在路边有一个介绍景点的牌子，上面叙说的是神仙洞的来历。传说，八仙里的张果老和吕洞宾曾在这里居住。他们每天化为凡人在山下下棋。他们发现，没有一个人认出他们是神仙。有一天，他们走过一条河边，姑嫂两个在那里洗衣服。她们一边洗，一边谈话，一个说，听说，这里住着神仙，我们怎么从来也没有看见过？一个说，是啊，听说，他们常常在这里下棋。二位神仙一听，大吃一惊，原来以为人们不知道他们在这里居住，现在才知道，人们早就知道了。他们赶紧扔下一张纸条，纸条正好被嫂子接住了。她们展开一看，是一首诗，其中一句道，"弓长二口曾住此"。这时才明白，这里果然住着神仙。

这样的神话传说，给这个大自然造就的神奇之地，蒙上了更多神秘色彩。站在山上，灌云县城，尽收眼底。楼房鳞次栉比，密集如鸽子笼；阡陌纵横，沃野千里，青翠欲滴。清风徐来，蝉声落在耳畔，绿树覆盖了整座山。也难怪神仙要选在这里居住了。

正午时分，蝉声此起彼伏，除了热闹如煮沸的蝉声，别无声音。树林静幽，没有一只鸟。陈年的落叶覆盖了林中的地面，苍苔清冷，在林子里坐了，只感到安静，忘记了尘俗中的许多烦忧困扰。

只有如织的蝉声，在身前背后洒落，只有绿色的密密的树木，在周身静谧。云朵在山上飘游，自在从容，石缝里的泉水，不知出于何处，也不知流了多少年，石缝锈色斑斑，有着岁月的洗礼和苍老。

林子里有通海泉，泉水清冽凉爽，在石涧边洗手时，甚至可以闻到丝丝的甜味。

山里有许多的小景点，五彩石、老龙涧、龟石，这些古风和古貌，总牵扯出游人许多怀古的幽情来。

在那些泉水、石头、石涧旁坐着，心里会丝丝地不舍。这样的境界，也只有神仙才有啊。在自然里，陶然忘机，多么好。

下山来，潮湿的青石阶，一节一节，两边是翠绿的竹子，在风里潇潇响着。

这么样一个近的地方，这么样一个清幽美丽的所在，我来了，就不算辜负了。

云朵在山头上飘游，就像神仙一样自由、自在。葳蕤的树木把一座一座山都装饰起来。我们已经翻过了三座山了。

我们依依不舍地下山，依依不舍地回首，我们挥一挥衣袖，不带走一片云彩。

徽州掠影

一路向南，平原逐渐被连绵的青山代替，遮不住青山隐隐，流不断绿水迢迢。说的就是这样的江南。

坐在车上，吸引我们的是车窗外的仲春的景色，一路上，淡紫色的泡桐花，一会就在路边的丛林里冒出来，一挂就是一树。我们被这滴水的紫感染。许多的白色的洋槐花，也是外省特有的景色，那么多的盛开的洋槐花，一串一串。山崖边，多开白色细碎的野蔷薇，也是我们这里所没有的。

路边新出的秧苗，一垄一垄的新茶，不知道是不是已经过了采摘的季节，长得那么茂盛。

我们的车子在山里行进，路标在不断的变幻。琴溪、郎溪、绩溪……山里的清澈的溪水当是不少，所以才有这样的美丽的好像耳边听闻到叮咚溪水奏鸣的名字。

我也在与这些名字相遇的一瞬，喜欢上它们。

车子就像在山的怀抱里，怎么开，也开不出去。青山层层叠叠，不高，但是连绵起伏，山的线条那么温柔，就像用画笔描过。

这些山，就使我想起鲁迅先生那句著名的比喻，"就像踊跃的兽的脊梁"，向我们的身后跑去了。

山的后面，还是山，一座一座，景色就有了层次，就像画面一样。

我想，这个时候，我就想做一个画家了。或者，什么也不做，就对着这青山坐着。

这样愿意对着青山呆坐一整天的，就有一个著名的人。

一开始，我并不知道。直到路标上出现"敬亭山"三个字。那句熟稔的句子一下子从脑角跳出来。"相看两不厌，唯有敬亭山"。原来，敬亭山就在安徽境内。

一个小小的普通的山，因为一个诗人，在那里坐了一天，写了几句诗，就变成景点了，名胜了。

我强烈地想去敬亭山坐一坐，让从古代吹过来的风，也来吹一吹我。让那些遥远的使我心有戚戚焉的感觉，也在我的内心里慢慢地发酵。

诗人是厌倦了世俗了。只有这青山，才能安抚他在尘世里疲惫的受伤的灵魂，他们是彼此的知音。

而这样的感觉，我也有。

诗人海子说，天空一无所有，为何给我安慰。

这无语的青山，曾给诗人带来多少无言的清凉慰藉。

还有桃花潭。

也就是一片大水。

它们承载的友情，到现在都那么宏大，甚至温暖。

这不绝如缕的人情的暖意，从古代一直绵延到现世。

即使深夜了，我们这些远道而来的人，还是想去目睹一下那片著名的水。

它不仅仅是一片水。

虽然它仅仅是一片水。

桃花潭水深千尺，不及汪伦送我情。这个句子，就这么流传下来，把这片水，变得神秘了，具有历史感了。

我也想在水边坐了，坐上一整天，我想用一整天的时间去冥想那一段千古流传的送别场景。

那时候，一别经年，也许永无见面之日，走的时候，当然许多的惜别之情，难以言表。

任何时候，友谊都不易得到。也许，在两个诗人心里，他们的友情要纯粹得多。诗人李白走的时候，并没有告诉汪伦，可是他赶来送别了，还唱着歌。

啊，诗人多么感动。这首诗写得浅显，如同口语。

李白乘舟将欲行，忽闻岸上踏歌声。

友人汪伦是唱着歌来送行的。他唱的是什么歌呢。诗人没有说。是汪伦自己写的送别诗吗？还是那时候流行的送别歌。

我很想知道当时的情形。

桃花潭水深千尺，不及汪伦送我情。

为什么这样说呢。也许，诗人李白已经叨扰友人很久了。或者他们只是萍水相逢，互相吸引，互相仰慕，君子之交，离开也不需要拘什么礼节。

可是汪伦来送行了。

这样单纯的温暖的人情，我们想着，胸口也会有隐隐的温热的感觉。

就让古代的遥远的快要失传的纯朴，慰藉我们干枯的心灵吧。

这一次到安徽，使我最念念不忘的，就是那里的清幽的景色，还有擦肩而过的桃花潭与敬亭山。

也许，其实，即使没有去，我心里有，也足够了。

或者，有一日，我一人迢迢地去了。

在那山上，坐了一日。

在那水边，待了一天。

山与水的相遇，就像人与人的相遇，需要缘分。

所以有什么可担心的呢，缘分在那里，总有一天，你与你心里的风
景，会不期而遇。

灵魂的相遇
——拜谒醉翁亭

文人与文人的相遇，是一件奇妙的事情。即使这个文人已经死了上千年，可是你们的灵魂还是会相遇，在文字里。

初中学欧阳修的《醉翁亭记》，里面的名句俯拾即是，一直令我觉得心有戚戚。是的，你读一篇文章，会觉得自己是作者的知音，即使这个人已经不在了。所以对醉翁亭的感情，似乎已经积攒了很多年。

当我走在琅琊山的山路上，心情是按捺不住的激动。

我只想说，我来了。好像冥冥之中，欧阳修知道我来了，我一定会来。这样的际遇，不是偶然的。好像醉翁亭在这里等了一千多年，就是为了等我，还有那些了解它的人们。

前两天，安徽刚刚下过一场雪，山上、林间的积雪还没有完全融化，这里一撮，那里一撮，山上的色彩就丰富起来。黄色的叶子还挂在树上，苍黑的树木，看起来特别有点古意，一些野草苍松都是绿色的，林间的色彩特别的迷人，有一种古典的韵味，又下了一点小雨，林间和山顶树梢就漂游着淡淡的白色的雾霭，这就更有画面感了，好像一幅写意的淋漓的画卷了。山脚下，溪涧里的水清澈地流淌着，声音清脆，淙淙的声音，就像琴声一样。在静谧的山中，显得那么悦耳动听。溪水从光滑的石头上跳跃而下，就溅起白色的水花，褐色的石头、白色的水花、水底的黑色的淤泥还有水草、落叶、曲曲折折的溪涧，就真的又是一幅看不厌的图画了。这个时候，我们就像置身在古典的画里，好像我们回到了欧阳修的那个宋代。

一路上，我们走到那里，似乎都是走在画里。我们被这里的一切所吸引。

野芳园里的梅花已经开放了，爬满时光印记的假山，古意盎然的小亭子、曲桥、鱼池、那些繁密的草木，都让我们的眼睛应接不暇。

醉翁潭的水，就像一幅小小的瀑布，飞花溅玉。

在醉翁亭，我们站了下来。这是一个繁复的建筑群。里面有好多的房子。

门楣上，书了"醉翁亭"三个大字。

进到醉翁亭里面，院子里，隐隐有淡淡的香气，抬头一看，两棵高大的梅花，真吐出数朵芳蕊，这香气在空气里，若有若无，认真嗅的时候，似乎又消失了。不经意间，又在鼻翼间缭绕。我站在那里，呆呆地看了很久。里面一个圆门，门上书，"有亭翼然"。醉翁亭正是在泉水的上方，山下的泉水声，依稀还可以听到。走进去，在向右转一个角门，就来到醉翁亭面前。滁州又名亭城，这里的亭子似乎随处可见。而醉翁亭又是在全国著名。这眼前的醉翁亭，古色古香，廊柱都是黑色的，四角的飞檐，上面的瓦也都是岁月沧桑的黑色。亭子上还覆盖了一些雪，白雪映衬着黑瓦，颇有一些韵味，好像就是一首不可多得的诗了。

醉翁亭的右边是一个圆门，门上书，醉翁行乐处。里面一大间房子，门锁着，看来是欧阳修和朋友们喝酒的地方。

另有一间小门上，写着邀月两个字。大概上赏月的所在，再往前走，一个院子里，迎面一块石头上刻着"花中巢许"。寓意欧阳修是像梅花一样不与其他花朵争艳的高洁的隐士。

　　滁州不大，环滁皆山，我没有环绕滁州一圈，但是知道滁州不大。像欧阳修这样的人物，放逐于此，他的内心一定有块垒与不平。他再这里做隐士，与世无争。多少不易。他的《醉翁亭记》里，明明流泻着愤懑和不满，看似旷达，其实，内心还是抑郁，借酒遣怀，种梅花，饮酒，与山僧往来，他到底还是不平的。所以他在《醉翁亭记》里抒发了没有知音的苦闷。小小的滁州，山水是他的寄托与知己。小小的滁州，放置不下他一个政治家的胸怀。可是上千年之后，人们最记得他的，是他的一篇借物抒怀的散文，而不是他的政治抱负。

　　我在醉翁亭里待了很久，仿佛在这里依旧有欧阳修的精魂，他没有走。我常常在想，文人与文人的相遇，真的是灵魂的相遇。不然多少年之后，为什么要跑到这里来看山水，看这些遗迹。并且有一种好像遇到好朋友的感觉。

　　我甚至也想带一壶酒，在春天的下午，在这里的一个石凳上坐了，慢慢地一个人，或者两个人，浅酌低唱，在慢慢地啜饮里，自是会有一种微醺的美好的情怀。好像时光倒流，我们回到那个缓慢的优柔的文化与饮食都那么精致的宋代，生命里有一种圆融和饱满，就像宋人的字画一样。

　　往前面走，就是琅琊山了。望之蔚然而深秀，这个时候，即使是初春，草木还没有苏醒，山上的笔直高大的杉木，灰黑色的山体，山上点点的白雪，就是这样的画面，也还是可以想象春天，草木勃发时候，琅琊山的美丽。我们沿着青石大路往山上走，这里的草木山石，山上的有着仙气一样的雾霭，都给人神秘的无限的想象空间。

　　深秀湖不大，里面成对的小野鸭在游动，对面山上的色彩那么丰富，映着绿色的几乎有点不真实的湖水，就像迷离的山水画卷。

再往上，就是琅琊寺，建于唐朝年间的寺庙，历经一千多年，我们进去的时候，山上的雾气似乎更浓了，不知道是细雨蒙蒙到山上更浓的原因，还是香客们的香火，拾级而上的时候，耳边忽然传来空灵的钟声，这钟声，忽然就像把我们的内心里的什么惊醒了一样。我不由就站住了，在这样的空谷里，这样的清音，似乎有醍醐灌顶的效用，好像是一种提示、一种警醒、一种呼唤。它让我的心有被唤醒与归来的感觉。在这山寺里住下来，每天听一听这暮鼓晨钟，仿佛人生变得澄澈，是另一种空灵的灵魂飞升的肉身轻盈的境界。

这一刻，有被净化的感觉。想留下来，在这里，好好听一听这钟声，灵魂忽然就清明了、干净了，与山上的草木变成了一体的感觉。

从山上下来，忘不了醉翁亭里的梅花的隐约的香气，醉翁亭上的白雪，还有一千多年前的被我遥想出来的泉水的甘洌与酒的香气。

还有那野花的芬芳，湖水的深邃、秀丽，琅琊寺的千年钟声，它把我的心，敲醒了。

什么时候我再来，携一壶酒，在月光下，就着梅花的清香，让自己在春天的晚上，微醺一场。

人生也便值得。

西行笔记

一路向西

高铁从南京出发，一路向西。车窗外的风景，还是江南的青山绿水，平畴阡陌。出了江苏地界，庄稼变得矮小，土地干裂，缺水的自然条件，使人们的生活，变得艰难了。高铁路过这样广袤的田野，我们想到生活在这片土地上的人们，心里另有一番滋味。

车子在平原上奔驰，到了三峡水电站的时候，窗外出现了许多白色的大风车，就像巨人的手臂，起伏的山峦下，缓慢地摆动它的手臂。

地域的变幻，给我们新鲜的刺激。平原消失了，斑驳的山脉占据了我的视野。我们都变得兴奋起来。

高铁穿过幽深的隧道，山消失了，景物留在外面。终于穿过隧道，来到阳光下的田野。不远处，一条蜿蜒的河流出现在草莽的地面上，有人问，这是什么河？友人说，也许是黄河。朋友就高声喊起来，黄河啊，我的母亲。也许并不是黄河，有人说。也许是渭河。车子已经到了黄土高原。也许真是渭河呢。

我们的心里升腾起一种深邃的遥远的历史感。黄土高原上的土，坚硬，直立性好，适合开凿窑洞。

那在夕阳下，缓缓流淌的河流，看起来与河岸持平，岸边水草丰美，在大山旁边，弧线优美地流过去，流过去。

它是不是黄河呢。

我们一路猜测。

它一直在大地上，温柔地流着。要是黄河，它是温柔的段落，平缓的抒情，在阳光下，真是一个母亲。

它是一种磅礴的象征，一种大气魄。是伟岸与坚强，是图腾与标识。

到了三门峡南站，车子停下来，我把脸贴在车窗上，把三门峡南站的站牌，看了有好几分钟。它在我心里，就是一个大，一个遥远的地域，一个跟中国连接在一起的大气的名词。

那些白色的高大的风车，在我的脑海里，慢慢地慢慢地旋转。

高铁继续向前，一路向西。

又出现了一条河流，还是在地面上，山变得陡峭起来，在夕阳里，山的线条、刚毅里，有了一些柔和。这条河流，在水草与黄土间流过。它是什么河？

文友说，也许是渭河。是啊，渭河。他们讲的是对的。车子已经进入渭河平原。在这条河边，有一个天上星宿下凡的叫姜子牙的人，八十三岁了，还在这里作秀，用直钩钓鱼。皇天不负他，他钓到了周文王。

这个既像神话又像历史的故事，总令人有幽远的感觉。我们的想象就像橡皮筋一样，被抻得好长、好长。

我们的目光被渭河一直拉扯着，又像有一种磁场，把我们紧紧吸引过去了。

当车子行驶到华山的时候，一车人的脑袋都转到东边去了。我们都惊呆了。这就是华山啊。我们在电视上，在金庸的小说里，华山论剑，谁是天下英雄的地方。阳光打在险峻的华山上，就像笔削过的华山，有一种冷峻的傲视万物的酷烈的美，车上所有人都惊呆了。那么刺目的，划亮生命最幽暗部分的美，不能直视的美。我忽然想起那个不久在华山上，解开腰间安全带的男子。美，有时候，是多么让人绝望，绝望到只有死亡才能与它相配。在一瞬间，我理解了那个男人。沈从文说，为什么美丽的东西总是令人忧伤，譬如爱情，譬如大自然绝伦的美景，在一瞬间，令人只想流泪，或者默默中，已经泪流满面。

我想，大自然的造物，是一种令人陷入绝境的无法自拔的美丽啊，你用什么来配她的无与伦比的美。

只有死亡。

车子过去很久，车厢里的人们，还没有平静下来。这些被文字牵扯了一辈子的人，他们的胸口都汹涌着一种什么样的奔腾的情怀呢。

西安

车到西安，天色将晚，夕阳挂在高楼后面。

西安到底是西安，被古典的汉朝，繁盛的唐朝浸淫过的古都，那种典雅的历史的厚重与深邃，即使被现代的建筑所掩饰，依然丝丝缕缕渗透在一砖一瓦，甚至是空气里。

那些黑色的飞檐，建筑上的古朴，都留存了跟其他的都市不一样的味道。一直没有看到城墙。在华灯初上里，在黑暗来临的时候，有些跟灵魂契合的气息，就会自然来到心里。

想看看城墙。就是贾平凹在《废都》里写到的，那个庄之蝶听埙的城墙。贾平凹用了大量的篇幅写一个中年男人在古老的城墙下听埙的感觉，那是一种怎样的感觉呢。说不上来，但是无法忘记。

三毛到西安来，深夜，在空旷的机场下了飞机，然后，抽了一支烟。她想起来，贾平凹就住在这个城市里。她在文章里写道，那时候读贾平凹，眼睛都读瞎了。文人与文人之间，灵魂的相遇，是一件奇妙的事情。她没有去见贾平凹，却给他留下了一封信。

后来，三毛去世了，他们之间的通信被公之于众。一座城市，往往就是因为一个或者两个人，它就另一样了。一座城市往往因为承载着一段或者几段繁华然后凋零的历史，就深刻了。

西安，不是一句话，或者两句话，就能说清楚的。

这里有过大汉的足迹、盛唐的荣光，它曾经代表的是中国的古老历史的巅峰。这里留下汉唐的古风与神韵，走过李白的豪迈与不羁、杜甫的沉郁与落拓。

我们的车行到市中心的时候，路过一处灰黑色的城墙。在淡淡的夜色里，这城墙一下子就打动我，我想下车，在城墙边站了，用手摸一摸那些古老的沧桑的城墙砖石。那些历史的画面，在我的眼前，一闪而过。带着历史的重量，沉沉地划过我的心空。

我想到，历史、时空、宇宙、遥远的星河。

还有这个路过西安，路过历史的渺小的我。

辉煌的钟楼、鼓楼、琉璃的色彩，似乎把历史的天空也照亮了。

我恍然，这是李白的盛唐，还是我们的盛世？

古典与现代，在这个城市糅合得那么浑然天成。

我在这个匆匆路过这座古老而现代的城市的晚上，与过往的历史轻轻撞击了一下。我听到了沉沉的历史的回响。

从华清池，从兵马俑，从华山，从渭河，从暗黑的城墙，从西安的最细小的草木上，我听到了簌簌的历史的天籁。

八百里秦川

到了陕西，八百里秦川，是不能不说的地貌。层层叠叠的裸露的硬如铁石的黄土，一层一层稀疏的绿色。一切就像上天的旨意一样。八百里的秦川，荒凉、苍茫、辽远、浩瀚，它就像海洋一样深邃，像历史一样宏阔，像原野一样广袤。它极少人烟，严酷的生存环境，给这里的人们打下了坚韧的烙印。

经过塬上，那里的苹果上，都套了黄色的纸外套。车里的文友开玩笑说，这些苹果都穿上了披风。手机怎么也拍不出千山万壑的壮美。

车子经过杨家岭，我忽然就想起小时候课本上的那篇《杨家岭的早晨》。时间过去多少年，我们才在这里与杨家岭相遇。

路边出现了一些废弃的窑洞，著名作家路遥的故居，就在这八百里秦川的路边，路边早就出现了指示牌，但是我们知道，路程一定还有很远。

我们都不由想起了他的生平，他的《人生》《平凡的世界》。在《平凡的世界》里，人们困窘的生活，与这个荒凉的闭塞的地方有着巨大的联系。这样绵亘数百里的大山，我们的车子整整开了五个小时，车速一直不慢，而住在这里的人们，要靠自己的脚力走出去，多么不易。或者，即使到了山外，想回来一次，要多少时间与勇气。

八百里的秦川如此壮美，又如此贫瘠；如此丰富，又如此残酷。大自然的严酷，同样也给了人们勇气力量，启迪与心灵的温暖。

路边的窑洞边，居然发现有人居住。晾在窑洞门前铁丝上的衣衫，一闪而过的年轻的女子。那些窑洞，虽然经过现代的加工，有一些现代文明的痕迹，不单单是窑洞的形式，而是低矮的水泥或者砖瓦平房，但是在这秀美的大山旁边，它们显得那么矮小甚至丑陋。

我们深深地喟叹了，在现代文明轰轰烈烈的外面世界里，我们不能想象这里还有人居住。落后、寂寞、闭塞，远离文明。

但是我不是也想着有一天在这雾气缭绕如仙境的地方，就像梭罗选择了瓦尔登湖一样，过一种真正的自然的远离尘嚣的生活吗？

当然，这要在领略或者厌弃了现代文明的喧哗之后。

车子经过塬上，人们自然想起陈忠实的《白鹿原》。我们不大找得到小说里塬上的影子。但是这雄浑的大山，是孕育深厚的大作品的摇篮。我们的想象还是在眼前的景色和小说里，拉锯一样，来来回回，跑马一样，跑了很多圈子。

秦岭上，群山环绕，著名作家贾平凹的作品里，也一再写到这八百里的秦岭。那雾气缭绕里，住着的老者，仙风道骨，有禅的味道，道的味道，有人生的大悟性。他的作品里，就弥漫着这样亦仙亦道的禅宗。

也许，只有这样的起伏绵延的秦岭，才能孕育并深藏着许多大自然的人生的体悟。

一道一道山梁地爬过去。风景辽阔，云朵端坐在山巅，总有些渺茫的辽远的抓不住的东西，在心头，飘来飘去。

要坐在山头，把这人生，宇宙，生命，世界，好好地想上一想。一想，就是一个整天。

这样的文章里，总要氤氲着一些雾气、仙气、人生的寥廓之气。就像这天地间的一望无边的秦川一样，秘密深藏，不动声色，却又给人无限的启迪。

车子到梁家河的时候，已经是中午。

吃了饭，桌子上的菜都是延安的特色。有一种浆水，大家都是喜欢喝的，酸酸甜甜的味道。每人都尝了一些。

吃了饭，大家就顶了山里酷烈的大太阳，去看梁家河。

人们吃惊，在秦岭的深处，还有这么一座村庄。而这个村庄里，习总书记还曾来过。

我们步行了七八里的山间公路，去看梁家河，算是发扬了一次不怕吃苦的精神。

这是一个知青点。

到那里时，景点许多人，在看当时的生活用具：窑洞。知青点的几个窑洞，收拾得很是干净。

太阳那么热烈，很像人们奔赴这里的热情。

许多人在拍照。

我在想，十六岁的习总书记，当年如何在这里生活。他的心情是怎么样的。

十六岁，是个什么也不怕的青春岁月。可是青春搁在大山里，是怎样的磨砺，他需要面对哪些东西。

理想，现实。

他一定想过的。

延安是一个圣地。革命的圣地。延河的水，杨家岭的早晨。这些，都曾经给过他激励吧。

年轻，意味着一切。所以他的心中升腾过火焰。即使在这里，饮食不适应，环境恶劣，未来渺茫，当然还有跳蚤。

我们坐在游览车上回去的时候，车上的屏幕里，年轻的习总书记，在讲述他在这里的生活。他如何过跳蚤关，如何过饮食关，如何自己缝补衣服，到田里做农活。

一个经过生活磨砺的生命，在冷酷的现实与恶劣的自然环境面前，积极而乐观地生活，并保有热情与理想的人，他的生命永远饱满而给人激励。

然后，我们在路边的指示牌上，看到了一行大字，"路遥故居。距此五百米。"

因为行程的原因，我们没有下车。

路遥是另一个灯盏。他用力太猛，把自己很快燃烧成灰烬。

可是我们都感受到了他灼热的炽烈的光芒。

车子在八百里的秦岭间的高速公路上飞驰。千山万壑又一次展现出它无穷的美好。

偶尔有一条清澈的难得的山涧在山间流过，我们不由惊呼起来。

那些窑洞，那些平凡地生活在这里的人们，那些曾经在这里留下深深烙印的人们，都留在了我们身后，却刻在了我们的心上。

车窗外，忽然出现了两朵奇特的云朵，像大鸟，又像飞天，还有点像在天上游弋的自由的鱼儿。

窗外，夕阳下，壮美的渭河蜿蜒出现，水草丰美，景象无比宏阔。它一直在这秦岭旁边，流淌着，已经从商朝（或者更早的时光里）一直流到了现在，并且还将一直流淌下去。

贺兰山

火车从西安出发，一路向西。绵亘数百里的秦岭，又出现在车窗外。远望秦岭，依旧起伏绵延，山上雾气缭绕，淡淡的白云，在山头停驻，仿若那里有仙人生活，亦有传奇与神话。

丘陵高高低低，偶有窑洞出现。山下是良田，多玉米。有彩色衣衫的男女在田头劳动。

车近甘肃天水。依旧是山。文友说，这是贺兰山。精神忽然一振，坐直身子，眼睛目不旁瞬，看定外面的青山。

历史的烟尘就这样裹在书本的记忆里，席卷过来。是岳飞的句子："驾长车，踏破贺兰山缺。壮志饥餐胡虏肉，笑谈渴饮匈奴血。"这里曾是征战的地方。呐喊、厮杀，都已经消失。有什么留下来了呢。一定有的，不是历史，就是豪情、鲜血。

山总还是那个山，只因为历史的承载，它就被赋予了另一种想象与含义。

古代战争的马蹄声，还在时空的隧道里，发出巨大的轰响。这声音，只有对土地和家国，对历史满怀了深情的人，才会在幽深的历史时空里，隐隐听到，并在内心形成更久的轰鸣。

天上多云，洁白如棉絮，堆叠在山头。把阳光遮了，山上就落了一些阴影，一处深绿，一处暗绿，暗绿的部分是云朵的阴影遮住了太阳。那云影游移，暗绿也在游移。这样就像给山披了一件暗绿的衣衫。

中午时候，太阳热烈起来。山的色彩变得明艳了，云很白，天很蓝。大朵的云在山头上，飘荡。

这里是贺兰山与六盘山交界的地方。

但是界限在哪里，并没有人说得清楚。

六盘山是毛主席路过的地方，有诗为证：红旗漫卷西风。

那份豪壮，仿佛可以看到。

站在这山上，满腔的豪情，需要抒发。

我们路过这里，就是路过了历史，路过了时间。

我们感到了历史的重量。

黄河

甘肃，热，缺水。宾馆的水龙头细细的，就像下了吝啬的雨。

吃了晚饭，我们就在酷热的天气里，步行去看黄河。

甘肃境内的黄河。

提到黄河，我们油然升起的感受，就是磅礴、雄浑、壮阔、大气、澎湃。所有波澜壮阔的词语，都一个一个从脑角里跳出来。

我们步行了很久，最后，还是上了九路的公交车。

我们想到马上要亲眼看见黄河的雄姿，都激动得有点抑制不住。

下了车，黄河就在眼前了。黄河边，柳树掩映，游人如织。河边放了许多供游人歇息的躺椅，还有圆桌。

河面很宽，早听说，一碗水，半碗泥。黄河水果然极为浑浊。这种像黄土一样的浑黄，本色而亲切。

黄河水流湍急，一些地方激起美丽的浪花。即使穿过平缓的城市，它的雄浑的面貌依旧保留得极好。

河面上，大船在缓缓行驶，或者停泊。对面耸峙的大山上，灯光璀璨，倒映在河面上，黄河原始的风貌混合了现代的元素，显得有点不伦不类。

我想，要是在白天，下了一点小雨，一个人来在这浑朴的黄河边，慢慢走着。偶或有一两个人擦肩而过，那种寻访大河的感觉，当是极好的。

这个时候，黄河边，灯光与人声交织在一处，灯光在水面上，各种色彩，厮杀纠缠，不可开交。当是破坏了它原有的韵味与风神。

黄河边，有赤脚迎着大风浪花拍照的人们，也有在河边蹲着，细细抚摸黄河水的人。

我们在人群里，一直走，我们想找一处黑暗的所在，静静地看黄河如何雄壮地泛起浪花，一直流去。

它的发源地在沱沱河那里，跟长江一样。

我们的想象被地理上的坐标牵扯得很长。时间与空间，都被历史沧桑所填满。

我们顺着黄河边，一直走到黄河大桥上去。从桥上俯瞰翻滚的河水，它的浪涛雄浑，就像一支磅礴的交响乐，所有的乐部都是华章。

它走过那么多的省份，曾给人们带来巨大的灾难，人们也享受它无穷的福泽。

我们下了桥，在山下的黄河边走着。

那种神圣的情感一直就像这浑黄的激越的波涛，一直在我们的心头汹涌。

我们想在黄河上行走，有着仙子的凌波微步。我们像在一支雄壮的音乐里行进。

河边有点黑暗，这里极少人行走。我们可以走近黄河，用手掬起一捧水。我甚至想带一瓶黄河水回去，放在我的案头。

暗处的黄河，还原了它本来的面貌，就像一个粗犷的汉子，有着孔武有力的身躯，和满是黑色汗毛的胸膛。它滔滔地流去，带走了多少泥沙，多少生命，带来了多少福祉，也带走了数不清的时间。

我们走到河边上，看浪花一波一波涌来，冲刷着岸边的沙土。那里有许多鹅卵石。这黄河边的石头。

我们蹲下来，仿佛离黄河更近了一些。我们拣了一些花纹别致的鹅卵石。那些花纹里面也是时间吧。

在天地日月之间，在这黄河边上，散落了这么多石头。

它们是遗留，是见证。

我们带走了它们。就像把黄河的一部分，带回了家。

我一直到回来之后，也没有把鹅卵石上的黄河水洗去。

那是一种叫痕迹的东西。

黄河也曾走到我的家乡，只是后来，在这里改了道。

于是我们这里有一段，叫黄河故道。

黄河故道人，来寻访黄河的影子，并且把黄河岸边的石头，带回了家。

武威

武威，就是历史上的凉州。卫青、霍去病击败匈奴，汉武帝在河西走廊设凉州、甘州、肃州、沙洲四郡，现分别为武威、张掖、酒泉、敦煌。

王之涣那首著名的《凉州词》，是耳熟能详的。可是距离读王之涣这首诗，也已经过去了三十多年。这三十多年里，"黄河远上白云间，一片孤城万仞山，羌笛何须怨杨柳，春风不度玉门关。"这样雄壮的塞外风情，曾经引起内地的人们多少旖旎的幻想。甚至那份荒凉、大漠风沙、无情沙场，也是浪漫无比的历史册页。

去武威，车窗外，一路上丘陵起伏，植被极少，山的线条极硬朗，适合入画。山头有云，山呈紫红色，加上棱角分明的线条，有丹霞的地貌。

经过漫长的一段无人区，山上的绿植多了起来，就像一条起伏的绿色的河流，气魄宏大而壮美。那线条似乎可以流动。金黄的油菜花地，就像锦缎一样，铺在山间。山的壮美里，添加了秀气，色彩浓烈，如同油画相仿。山峦起伏，白云在山头漂游，偶尔看到几只黑色白色花色的牛在半山上悠然地吃草，风吹草低现牛羊的壮美景象，让一车的人惊呼赞美。

这里曾是张骞出使走过的西域，遥想他们骑着马在这荒漠里行进，除了漫天的风沙，起伏的丘陵，一只鸟也看不到。那种行进，有一种悲壮的凛冽的情怀，就像这大漠一样，粗粝、坚硬，不达目的誓不罢休。

这一路走来，荒芜的大漠，也给了他们精神上的强大与启示。他们要与大自然搏斗，并与它们和解。

卫青、霍去病北击匈奴，使匈奴不敢进犯。匈奴有"失我祁连山，使我六畜不蕃息；失我焉支山，使我嫁妇无颜色"这样悲伤的句子。

马踏飞燕，当年的汉朝军队远赴瀚海阑干，把匈奴赶出了关外。

在车子里，远望祁连山，呈黛青色，山上有晶莹的被阳光照射之后，发出夺目光华的积雪，祁连山的雪水也养育了这里的人们。黑河发源于祁连山的雪水，也是新疆的母亲河。它在祁连山下，缓缓的流成一片诱人的带子一样的河流。我们远望了，只想下车，跑过去与它亲近一番。山下有大片的向日葵地。天高地迥，视野辽阔，行程一个小时四十分钟，已到张掖地界，也就是甘州。

我们就像在一首雄浑的交响乐里，行进一样，又像在深邃的历史隧道里穿行。内心被一种像黄河长江一样的浪涛激荡着，久久不能平静。

武威的夜晚

武威全然看不到当年凉州的影子。

草创的现代都市的味道，随处弥漫。

晚上，下了雨，我们早早入住了。

想出去转一转。

在这个遥远的边地，总有些异样的感觉。辰光要提醒自己置身在西北方。七点的时候，太阳依旧高挂在天上。

我们出去的时候，天上落了丝丝的小雨。西北下雨极少，丘陵因此寸草不生。许多荒漠、无人区，手机信号都没有。光秃秃的山脊，就像拔光了毛的公鸡，遥想古代那些跋涉在这里的人们，经历的是怎样的卓绝的艰难。

凉州的夜晚，是诗人的夜晚。

历史已经埋葬在时光深处，只有那些文字的光芒在世间流转。

我们在店铺林立的街上走着，这里跟内地的城市，并无什么区别。武威曾经历过大地震后的重建，所以城市里的历史遗存遭到了许多的破坏。

在小雨的街角，我们进了一家小小的书店，大部分卖的是学生用书。但是在满目的教辅用书里，我还是发现了一本张承志的书。

这是与边地有关的作家，于是我买了下来，准备带回酒店。

前一天，在甘肃，我们遇见了作家弋舟，他谈话的气度，令人折服。等我们行程近一半，他已经蟾宫折桂，斩获了鲁迅文学奖的小说奖。这也在我们的预料之中。

等我们走出书店，雨已经下大了。

路面上，红绿交缠的霓虹灯，被雨水映照着，迷离而温暖，就像这里不是遥远的边地一样。

丹霞地貌

车子一直在戈壁上奔跑。窗外的戈壁比遥远更远。粗粝的沙石在太阳下，表情如一。它们是统一的黑色，祁连山在远处起伏，好像没有尽头一样。

在这里，世界变得比一切都远，比眼前的戈壁上的茫茫沙石远，或者，世界只剩下了戈壁。这里就是世界。

这么多的沙石，它是凝固的世界，像一种坚定的世界的基础。

祁连山上的积雪，熠熠闪光。它高出一切的光芒之上。或者它是一切。它有延伸或者高蹈。我们说不出。我们的心被那光芒震慑，那光芒把我们照耀得跟踉跄跄。我们的目光在那里停滞了很久，好像它有黏性，我们的目光就扯不下来，粘在那积雪的光芒上面。

风在戈壁上跑，沙石就会走动起来。阳光下，远处的戈壁就像汪了一个巨大的澄澈的湖。其实，不是湖，那是太阳折射的结果。

车子无穷无尽地行驶，沙漠没有尽头。好像时间一样，你找不到它的尽头在哪里。

要是一个人步行，在这样茫茫的戈壁上，天那么大，走好久也看不到一个人，天上只有一个巨大的火轮一样的太阳。地上的无边的灼热的沙石，天和地，大得没有边际。而自己就是一个渺小的被阳光晒着的沙石。慢慢地移动着，小到不能再小，小到被忽略。

祁连山一直绵延，你的脚步走啊走，也未必能走到它旁边。

有时候，能看到一些骆驼刺，满身的刺。这种只有骆驼能吃的草，骆驼独有的食物，对一个人的作用是，看到了和自己一样的活着的生命。那些骆驼刺，有的地方多一些，遍地都是的。有的地方根本没有。

沙漠上出现一大片绿洲的时候，往往会有一些村庄。胡杨林，我第一次看到胡杨林，在书本里早就看过描写。可是见了面，仍旧需要导游的指认，才能辨别。红柳，红柳并不像柳树，只是它开粉红色的花。还有笔直的白杨树。我终于看到茅盾先生笔下的白杨树。枝干是银白色的，笔者的干，笔直的枝。真的是西北的美男子，当得起伟岸坚强的美誉。

这些小片的绿洲，总使在沙漠里行走的人看到希望。有时候，它就像奇迹一样。生命的顽强，真的不可预料。

车子快到丹霞地貌的时候，已近中午。大家坐车也已经坐了半天。

下午，上了山，山上的风很大。到处是彩色的山，壮阔的美，不可用语言形容。

简直不相信自己的眼睛，这么壮美的景色，怎么能真的存在。可是它的确在我们眼前。想起毛主席那句耳熟能详的诗句，江山如此多娇。

真的像天上的彩霞落在了这里。大自然的造化太神奇了。风很大，把我的头发都吹乱了。地上有一些骆驼刺，我也不认识。

我说，"我想在这里住下来。"文友说，"这里只有骆驼刺。什么都没有。"什么都没有我也想住下来。

我不计后果地乱想。怎么可以这么美丽、壮阔。我想抱住这壮美的无与伦比的山峦。我到处乱跑，拍了又拍。我想流泪，我想跟我最喜欢的人一起看这样的景色。这样的愿望太强烈了。强烈到我显得语无伦次，我在这么美丽的山峦面前，觉得自己多么丑陋，不值一提。

我们下山的时候，风依旧很大，丹霞地貌的魅力，把我们的平庸里浸泡的心，狠狠撞了一下。

我们看到时空以外，茫茫宇宙里，大自然雕刻的奇迹。我们怔住了，就像伸出手去，在时间的长河里，抓住了什么。但看一看自己的手，又什么都没有。

嘉峪关

嘉峪关，这是在历史书上耳熟能详的名词。课上，叫学生背，明长城的起止点，东起鸭绿江，西至嘉峪关。这时候，在莽苍苍的大漠里，嘉峪关就矗立在我们面前。

这个明晃晃的太阳照着的午后，沙子滚热，就像天上有九个太阳晒着。我们都晒得吃不消了。

我们走的是嘉峪关的后门，一条大道上，两旁植了许多柳树和杨树。在沙漠里看到植物，总有一种亲切感。导游说，这里的杨柳叫左公柳，或者左公杨。是左宗棠征服新疆路过这里的时候栽下来的。于是我想起历史教科书上熟悉的句子，"新栽杨柳三千里，引得春风度玉关"。左公的事迹在历史书里，一直闪着熠熠的光辉。

我们往前面走，高大的城墙，土黄色。有着漫漶的古老的气息。有文友倚在城墙上，或者一只手支在城墙上拍照，历史就被走通了，走近了。抚摸历史的时候，历史是有温度的。

对面有一个戏台。导游解说，这个戏台相当于这个时候的新闻联播。前方的战事会在这里演一遍。戏台里面的墙上，画着一个老和尚按着小和尚的头，而他自己的眼睛却看着对面一个和尚手里的镜子。镜子里，照着对面一个床上的裸衣妇人。这也是当时生活的一个反映。荒凉野外，和尚与妇人私通。究竟这样的事情为什么要画在戏台上，实在不是很明白。只能说明那个时候，风气并不保守。这也是民间的一种社会风气。

去嘉峪关的正门，有民道与官道。官道以前只能是做官的走。现在人们都走官道往里面去。登上城墙，从垛口上，远望茫茫大漠，天格外的高，天上云朵漂浮，这边塞的风光竟有说不出的旖旎、壮美。"大漠孤烟直，长河落日圆"的壮美，是边塞里常见的实景，这边塞自带的壮阔，自然地拓宽了诗歌的境界。

走到嘉峪关的正门，威武的门楼，上书"嘉峪关"三个大字。两边是黑色的飞檐，气势恢宏，古朴而雄伟。这里是明长城的终点，却少有烽烟。它似乎只是为了成就一份古老的历史，为了今天我们的观瞻。

坐了游览车，在沙漠戈壁上奔跑。游览车在一个不错的角度停下来，我们就远眺到嘉峪关的全貌了。在这个戈壁滩上，它古老而雄伟，是历史也是见证。千年的风沙与它一起迎接时光的侵蚀，它依旧古老，雄浑，屹立在天地之间，它承载了时光的迁延，历史的沧桑变迁，它不说话，却仿佛说了千言万语。酷烈的沙漠、正午的太阳，把这百年雄关似乎要晒化，化成一摊凝固的历史。

灼热的沙砾在脚下沉默，沉默也是一种语言，比声音更有力量。

嘉峪关，就这三个字，说出来，就隐喻了诸多的含义。

我们拍了照片，匆忙就上车而去。

但是它会固执地留存在记忆里。

褐色鸟群

这个冬天，一切都显得特别的奇异。天空总是出现缤纷的霞彩，然后在霞彩的旁边，有一群褐色的鸟飞过。我猜想，那是死去的人，从那里飞过的阴影吗？

雪子一直躲在他的小屋里练字。他的土墙的小屋的墙上，贴满了他不被人赏识的龙飞凤舞的淋淋漓漓的黑色毛笔字。我好奇，他初中毕业已经好多年了，在这个偏僻的乡下，他仍旧会看书，他的一个木头的小箱子里，藏了一箱子秘不示人的小说。只有我可以借到。

我整天坐在他的小屋子里看书，屋子里，只有他的那张凌乱的宁波床上，随便扔着的衣服，一张大桌子上，都是摊开地写了毛笔字的报纸，还有没有拧盖子的墨水瓶、一盘残局的象棋、一个他小舅从无锡带回来的录音机。潘美辰的录音磁带一直在里面放着，我喜欢那首低沉泣诉的《我想有个家》。

这个时候，雪子不知道哪里去了。我一来，他就走了，好像我的身上有毒。但是他有时候又会特别奇怪。譬如来了一个乞丐，一向吝啬又爱捉弄人的他，会用一只巨大的水瓢盛了满满一水瓢的稻子倒进乞丐的张开的蛇皮袋里。有一回，他说了一句，看在银姑的面子上，不然哪里有稻子给你。他像是对乞丐，又像是对我说。我奇怪地看着他，以为他神经有了问题。

他也许去田野里了。田野里，密密的芦苇旁边有灰色的兔子轻捷地跑过，想追也追不上。我们的眼睛都追不上，它就像闪电一样消失了。

芦苇里，秋天的水沟里面有清澈的水流。雪子会在那里和东子戽鱼。他们藏在灰色的芦苇里，根本看不到人，只有走近了，才听到里面戽水的哗哗声。他们的手臂荡起来，一斗子下去，水就戽上来了。哗啦一声，砸进另一边的沟里。沟上垒了高高的土。他们的裤腿高高挽起，腿肚子上都是泥巴。

我走进去的时候，东子对我笑了一下，说，银姑。我笑，不说话，站着看他们继续戽。浑浊的沟里，有白色的小鱼在里面跳跃，就像调皮的乡下孩子。雪子也没有抬头，好像没什么表情，似乎对我的到来有点不满意。

芦苇把这里都遮住了，这个地方有点遗世独立的荒凉，似乎离喧嚣的热闹的一切都太远了。雪儿一直在乡下劳动。开拖拉机，拖稻子，麦子，运泥土。他的手掌粗糙，结满了老茧。

春天的时候，我就站在我家的草房子门槛上，看漫天灰尘的路上，雪子开的拖拉机跑来跑去的。

看他在地里挖土，他挥舞着铁锹的样子，英武极了。他喜欢穿草绿色的上衣，月白色的灯笼裤，只是在劳动的时候，他是不穿的。

只要他在这里劳动，那一天，就充满了说不出的意义。要是他不在，那一天，就像长满了荒草一样，空洞而荒芜，找不到存在的意义。那个冬天，他们并没有戽到多少鱼。可是，我还是觉得那个场景特别的有意味。那些芦苇，灰色的一闪而过的野兔。河沟里的小鱼，他们腿上的泥点子，他们脸上安静的神情。

西边的天上，有燃烧的晚霞。把半边天都烧红了。我定定地看着，那些云彩变幻的样子。它们真是奇异极了。可是在乡下，没有人注意这些。其实，它们是乡下最美丽的事物。要是你在城里，就很少能看到这么壮丽的景象。那时候，没有人有城里的概念。我们的所有天地，就是这个村子、这个田野。这是我们最大的世界与天空。

褐色的鸟群就是这个时候飞过来的。他们在戽鱼，他们都没有看见。雪子喜欢看武侠，他有一套五本的《天龙八部》，我用一个夏天看完了它们。雪子也有一本亦舒的《两情相依》，也有严沁的《故人风雨》。我都是看过的。但是我们没有交流过一次。

我们坐在他家的吃饭的大桌子前，我从抽屉里，找出一个口已经钝了的指甲钳，剪指甲。我怎么也剪不动。他就从对面过来，坐到我身边，把我的手拿过去，一个一个指甲剪好。那一天，真是把我吓坏了。

我就像一个贼害怕被人识破一样，赶紧逃回去了。

后来，我没有再看过那么绚丽的晚霞。

雪子带了一个美丽的高个子女子回来，他们同居在了一起。

东子也结婚了。

过了很多年，东子在一个晚上，在工厂外面喝酒，忽然就死去了。

过年或者清明的时候，我去墓地给父亲上坟，会看见不远处，东子的年轻的墓。我想起最后一次跟他说话。他说，银姑，你身材还那么好。我想起这句话，想起他温柔的眼神，想起芦苇上，燃烧的晚霞，那里有褐色的鸟群飞过，那是死去的人回来看亲人和朋友的身影，那里有没有一个叫东子的人，他也还是年轻的样子。

我想起来，每次我生气，他总是俯身就像对妹妹一样，对我温柔地说，银姑，谁又让你不高兴了。

那时候，东子刚走，我多想跟雪子说一说关于东子。

这样的事情，永远也不会有了。

冬天要来的时候，我想去乡下看一看晚霞，那荒凉的野外，人迹也无，只有芦苇沙沙的响声，也没有野兔，那一闪而逝的可爱的动物。它们就这样留在记忆里。

褐色的鸟群，扑棱着翅膀，从晚霞下面飞过，它们的翅膀被染成了彩色。

渔湾的色调

渔湾是紫色的。

到处可见紫色的泡桐花。我实在很久没有看到开得这么繁密的滴水的紫色花朵了。我会在这一树繁花面前怔住，这浅浅淡淡的色彩，并不浓烈，但是在我心上烙下的却是强烈的光与影的协奏。

我站在半山那里，仰头看了它半天，这是最繁茂的一棵泡桐花，它那样盛放的花朵，把我深深打动了。它究竟有什么与我内心的东西契合了。我想，那是美、香，还有这不动声色却浓烈无比的色彩，没有比自然的东西更能打动我。

山上还有紫藤萝，在对岸的废弃的茅草屋子旁边，兀自开了一树的紫藤萝，我至今孤陋，没有看过这么粗的紫藤萝，它不是攀爬的藤蔓，它是一棵粗壮的树，它是那么独立、自我，在山间的荒废的屋子旁边，独自开得热烈。紫藤也是我爱的花朵，从鲁迅先生的小说《伤逝》里读到紫藤之后，似乎就喜欢上了紫藤。紫藤花是明亮的，它透明、透剔，在阳光下，闪着光泽。我站在紫藤下面，为这一树炫目的紫藤感动了。

它在寂寞里，开得这么热烈，毫无旁骛，只为自己，为生命的一刻尽情绽放。

一直走完全程，我才发现，山涧旁边还有许多紫藤。它们在阳光下开得多么美丽啊。我的心微微地疼了。它们开得那么认真，旁若无人，山里非常静谧，密密的树林，层层叠叠的山，山上多树木，山体上攀爬了许多的藤萝，只听到水声潺潺，被经年的不见日光，或者被日光曝晒成黄褐色的乱石激荡了，白色的水花四溅开来，山里就有了声响了。我们在山溪边坐了，脱了鞋子，让调皮的清凉的水从脚丫子里过去，这里多安静啊，老龙潭、二龙潭、三龙潭、龙棋洞、神仙崖、老龙床，真的有吗？造化多神奇，凡是有山水怪石的地方，必定是有传说的。我站在神仙崖之间，仰头看传说被孙悟空劈出来的两座山头，多神奇啊。你不由得不信。

神仙崖，从上到下，爬满了开花的紫藤萝，一直开到山顶上，我站在那里，仰头看了好久，这日月天地孕育的山石，在星光宇宙里开花的紫藤，它们的美丽，胜过人间一切功名对我的吸引。

我坐在山间，听对面山上挂下的一线滴水崖的瀑布，我忘记了尘世里的一切。

这山间的溪水，是能涤荡生命里所有的尘埃，能让一切生命里的喧嚣隐退。

我想起了隐士，还有那些来去自由的神仙，在这山间，如何地自由、快乐，俯仰天地，生命就像一阵清风，就像一团天地间的气息。

我看这山间的水、草、树、花朵，它们都是一个好啊。

我看见许多的游客都脱了鞋子，在水边坐着，我忽然想起《追忆似水年华》里的一个片段，水边的少女。那是世间幸福的人们。

在神仙崖的旁边路上，有一个楸树林，我仰头看时，高大的楸树，直冲云天，那最高处，是繁密的紫色的花朵，与泡桐花的淡紫，与紫藤

250

的透明的浅紫，另是一样，它是粉色的美好的紫。离远看，以为是楝树的紫色，却又要深一些，花朵也要大一些。

这山里，因这些紫色的花朵，就仿佛有了不寻常的味道了。

渔湾也是白色的。

三龙潭的瀑布，飞花碎玉一般，在缆桥的对面挂下来，瀑布的声音很大，那些白色的水花，把人们的目光都吸引去了。它们仿佛是山上的精灵，会飞舞、歌唱。它们与人间的一切远远离开。我们想走进触摸它，可是山涧太深了，我们都没有办法走到面前，只能远远地看着。

山间到处可见不规则的分布的石头，它们的形状不一，从山间流下来的水，就从这乱石间滚过，有的从平滑的石头上，一路顺畅下来，就像一块白色的丝绸，闪着光，声息全无。有的从嶙峋的石头上迸溅，冲击的时候，发出声响，溅出洁白的水花。引得小孩子都跑到跟前，蹲在那里，用手撩拨。游客就坐在那石头上，用手撩水，往前面的石头泼过去。

二龙潭的瀑布要比三龙潭小一些，声音也不太大。

老龙潭的瀑布就又白又亮又宽，就像一面荧幕了，却又闪着光。据说是江苏境内落差最大的瀑布。白色的水从高高的山上落下来，掉进深深的潭里，水声激越，我们只能远远地看着。其实，很多人都有拥抱一下这壮美的瀑布的愿望。或者走到潭底，啊，这是怎样的奢望，对于自然，我们总有不知道如何去爱慕的感慨。

一路上，山间的溪水，不断地冲刷下来。我们的手也一次一次伸进清凉的水里，感受这山间清纯的溪水的凉意与触感。

渔湾更是绿色的。

这五月初，满山都是绿意。那些植物，大部分我们都叫不出名字。除了泡桐树、紫藤萝、楸树，山里还有已经老了的茶叶。一畦一畦的，只有这些茶叶，才使我想起，这里也是烟火的人间。可是茶叶是多么高贵的植物，一个真正懂得茶道的人，懂得植物与人的关系的人，一定不是一般的人。我深爱这山间的有着清气的植物。

山间的树木，多么繁多啊。我叫不出它们的名字。却只是觉得亲切。它们都是我的朋友。我在山间坐着的时候，看风从树木间吹过，好像它们在轻轻地絮语。它们说的，我都懂得。

那些山上爬着的藤蔓，我也是无限的欢喜。这欢喜是莫名的。我自己也说不出来的。它们心形的淡绿的小叶子，紧紧扒在山体上，它们这一种坚韧的生命，常使我感动。

这个时候，我深喟众生平等的含义。我与这些山体上的植物，都是天地之间渺小的一个个体。我们是一样的。

所以我深爱它们，以及它们脚下的山、土地，那些花朵、流水。

我们走累了，就在路边树下的石阶的荫凉里坐下，我抬头看这长在路边的树木，它洒下的让我感激的荫凉。它们也是我最好的朋友啊。

我们坐在树下，清风徐来，身体仿佛就轻盈了。有什么滞重的东西，从身体里卸下了。是什么呢。

远处的淡蓝色的雾霭下的大地、城市、村落，多么阔大，山下的鸡鸣犬吠，山上清晰可闻。

这绿色的渔湾，赋予我们的究竟是一些什么神奇的东西呢。

当我们在紫色的泡桐花的落蕊里，走下山去，阳光那么炽热，我们与来时的我们，似乎是另一样了。

这神奇而美丽的渔湾！

到远方去

三年前的五月，他发了一首歌曲给她。歌曲叫《去西藏》。她一直喜欢缠绵的流行歌曲，而这一首不是这样的风格。她是在瞬间就被打动的。

就像突然一个男人，在你面前敞开他的内心，这个男人的内心有说不出的忧伤，这忧伤，又是埋葬在琐碎的日常的无数事物的背后，她一下子就被击中了。

他们就像在岁月的命运的河流中的两个孤儿，就这么样地相遇了。

她在年轻的时候，也曾经想过去西藏，疯狂地想过，那时候，她只有十七八岁。她的梦想就是去一次西藏，她想在西藏生活一辈子。

她后来再也没有提过去西藏的事情。

歌曲里的忧伤的流浪的调子，就那么样打动了她。把她骨子里浪漫的因子，就那么激发出来了。

生活是那么平庸琐碎无聊，沉渣泛起。只有远方，它在那里闪闪发光。

她坐在桌子的前面，在写一封信，啊，她很多年，都没有写过一封信。她想起年轻的时候，给自己的好友写信，一封信写了二十一张考试用的大白纸，信封里都装不下了。她只好自己糊了信封寄过去。

她没有用笔写信，灯光照在她的侧影，这侧影有着一种纯洁的温暖的安详的气息。她的桌子上堆满了书本，那些书本占据了她大部分的生活。她常常陷入沉思，为了一些人们从来都不关心的事情。

在单位里，她就是一个离群索居的人，不被人看好，也不被大部分人理解。她就活在自己一个人的小天地里。她是多么的孤独。当然，那是以前，现在她变得那么充实，她的内在不再是空虚的了。即使她一个人出去，她也会觉得非常的踏实，自信，哦，她的字典里，一直缺少自信这个词语。

她常常在思考人生。她这样的人注定是不合时宜，并且要遭人嘲笑的。可是她无法改变自己。她后来也就不想改变自己了。她觉得，这样自我地活着，她才是她自己，而不是别人。

她想用笔写一封信，可是她的内心又是羞怯的。她深知自己的字并不漂亮，就像她这个人一样。她一直觉得自己不够漂亮。虽然也有一些男子会喜欢她。可是怎么说呢。他们更钦佩她的才华，如果她真的有一些才华的话。

她终于把一封信写好了。她没有寄出去的打算，写好了，就满足了自己心灵的需要一样。

她也常常在思考一些道德的问题。她总是喜欢反省自己，让自己在一条自己思索过如何去走的道路上行走。但是她仍旧会非常困惑，不知道哪一条路才是正确的。按理说，她早就过了不迷惑的年龄。事实上，她后来根据自己的思考，得出结论，人，一辈子都是困惑的。人一辈子都在自己的困境中。

她想起有一个名人的话，人向往自由，却无不在枷锁之中。

这两天，她总是在读英国女作家伍尔夫的小说《到灯塔去》。小说里的人们从一开始就打算到灯塔去，一直到小说结束，小说里的许多人都死去了。他们也没有去成。

灯塔是什么？灯塔象征了什么？小说里一直在探讨的人生意义究竟是什么？

她终于写好了信。然后，她合上了电脑。

她在写信的时候，她的丈夫一直躺在她的脚边。他说好晚上没有事情，准备出去玩的。后来，他却不出去了，一直开着电视。电视里的画面干扰到了她。可是她什么也没有说。她尽量让自己不要受到电视的干扰。很多时候，她是一个善解人意的女子。那么她和丈夫之间究竟隔着什么呢。丈夫就像工厂机器上的一个零件，他总是特别地正确，不会拧到另外的螺帽上去。

他看起来那么直白，没有什么可以值得探究的东西。可是事实难道真是这样吗？不是的。譬如刚结婚的时候，他就像一个会享福的小地主，每天早上，灿烂的太阳照到楼上的窗子里，那么美好的早晨，他倚在床头上，悠闲自得地听收音机里的农村节目。他泰然自若地接受她对他的好。她是贤惠的小媳妇，心甘情愿地下楼，在一个小小的厨房里，用碳炉子烧饭，用瓷盆烧水，连一点怨言也没有，似乎还觉得自己非常幸福。

她竟然没有想过，他为什么不下楼来，和她一起烧饭，而心安理得地享受她的劳动。

难道夫妻的模式，就应该是这样的吗？直到后来，她才明白，他心里是没有她的。但是她似乎一点也不在意。

她就那么一厢情愿地喜欢着这种生活。

春天的黄昏，油菜花开得遍地，就像锦缎一样铺下去很远，田野里，怎么看都是一幅看不厌的画卷。他们就一起去田野里看看近处的小草、油菜花，远处的霞光里的远村模糊的温暖的影像。

生活就是刚刚开始呢。刚刚开始的一切都是美好的。

他们在生活的大海上，那么惬意的，快乐地航行着。他们对生活除了憧憬，并没有其他什么想法。

停电的晚上，他们坐在黑暗的床沿边，他抱着手风琴，弹一首很老很老的歌曲，她就跟着唱了起来。生活的风浪，还没有来得及打翻他们这只刚刚启航的小船。

早上起来，她煮好了饭，多么简陋的早餐，五毛钱的海带，或者五毛钱的豆腐，他们也过得欢欣鼓舞的。

他们吃好之后，阳光把马路上照得熠熠闪光。他就从租的人家的屋子里拖出她那辆结婚买的蓝色的自行车。房东那个胖胖的老奶奶总是笑他们，说，一天到晚，总是听到媳妇叽叽呱呱说话，从来都听不到他说话。可是他们看起来是这么幸福呢。

的确，有一个晚上，他回老家去了，也没有赶上回来。早上，两个人在路上遇见了，竟然就像热恋里的人，在路上说了又说。她想起来，都有点害羞，好像很不好意思似的。都是夫妻了，好像用不着这样了。但是他们那时候是新婚嘛。

生活有时候，是不按人们的意愿发展的。

不知道什么时候，他们之间的那种甜蜜消失了。他们经常吵架、斗气。

生活露出了它真实的狰狞的一面。她是不会装的一个人。很多人展现给别人的都是伪装的美好的一面，而她不愿意。

她把信写好了。他躺在她的脚边看着电视，似乎要睡着了。这是多么宁谧的一刻。

她想起来，曾经那么疾风骤雨的吵架，生活的海面上掀起了狂风巨浪，他们这只婚姻的小船就那样颠簸着，好像随时要被这狂风打翻，淹没在苍茫的大海之中。

这个时候，她只好去读书，或者一个人去野外。她想在书中寻找到人生的真谛。最后，她找到了吗？她自己也没有办法找到。

伍尔夫在《到灯塔里去》写道，人生的意义是要用一生去寻找答案的。没有一个人真的能不困惑，一直到死亡的那一天。

她曾经以为，自己到了四十岁的时候，就一定不会困惑了。可是四十岁的时候，她的人生似乎还没有好转的迹象。她的四十岁生日是在医院里度过的。

其实，她后来想，人们终其一生寻找的，不就是两件事情，一个是理想，一个是爱情。

但是她发现，在周围，能拥有爱情的人，几乎是没有的。爱情是什么呢。它就是佛经里说的，如雾如电亦如露。懂得了这些，是不是就是彻悟了呢。她想，怎么可能呢，人要靠宗教去拯救自己是多么的不可靠。

周末或者周日的晚上，她一个人去路边散步。春天的桃花依旧谢了。她竟然没有生出伤春的一点情绪。她看着枝头的残红，无动于衷。油菜花正烂漫，她就沿着花的河流奔跑起来，她体内的一种激情似乎又迸发出来。她看到了流动的河水，在暗淡的夜色里的闪光，看到柳树在夜色里轻轻摇晃。她的心就像这个春天的晚上一样，荡漾起来了。

这个时候，在马路的对面，忽然像潮水一样，涌过来很多人。她惊讶地站住了看。这是怎么回事，他们这是干什么的。过了一会儿，她才明白过来，今天是周末或者周日。他们都是去教堂的人。这个时候，他们的祷告结束了。他们在回家的路上。她看着黑压压的这些人，想，这是一些灵魂需要上帝的人。他们得到了安慰，灵魂里的不安，皱褶都被上帝的话语抚平了。

原来，所有的人都需要精神的东西。她问自己，你不信上帝，你的宗教是什么？书本、大自然、艺术。也许。她跟母亲去过教堂。她的灵魂似乎在上帝那里，也得到过些许的安慰。后来，她没有去过。她只是去找母亲的时候，偶尔涉足了那里。

世界上很多的人们都在相信上帝。为什么她没有去信？为什么还有一部分人没有去信。

为什么？她的心里不知道为什么升起了一些悲哀。这些信上帝的人们，他们的灵魂里，是干净而没有灰尘的吗？他们急切地需要安慰。

他们都是一些识字不多的人们，或者生了什么不治之症，需要心灵安慰的人们。

这才是她不愿意与他们为伍的原因。

人，在这个世界上，总是要相信一些什么的。

她相信有鬼的存在，相信灵魂。可是她不知道上帝是不是在高高的天上，悲悯地俯视众生。要是这样相信的人，灵魂也得到了皈依。

其实，人们一生寻找的，不就是灵魂的安宁，归宿与依偎吗？

爱情、理想、金钱，都是人们灵魂的归宿？

有人一生追求金钱。是的。这没有什么不对。她想起自己和许多人不一样。她追求虚妄的人生。她不够务实，她看那些在物质的路上一路狂奔的人。她多么爱戴他们，他们现实地不折不扣，多么美好。可是她又在心里鄙夷他们，觉得他们就是物质的奴隶。然而，每个人都有权力选择适合自己的活法，没有人有权利干预。

就像她的丈夫，庸庸碌碌，就像她的同事，得到一点权力颐指气使，高高在上，以为高于别人一等，用怜悯的不屑的眼光看着他们这些不名一文的小民。

不是说，人类一思考，上帝就发笑。

晚上，她和丈夫去散步，对面的广场上，音乐轰鸣，人影憧憧。那些中年大妈都在跳舞。丈夫说，你也去跳舞吧。她说，我为什么要跳舞，我就不去跳舞。丈夫觉得她不可思议。

她知道世俗的生活多么好，什么也不要想，也没有压力，就那样，随着生活的水流，慢慢流淌下去。

可是她就不要那样。她坚决不要去跳舞。

他说，我们一起就旅游吧。她竟然想象这是可能的。跟一个才认识十几个月的男人，她心里总有一些不切实际的狂想。

她很少坐在桌子边编织一件毛衣。实际上，从她结婚之后，她就再也没有编织过一件毛线衣。

她总是渴望远方。

她不喜欢煮饭。实际上，她从来没有烧过一个像样的拿得出手的菜。她就像琼瑶小说里活在真空里的女主人公。这是多么不切实际。

她说，那么我们规划一下路线吧：怎么走呢？从哪里出发？走什么路线？他们好像真的会一起去旅游似的。

她也是当真这么想的。这么想的时候，她心里充满绮丽的幻觉。这种幻觉是不是像麻醉之后的感觉，如真如幻。

实际上，他们只是说说而已。

她照样过平淡的生活。早上起来，面对厨房里的米粥，烧一个小菜。这个时候，她忘记自己曾经写过很多文章。

她想，那些文章有什么用？一个文友曾经说过，在我们死后，让那些文字替我们活着。还有一个名人说，物比人走得远。

可是这些浩如烟海的垃圾，怎么知道大浪淘沙，去芜存菁，留下的就是你。你凭什么是经典。

她想起伍尔夫日记里的种种纠结。

她想去西藏。两个人，或者一个人。她把这样的话对丈夫讲了。丈夫说，有什么好看的？好吧。当然没什么好看的。事实是这样吗？当她置身在雪山下的那拉提草原，那最原始的风貌，那自由的生命，那些遥远的一直从远古绽放到现在的大片野花，一瞬间就击中了她。她的眼泪溢出了眼眶。那个时候，她想和一个人来这里，过一辈子。

她哭了起来。车子里没有一个人奇怪她的眼泪。他们是不是有同样的想法。

那拉提，大自然怎么可以这么美，这美就那样震撼了她的心灵。她除了流泪，不会其他的表达。

他们约好了的，一起去旅游。但是没有说去西藏。

为什么，大自然能给我们这样巨大的心灵的抚慰？诗人海子说，天空一无所有，却给我安慰。

这是一个读诗的时代吗？不。这不是一个好的读书的时代。但是对于读书人，没有什么时代是最好或者最坏。

有人举过苏东坡的例子。对于他，宋朝是最好的时代吗？没有人比他更加命途多舛。

这是一个美好的下午，她一个人去水边坐着。她带了一本书，她以前一直有带书的习惯，这个习惯已经很久都没有了。

路上，一个女子牵着一条小狗过来。她没有看见。

湖水荡漾，水里的水草轻轻摇曳，那么轻柔，就像优柔缓慢的生活一样。啊，有时候，生活是多么美好，就像这个时候，暮色从四面慢慢围拢过来，湖面渐渐暗淡了，于是一些朦胧的模糊的暗淡的思绪，就飘飘忽忽地在湖面上游荡了。那些野鸭在湖面上拢了淡淡的暗影，悠闲地游着。

她喜欢这样的安静的氛围。

那本书静静地搁在草地上，一片粉色的落花不知什么时候，飘然落在上面。她没有看，她只是喜欢带着。

她抱膝坐了很久，夜慢慢就合拢了。就像大幕把什么关起来了。她却不想起身。

她忘记了去思考人生的意义。要怎么活着，才是有意义的，这样的重大的主题，的确需要一生来回答。

她暂且就来享受这无边的夜的宁谧。花朵在身边开放，香气在空气里到处肆意撒播。

植物的气息，水的潮湿的气息，水草的腥味，都混合在空气里。没有办法分辨。这个大的园子里，汇聚了多少种植物，她没有去计算过。只知道是很多的。她有时候就想跟一个人一个一个看过去，找过去，分辨它们的名字、特性，可是没有这个人。她常常一个人到湖边，走一圈。

湖水叠涌过来一波又一波的浪花，那些美丽的一痕一痕的波纹。她就想用什么把它定格了，或者顽皮地让它们停在那里。

风从对面，从遥远走过湖面，就有了潮湿的感觉。

她喜欢在湖边站着，站上很久。心里的一些东西，一定得到了某种不言自明的安慰了。

这是大自然的力量。

只有和大自然在一起，她才会获得一种自由的内在的力量。就像被注入了大自然的勃勃的地母的浑厚的力量。

这是为什么呢。她不喜欢人群。

那个夏天，他们的旅游计划其实就是停在口头，随便说说而已。说的时候，似乎是很郑重的，一本正经的。后来，就不了了之了。她知道，现实和浪漫之间巨大的距离。

就像理想。

现在还有人说起理想吗？似乎是令人害羞的话题。要是来谈谈金钱，似乎更实际，更可靠一些。

好吧，她还是去做做家务好了。

她应该养一只小狗、宠物狗。她应该去美容，每天穿漂亮的衣服，化妆，把自己的生活搞得精致一些。

当然，按照她丈夫的说法，她还应该去跳舞。她为什么不去呢。她的头脑里常常想很多问题，这真是一件可笑的事情。事实就是这样的吗？

她又想起那首歌曲。唉，他肯定早就忘记这首歌曲了，即使是他发给她的。男人总是这样的。他们的生活更加丰富，生活里层出不穷的女人，他们眼花缭乱，应接不暇。哪里还能记得这些，况且都是好几年前的事情了。

她坐下来，准备看一本书。她的生活似乎除了书，就没有其他乐趣了。实际上，她喜欢音乐、旅游，喜欢购物，喜欢交友，她还是一个有情趣的聊天好手。可是她似乎就喜欢一个人坐在桌子后面，沉闷地看书。

孤独，早就离开她远去了。她不再觉得一个人多么孤独了。这种感觉随着读书越来越多，竟然消失了。即使她一个人出去，也找不到那种被抛弃在无涯荒野里的感觉了。

她的床头两边、书架、书桌，似乎哪里都是书，她也觉得太乱了。可是她又没有办法整理。

丈夫也是无可奈何了。他不想再理她了。随她怎么折腾这些书本，买回来，一摞一摞，摞在床头，一不注意，就碰落了一地。

他皱着眉头，看着一地的书，听任它们乱七八糟躺在地上。她自己蹲下来，一本一本捡起来，放到床头上。丈夫说，哪有把书都搬在床上的。她也不理他。

拿了一本书，坐到书桌后面。

她想，什么时候去西藏呢。她要是身体很棒就好了。

窗子开了一条小小的缝，一个男子的歌声从外面传了进来，"我要去西藏，我要去西藏。仰望生死两茫茫，习惯了孤独黑夜漫长。"她发现，她再也想不起来那首忧伤的《去西藏》的歌词了。这一首，太明亮了。根本不是她听过的那一首。

她看时光的指针，从三年前，转过了多少黑夜与白天。忘却的救世主，在这个夜晚，降临了。

少女与月夜

　　这静静的月夜，梨花在土猪圈的后面，被月光洗染了，变成更淡的白色。猪在圈里打着呼噜。在月夜里，传出去很远。

　　娟妹在稻草的床铺上，翻了一个身，喃喃说，奶奶，我要起来解手。奶奶在那一头，说，三啊，那你慢一点起来，走路不要跌着。娟妹清脆地说，我知道了。娟妹自己伸手拉开了床头边扣在床腿上的电灯线。灯就亮了。屋子里，一下子就亮堂了。

　　娟妹很快就拉开厨房的柴门，走到门前的空地上了。门前黑黢黢的，月光被屋子挡住了，就留下一长条的阴影，阴影之外，是巨大的月光现场。茅草的房子现在在月光下，安静而圣洁，有着一种朴素的纯银的光芒，可是娟妹肯定是看不见的。她惦记着猪圈后面的梨树。

　　她来到梨树的下面，微微的一阵小风，就送来梨花的淡淡的香气。有一瓣竟然落在她的头发上了，她自己也没知觉。

　　她个子太矮了。她只有八岁呢。她竟然要爬到梨树的枝杈上去，她的手已经攀上了梨树黑色的粗糙的树干，她试了试，把脚抬了一下，终

263

于也没有爬上去。她担心马上奶奶就要在屋子里喊她了。

月光真好，四下里那么寂静，村子上的狗都停止了叫。

梨花，无声无息地落下来，一瓣又一瓣。

娟妹又站了一会，她好像听到厨屋里，奶奶在喊她。也许是她自己的心理幻觉。她怕奶奶发现，每天晚上，她都要来看一看梨花，她等待梨花结出一个青色的梨子，已经太久了。

每天晚上，她在梨树那里走回来的时候，总喜欢喝一瓢冷水，那一路的清冽，就像梨子的甘甜的味道，从嘴里一路蔓延下去。

这个晚上，她依旧站在很大的褐色的水缸旁边，舀了一碗水，咕咚咕咚喝了下去，有几滴水，都顺着下巴滴在了衣服上面。她喝完，抹了一下嘴巴，无限满足地吁了一口气，才慢慢往屋子里走去。

有一个晚上，她发现了一个秘密。

那天晚上，下了一点小雨，蒙蒙的，本来应该有月亮的晚上，就变得白蒙蒙的。她站在梨树下的时候，小雨落在梨花上的声音，簌簌的，一声一声，就像落在心上的音乐一样。

她沉浸在一种虚幻的美好的境界里，空气里，雨水打在地面上，空气里就混合着泥土的腥气和梨花的香气，它们混在一起，味道极其的复杂。她站在那里，被一树梨花在暗夜里的光击中。她竟然忘记了回去了。她不知道自己是梨花，还是梨花是自己。

这个时候，她听到一些细碎的脚步声。那么轻，那么谨慎，小心翼翼，好像怕惊动了梨花，或者这过分寂静的夜。

她扭过头，竟然看到在灰白色的空气里，有一个苗条的身影，在门前一闪而过，然后，她听到了试探地唯恐惊动了什么的怯生生的推门声。

娟妹在心里喊了一声，大姐。她下意识地往梨树的后面缩了缩，其实，那个苗条的身影已经进到了屋子里。

第二天，她看到大姐早早就起来了，烧了一盆热气腾腾的开水，在门前的青石磨那里洗头。她今天也起得格外早。虽然麻雀的叫声，那么碎叨、聒噪，就像前面那个邻居小婶一样，吃了晚饭，朝着村子上骂偷鸡的人，一个晚上都不带重茬，一直骂到月亮从黑色的树梢后面升起来。即使这样，娟妹仍旧喜欢躺着听外面几棵楝树上的麻雀，开会一样喳喳。早上的麻雀总是比任何时候都要兴奋，声音特别大。中午的时候，它们的声音就疲倦一些，更碎叨一些。倒是黄昏的时候，黑色的据说偷盐吃变的蝙蝠在屋檐口盘旋的时候，天色那么淡，就像奶奶打在碗里的鸡蛋清。麻雀的叫声清脆、温和，就像小媳妇聊天一样，有着亲切感了。这个早上，娟妹是有了心事了。她睡不着。第一次，她没有到奶奶那里告大姐的状。为什么呢。她自己也说不清楚。她才八岁。也许是大姐总喜欢抱着她，夸她漂亮的缘故。也许是只有大姐知道，她的心一直在外婆家的缘故。

有一个傍晚，大姐抱了她站在后面的大路上，她忽然看到了一颗最小的星星，它就那么调皮地朝她眨眼睛，真的，星星就是会眨眼睛。她手指着西边的天说，大姐，那里有一颗星星。大姐认真看了一会，说，你眼睛真尖，是有一颗星。大姐告诉你，这颗星叫启明星。她说，大姐，这颗星星是不是外婆家那里也有。大姐低头看了她一会，把她抱紧了一些，说，是啊，外婆家那里也看得到这颗星星。她从小在外婆家长大，是黑市户口，她才回来不久，就被送到大伯家来读书了。

她的成绩并不好，可是大姐他们对她很不错。大姐今年都十九岁了。大姐家里还藏着一个比她更小的妹妹，坐在摇篮里。村子上的人们走过来，总是喜欢把她们比较一下，都说，她们是亲姐妹。其实，她们是表姐妹。

她很少去关心这个坐在摇篮里的妹妹，那好像不是她的事情。偶尔，她也来看看她，从她的摇篮边走过。她更关心猪圈后面那两棵梨树，什么时候结果子。

在大屋的后面，靠近水边，有一棵杏树，已经结果了。可是那是春天时候的事情，现在春天早就过去了。奶奶说，有偷杏子的村子上的人，把眼镜都落在树下了，后来，自己又来找了去。奶奶似乎对这样的事情，并不深恶痛绝，甚至带着微微的笑意，好像那是一件有趣的事情。奶奶也知道是村子上的那个男孩子干的，但是她不想说出来，更没有想找他算账。奶奶看到那个树下的黑色的眼镜，都没有去捡。她只是笑着，把这件事告诉了家里的人。只有大姐，把眉头皱了一下，然后，似乎就忘记了。过几天，眼镜就自动消失了。树上，也没有了最后一个杏子。

她只有等梨子了。月光下的梨花，真是太美了。大姐有时候也会去梨树下站一会，她似乎还念了一句诗：梨花院落溶溶月，柳絮池塘淡淡风。大姐看了一会，就走开了。她不知怎么觉得，苗条的十九岁的大姐，应该起名叫梨花。其实，村子上，女孩子都叫桃花、梅花什么的。但是大姐不是。

这个时候，大姐在门前洗头。她也和她起得一样早呢。大姐昨天晚上去干什么了呢。她不敢问。她起来，也没有梳头，就站在青石磨旁边看着大姐洗头。大姐忽然看见了她，说，你今天起这么早干什么？她说，醒早了。她很想问大姐，你起得这么早干什么，就为了洗头吗？昨天晚上，下了小雨，你去了哪里。可是她不敢问。大姐洗了头，也没有吃饭，就匆匆去后面学校上班去了。

大姐没有带她一起走，她还没有梳头，也没有吃饭。大姐为什么也不吃饭呢。她发现，大姐的脸上有一些疲倦，在青春的明媚里，那么显眼。

她抬头看了一下树上的麻雀，它们不知什么时候都飞走了。绿色的楝树之间，可以看到青色的楝树枣子。它们光滑、细腻，散发出光泽。

她走到屋子里去，在奶奶的桌子上，胡乱拿了一把上面掉了两个齿的齿间还有一些黑灰的梳子，慢慢梳自己的头发。

每天，都是大姐给自己梳头的，这个早上，大姐似乎完全忘记了这件事，她站在那里，又不敢提醒大姐。好像她的心里也有了一个重大的自己不能承受的秘密。

她梳好了头，坐在桌子边，吃了一碗玉米粥，一块黑乎乎的饼，就着萝卜干。她吃得很慢，但是也很快就吃完了。她不情愿地背起书包，对猪圈旁的奶奶说，奶奶，我去学校了。奶奶说，慢点走，三啊，不要跌倒了。她答应一声，知道了。就走了。

等到秋天的时候，树上的黄色的梨子，越结越大了。她每天晚上都去闻一闻梨子的香气，有点粗糙的梨子的表面，多么诱人啊。

奶奶说，现在还不能吃，涩嘴呢。她想，是不是奶奶骗自己的。

有一个晚上，她大着胆子，在梨子上，轻轻咬了一口，果然，酸涩的汁液把她的更多的津液逗引出来了。她使劲吐了几口，嘴里才好一些。水缸里的水，不能再喝了，月亮看起来，就像冰一样光滑而有了凉意。奶奶说，喝了冷水，会肚子疼。她常常想起夏天晚上，那样惬意地喝水。

那个梨子上，就留下了她的牙印，好在，没有一个人会发现。大姐似乎频繁地在夜里归来。那么小心，大姐肯定不知道，她一直都知道她的行踪。

有一个晚上，她竟然起了一个大胆的念头，要跟踪一下大姐。

后来，她终于还是没有。她不去跟踪，似乎也隐隐知道，大姐是去干什么的。她一直没有告诉奶奶。这似乎成了大姐和自己之间的一个秘密。

再后来，她把秘密带到了遥远的任何人找不到的地方。

无意中，她还获得了一个秘密。大姐是抱来的。从哪里呢。她并不知道。大姐有两根乌黑的长辫子，一直拖到屁股后面，上面还打了两个黑色的绸带蝴蝶结。她洗了头之后，喜欢用自己织的黑色的头箍，把自己的头发箍起来。那么长的飘逸的长发，就在她青春的苗条的后背飘动。

啊，娟妹就想，什么时候，她也能长这样一头长发。她飞快地跑起来，就像旋风一样，跑到村子上去了。显然，她是知道自己的傲人的青春的。有时候，她一个人走在后面的小路上，也会唱起歌来了。"跟着感觉走，心情像风一样自由，突然发现一个完全不同的我"。月光下，大姐唱得旁若无人，好像这月下的小路、田野、村庄，是她一个人的舞台，有一种跟白天的大姐完全不同的感觉。她喜欢一个人走，不喜欢带着娟妹，她一直走，一直走，好像她只有远处，没有回头。

可是她终究还是走回来了。光洁的脸上，有一种微微的怅然与暗淡，不知道为什么，这个时候，她会突然轻轻长长出一口气。

那个晚上，她屋里的灯光会一直亮到很久，她破例没有出去。

而娟妹只关心她的梨子。

在一个月亮最圆的晚上，她吃到了第一个梨子。就站在树下，也没敢到屋子里找到切菜的刀，把梨皮削去。那是她平生吃到的最香甜的梨子，以后再也没有吃到。

不知道为什么，每天晚上都出去，奶奶从来都没有发现她出去的真正目的。他们也从来没有发现，树上的梨子少了。啊，有时候，大人是多么好骗啊。就这样，她一个人享受了一个秋天的晚上独自吃梨的甜蜜。

等到第二年梨花再开的时候，她就被送回家了。大伯说，她的成绩不好，怕耽误了她，还是送回去，在父母身边，多一些管教。的确，她在这里，多么自由啊。没有一个人管着她，大姐总是喜欢抱着她。

一个晚上，大姐曾经抱着她，穿过整个村子，去送一个女同学。那个女同学坐上一个黑脸男人的摩托车的时候，居然递给她一包五香瓜子。

在电影场上，一包五香瓜子，可以让一个夜晚都充满了富裕温暖的气息。这个，大姐和她体会一样深，因为大姐从来没有买过一包五香瓜子给她。那是多么奢侈的香甜的享受啊。

那是一个迷恋食物到深渊的时代。

可是不知道为什么，一包五香瓜子并没有收买到她的嘴巴，她回家就把大姐出卖了。

然后，她躲在奶奶的稻草铺上，惬意地嗑瓜子，一边没心没肺地听那边传来的责骂大姐的声音。

她并不知道是怎么回事。大姐说，回家不要告诉奶奶。她点头，说，好。一回来，她就把一切都告诉了奶奶。

之后，大姐好像忘记了她告密的事情，依旧对她很好。只是早上起来的时候，看了她一眼说，娟妹，你说话不算话。她说，奶奶问我去哪里，我就说了。我没有想说。其实，她的小心眼里，就有那么一点点恶作剧的种子，在接到五香瓜子的时候，就钻出了一点点小芽。

大姐依旧给她梳头，甚至在冬天的时候，用粗糙的二手的电光线给她结了一件毛线裤、一件毛衣。她看大姐每天坐在太阳下，手里的毛线针上下翻飞，光路里飞舞着细菌一样的游动的浮尘。她忽然觉得乡下的日子多么漫长，好像她在这里已经生活了很多年。

她回家之后，似乎常常会想起那些月夜和月夜下的梨花，还有那些被她偷吃的梨子。那些在奶奶和大姐的眼里，一直没有存在过的梨子。

她很想知道，大姐是不是还要在每个晚上都出去。

时间一晃儿就过去了。

在一场大水里，大伯家的房子都浸泡在水里。然后，都相继倒掉了。那些梨树也淹死了。猪圈也倒了。

那里被夷为平地。

他们一家搬到了前面一个邻居的房子里，大伯买的。大伯把旧的房子都推平了，因此得了腰肌劳损。

她回去过的。但是那里什么都没有了。

奶奶在老房子里走的。后面的一棵泡桐树做了她的棺木。空气里，都是泡桐刨花的味道，那么刺鼻。可惜，她忘记她有没有去了。弟弟是去的。他在奶奶家的床上尿了一泡尿，直到葬礼结束，大姐才把被子抱出来晒。

大伯走的时候，她也去的。

几个姐妹都请哭丧的人，给她们一人哭了一次。好像一次三十块钱。其实，娟妹应该自己去哭的。但是终究她也没有。

那个时候，她已经出嫁了。

那一天，她又想起多少年前的那些月夜。那些洁白的开满了一树的梨花，那些若有若无的香气。

后来的一个晚上，她母亲做了一个梦。梦见大伯骑了那辆破旧的永久自行车来带她。她母亲醒来，就找了一个白色的纸条，贴在眼皮上，她说，你跳，让你白跳。

很多个月夜，她都徘徊在那个没有梨树的空地上，她似乎又闻到了梨花的香气，看到大姐苗条的身影，在门前一闪，水缸里头，也有一个月亮。水瓢里的水经过喉咙的时候，是多么的清冽甘甜，那些被她偷吃的梨子，一个也没有被发现。她感觉多么地幸福啊！

我的两个母亲

楝树下的家

很小的时候，门前长着两棵楝树，高大的母亲常在楝树下坐着，和邻居聊天，说一些家常话。母亲常常去田里割草，背着一个柳条编的篓子。母亲的脸上总是流着汗，后背的衣服常常被汗水浸湿了。母亲的鞋子里全是泥巴，脚丫里也是，一直沾到脚面上。

母亲没有孩子，她把我领养了。母亲在背地里偷偷地哭过吗？母亲一直不太喜欢小孩子。也许，她也不怎么喜欢我。长大后的我不免这样想。母亲把我领回家，我常常由祖母带着。她不怎么管我的事，她要慢慢习惯，她的生活里从此多了一个角色，这个特殊的角色天真地喊她妈妈。而她心里会觉得很不自在很别扭吗？我没有问过母亲。其实，成人后的我已经学会掩饰自己的心理。我只是朦胧地猜想，母亲心里在一开始是有着隔阂的，对于我，她知道，她比我清楚，她的尴尬的角色。

小时候，祖母在土屋自己的床沿上坐着，母亲的门旁边挂着一盏浑身乌黑的煤油灯，母亲在昏黄而柔和的灯光下编席子。母亲的身下已经编了厚厚的席子。祖母带着我，坐在床沿上讲故事，我的两只脚在床沿下晃荡，眼睛却一直看着母亲。母亲像一个温柔的模糊的影子，在并不明亮的灯光下，身子的动作很轻，一花一花的芦苇在母亲的怀里跳跃，一花编上去，一花编下来，到头了，母亲用菜刀把芦苇的梢子切掉。在静夜里，母亲切芦苇的声音很脆，我喜欢母亲的这个动作，带着母亲性格里的坚毅，这个动作还意味着母亲一夜的工作将要结束。但母亲的身子又转过去了，她又开始了另一边的编织。祖母的故事已经告罄，不得不继续搜肠刮肚来满足我的欲望，祖母的故事带着明显的编造的痕迹，这个连幼稚的我都感觉到了。但我愿意在母亲的陪伴下，被祖母的故事迷住。

母亲没有孩子，父亲没有责怪过她。她心里有过轻微的或者强烈的自责吗？我没有问过。我和母亲终究里隔膜的。其实，每一代的沟壑都是那么地严重。母亲曾经年轻过，一些幻想，一些美丽的过去，在她的心里和额头上停留。祖母曾经责怪母亲早上起得太迟了。因为她和父亲拥抱着，一直睡到天亮。在那个家长制还比较严重的时代，母亲这个看起来不怎么勤劳的女人是要受到批判的。但父亲保护了母亲。我常常想，这也许是母亲的爱情。

母亲没有孩子，但母亲没有离婚。她和父亲之间应当是有爱情的。但她没有说过。

母亲总喜欢穿那件天蓝色的衣服，高大的母亲其实很壮硕。我以为她会一直那样强大。她会和村上的婶子嫂子在晚上去偷生产队里的山芋藤。在漆黑的夜里，我听见我家的塑料纸蒙的窗户嘭嘭地响起来，很神秘的声音，然后，母亲在黑暗里，悄悄起身，生怕惊动身边的我，然后黑着灯就出去了。

那时，我开始知道什么是生活，有点残酷的生活，叫母亲变成这样一个斤斤计较的甚至有点不光明的人。但好在后来我的生活里没有上演母亲的这一幕，在很早的时候，我就能够知道，母亲的这个行为是错误的，但我没有说过，其实我是知情的，我就像一个同谋。我知道，母亲实在是不得已的，她并不愿意这样，而那个山芋藤，在我们现在的人眼里，究竟有多大的用处呀，我感到一些生活里的辛酸。很容易地，我就原谅了母亲的行为，我知道母亲，所以长大后，母亲的行为不足以把我变成一个偷儿。

只有阴天的时候，母亲才会安静下来，在清静得有点过分的屋子里坐着。她坐在屋子的门旁边低着头做针线，她把破旧的衣服拿出来缝补，或者给我做鞋子。母亲尽量用好看的紫色或者红色给我做鞋。可是我一直为此感到羞耻。我们班上只剩下我和一个男生在穿母亲做的鞋。我过分敏感的心常常感到贫穷给我的打击。我不敢在人前走动，母亲的鞋给我的多愁的性格打下了更多人为的底子。但我不敢对母亲说，我不穿你做的鞋。因为知道母亲的艰难，知道鞋子里是母亲的温暖的针线。我怕伤了母亲。

母亲也会坐到堂屋的古老的发黄的桌子前，从黑暗的屋里拿出两面都可以照的圆镜。找来一根锥子，一根长长的白线，把白线的一头拴在锥子上，锥子固定在桌面上，她就用白线来扯脸上鬓边的一些汗毛。我常常在桌子旁边趴着，看母亲给自己做美容。我从来不觉得这样会使母亲美丽。但母亲总是反复做着这样一件事。在母亲杂乱的梳妆台上，我发现一个装了白粉的小盒子，上面放着一个粉红色的毛茸茸的粉拍子。我这时才想起来，母亲也是一个女人，一个爱美的女人。我偷偷把粉拍子在自己的脸上拍了拍。然后，去照镜子。那么多的白色的颗粒沾在脸上，像电影里的妖怪一样难看。我害怕母亲看到，偷偷跑出去洗了脸。我发现，从我渐渐长大，母亲的性别角色似乎越来越模糊了。她很少打扮自己。我一次也没有看见她用那个粉拍子，我甚至以为，她即使搽了粉，也是不好看的。我常常感到愧疚，在潜意识里，我的出现，把母亲的对美的追求变淡了，甚至消失了。母亲把她的眼睛一直看着外面，看着眼前的生活和渐渐长大的我。我是她的另一个自己。她把我当成了年轻的她。她在完成着另一个自己的塑造。

但母亲有时候也会对我讲村上的男人的一些事。她好像以为我懂的，其实我并不懂。她说，一个父亲的朋友来看她，掀了门帘就进来了。一进来就坐到母亲的床边。那是个风流成性的男人，几乎村上所有好看一点的女人都和他有染。但他却和严肃的正大光明活着的父亲是最好的朋友。他来看母亲，但父亲却不在家。母亲正色道，你坐到那边的凳子上。我们正正经经说话。他一下子变得讪讪地，坐到一边去了，自此，他一直很尊敬母亲。

可是我并不懂男女的事，母亲为什么要告诉我呢？那样一个男人，我也是喜欢的，在冬天里，穿着漂亮的大衣，大衣里面是红色的毛茸茸的衬子，穿在一个年轻的男人身上，别提有多么吸引人。可是母亲拒绝了他。

其实，长时间地爱一个人，总会厌倦的。虽然父亲那么好，善良、厚道，有着温暖的爱，可是在一个女人的心里，总会想一些什么的，在漫长的而且是贫穷的日子里，总会有一点幻想的吧，但母亲从来是温暖的贞洁的自制的。可是她为什么把这件事告诉了我，而我其实一点判断力都没有。很长的时间后，我有时想，母亲是不是也是喜欢别人喜欢的，哪怕是那样一个风流的男人，他的倜傥实在没有多少人能够拒绝。

母亲渐渐老了，单薄的身体那样瘦弱，你甚至怎么也回忆不起来年轻时候的母亲的壮硕。

像那轮美丽的夕阳，母亲的晚年就这样来了。我站在夕阳的光辉里，有点惆怅地想，这样温柔的美丽的光辉，不知道还能照耀我多久，我站在那里读着夕阳，我怎么能读得懂，读得透母亲长长的沧桑的一生。

河边的母亲

　　小时候，很早就知道有一个姨娘，在一条叫唐玉河的水边住着。母亲常常带我去看她。她们姐妹的走动真的很频繁。姨娘家低矮的草房，几乎要碰大人的头，姨娘家的屋子很黑，白天也视物不清。一些颜色不明的低柜挤满了屋子，柜里存放着粮食。母亲不止一次暗示，姨娘家的贫困。可是姨娘脸上的笑容总是灿烂的，那微笑里有一种烛照我心灵的光辉，那么温柔的，我喜欢姨娘脸上笑纹的那些柔和的线条，在模糊中，竟然胜过对母亲的。我并不知道为什么。姨娘一见我们去了，就好像异常快活起来。在门前像棚子似的丝瓜藤里到处找青色的长长的丝瓜，要给我们煮丝瓜蛋汤饼。我那样一个挑食的人，居然一下子喜欢上丝瓜煮饼的那种色泽的搭配，金黄的鸡蛋打在碧绿的丝瓜里，不知道有多么和谐和美。我从此爱上这样的吃法，好像每一样经过姨娘手的东西到我这里都会变成最爱。

　　夏天的时候，姨娘会突然从小路走到我家了。手里提着一个小包，包里放着自家园子里长的黄黄的杏子，全身毛茸茸的嘴尖上一点诱人红色的桃子。直到现在一看到街上开始卖麦黄杏子，我的脚就走不动了。而吃桃子的时候，一向对很多食物不感兴趣的我，很像一个饕餮之徒，好像一辈子没有吃过桃子这种水果。姨娘往往留在我家吃午饭。门前的两棵楝树就成了午饭时，给我们遮阴的大伞。我们就团团围坐在桌边。母亲烧了韭菜，青翠的韭菜，我是不喜欢吃的，塞牙。有时我对食物的不喜欢，竟然只是一种来自自我的感觉。母亲从来都迁就着我，因为实在拿我没有办法。姨娘给我裹了一个韭菜饼，像圆筒状的，每一层里都有一些摊匀的韭菜，样子很好。我接过来，居然一下子把它吃掉了。从那之后，我就喜欢上这样的吃法。连我自己也不知道为什么，如果说真的有原因，那就是因为姨娘这样裹给我吃过。

　　我心里常常是不明白的，为什么看见姨娘会有一种说不出的亲切感，好像非常的依恋。可是记忆里，姨娘没有抱过我。但我很喜欢和姨娘说话。

　　姨娘是勤劳的，从来都那样任劳任怨。直到后来，我才知道，姨娘在我生命里的重要，她是我的真正的母亲。

　　我知道之后，反而觉得有点别扭了。我从来没有亲近过姨娘。如果曾经有过，我也不记得了。

　　姨娘有七个孩子，死了两个，我是最小的。在生活里，姨娘是一个坚强的人，我没有看见她哭过。六十岁的时候，还给小哥他们挑水吃，七十岁的时候，一个人到唐玉河边去割芦苇，一个人在密密的芦苇里钻来钻去。八十岁的时候，一个人在家给小哥他们种地，小哥一家出去打工了。

　　姨娘从来都是那样乐观的，没有一个媳妇说她不好。她在苦日子里熬过，但从来不叫苦。

　　我回家的时候，她会自责地说，什么也没有给我。我笑说，我什么都有了。我不要。

　　姨娘老了，但她还是闲不住，要做事。我因为忙，很少回去。我坐车从唐玉河的这一条桥过去，我总忍不住把头朝向河的另一头望去。姨娘在那里住着，我能想象她的生活，我从来没有喊她一声，妈妈。

　　我实在喊不出口。叫了多少年姨娘，我改不过来了。我的依恋，她也许从来都不知道。但她为我牵过的肠我又哪里能够全部懂得。

三月之光

这个春天，我极其忧郁，我的忧郁超过了我少女时代对爱情和未来的忧惧。

我不能说出我的忧郁的根源。请原谅我，不知道从哪一句开始说起。它千头万绪，然后浓缩成一句最近最流行的电影名字《都挺好》

是的，都挺好，它含义深刻，有无数歧义和解释，但是我累了，我不想解释。

春天多好啊，花朵烂漫，到处是盛放的花朵，那些繁花本来应该是我的最隐秘的快乐的源泉。

可是我说什么呢。我不知道。

我只知道，我老了，我忘记了很多事情，我也懒得再说下去。

我没有去田野里看油菜花，我对春天的一切失去了所有的兴味。这实在不符合我浪漫的浪费的性格。

我似乎也很久不忧郁了，一度我甚至认为，忧郁这个词，从此将从我的人生的词典里被彻底删除。

不知道为什么，我不再喜欢现实主义题材的小说，我更喜欢像格非早期的作品，我在地摊上买的《唿哨》，我一直钟爱这本一块钱淘来的旧书。我对它爱若珍宝，到哪里都要带着它。它的神秘的气息，一直吸引着我。虽然先锋小说早就不流行了。可是流行跟我有什么关系，我只为我的内心写作。

　　现在人都为名利读书、写作。我想，我也曾经是这样，而且可能一直还会这样。这个社会，能一直保持纯粹的人多么稀少。我觉得我能有一份的坚持和与众不同，我已经算是非常不合时宜。

　　这个夜晚，我又捧着格非的《唿哨》，我有时候为别人对主义和书本的评价所左右。有时候，我就听从我内心的召唤。我想看什么，就去看，而不是谁的推荐。那些对我不起作用。

　　啊，多少年，书本是我唯一的不离不弃的伴侣。在这个孤独至死的人生里，你除了书本，一无所有。

　　我靠着它取暖，渡过漫漫岁月，找寻没有意义人生里的一点意思。我不知道我有没有找到，也许永远找不到。

　　这个春天，它为什么充满了无法排解的忧郁，我的眼睛里的哀愁，就像年老的云翳，难以散去。

　　我应该快乐。

　　我喜欢那些看不懂的小说，像残雪，像格非，像福克纳。事实上，二十岁时候买的福克纳的《喧哗与骚动》我至今也没有读完十页。可是我一直带着它，在扉页还写了一句名言。我忘记了是什么名言。下面是购买的日期，时间大约是1998年。啊，这个数字足可以说明时间是什么。它就像一条漫长的河流，它带走的究竟是什么，它带来的又是什么。

　　我多少次决心读完它，最后，我总是停在第十页。那个白痴班杰，我一直很喜欢，我也对那种流动的语言着迷，虽然我可能永远都看不完它。

　　我究竟需要什么，这个世界，是不是有了书本，有了这些永远不会离开我的文字，我就觉得圆满和充实。我不能回答。

我也想写一些自己看不懂，也不指望别人看懂的文字。我这样随心所欲，我觉得自由、快乐，不为发表，也不为别人阅读，只为我自己喜欢。

我也喜欢福克纳的《八月之光》，我相信，那是有生命气息的闪亮像山间溪流的文字，可是我依旧读不下去。读不下去，不能否定我的喜欢。

我喜欢所有读不下去的书，像《尤利西斯》《追忆似水流年》。当然《追忆》里的一些美好的片段，是可以读一读的。那些随着思绪流动的往事，有着潺潺的音律。

可是我没有买它们，也没有读。我仰望着它们。看它们在岁月的深处闪光，这是不是已经足够。

这个春天，我为什么就只能写这些没有章法的句子，就像春天的河水，在岔道里，失去了方向的流淌。在流淌的过程中，有没有花朵，绿叶，或者草叶，或者一条青草蛇在河流上漫溯。

我曾经一个人骑车在无人的油菜花馥郁的旷野。

那个时候，田野寂静，人烟阒无，我是天地间一个孤独而自由的存在。

这个时候，没有人能走近我的灵魂，我是我自己。

再一次想起劳伦斯《虹》里的场景，那个在月光下裸奔的女子，她的孤独的自由的灵魂，她脸上闪烁的被月光照耀的洁白的泪花。

这个时候，她是她自己。没有一个人能走进她。

她被自己感动到流泪。

这个春天，我就想肆意地写下一些莫名其妙，我自己也无法解释的句子。

我想到生命、灵魂、时间、历史。

恰恰，我忘记了现实。我不要看到现实。我喜欢先锋派的那些天马行空的想象，那些夜郎之行。

当我读到格非的《江南三部曲》，不知道为什么，我只能喜欢第一部。因为它是浪漫的想象的先锋没有完全放脚的产物。

他不能把现实写得那么唯美潮湿，充满了一种江南的迷离的色彩和气息，那气息让人迷醉。

我到底想说什么，我不知道，我也不想知道。就像痴人说梦，它有一种让人沉迷的陶醉。

这个春天，我已经很多天一个字也没有写。在夜月和孤星的深夜，我独自醒来，那挂在窗前的淡黄色的将沉的孤月，似乎是我唯一的知音。

那星星也只是那样悬着，啊，为什么，大自然不说话，却能给我无限的孤寂的安慰。

我看着它们，看了很久，想起来，我是一个从来不失眠的人。

表哥永翠

表哥姓朱，大名永翠，是我大姑家的小儿子。我喊他小哥。他上面有两个哥哥，三个姐姐。他是老幺。

小时候，小哥常常到我家来，其实，是到他的二姐——我的二表姐家里来。我想，年轻的时候，我们总是感受不到生活严酷的一面。即使那时候，生活是贫穷的，却回忆起来，却都是无限的乐趣。

小哥的家在灌南张店。张店到底有没有名气呢，我没有研究过。但是我们这边流行一句歇后语，张店锣鼓——各打各。我就以为张店是有名气的。

我去过三次张店。但是对小哥的印象却真是不多。

倒是他来我家的时候，我的记忆就鲜明得多。小哥的个子很高，脸膛是黑红的，脸上长了很多的青春痘，这些疙疙瘩瘩的青春痘是年轻的象征。他总是微笑着的。有一次，他带了许多的连环画给我，那些连环画是我童年时候最好的营养品。我十分地珍爱它们。那是他读初三毕业的时候，班级里分给他们的。我想，那时候一个学校能这样重视文艺的东西，真是非常难得与罕见的呢。

那时候，乡下真是不大看得到什么跟文学相关的书籍。我家有一本黛玉进贾府的画册，我读了几遍都没有读懂。我想，一个二年级的小学生读黛玉进贾府肯定是无论如何也读不懂的。我家还有一本破损的《老残游记》，竖排体繁体字，我也是没办法读的。另外一本很厚的书，有点像大学里的书本，里面都夹了许多母亲的鞋样子，还有彩色的丝线，这本书一直被压在满是灰尘的席子下面，但是我还是偷偷找来读了。

所以小哥的连环画给我的生活带来了别样的色彩。我还看到小哥的作业本，他是班级的班长，字写得相当好。到现在，我都记得他那样清秀的有点潦草的字体。可惜，他只读到初三，就不读了。那个时候，读书或者不读书，在乡下，真的不是一件多么重大的事情。它显得非常自然。

青春，把对于未来的一切担忧都抹去了。有什么好怕的。而且在平静的日常的乡下，大家都这样过。也没有什么好去想的。

小哥在我们这里，会住好多天，跟我们村子上的闲着的小伙子一起玩。我家前面的二哥家屋后，有一个吊环，他们每天早上都会去拉一会吊环。他们还有石臼，他们在做这样的体育运动的时候，我会站在不远处看着。清晨的绿树下，他们青春的影子充满了动人的活力。我看他们做引体向上，那么有力量，就像这个夏天的清晨，就像绿树后面的充满朝气的太阳。

小哥结婚之后，渐渐就来得少了，或者几乎不来了。只在做事情的时候，似乎才会出现。

再次频繁地见到小哥，是在他举家搬到这里来种地。他在路边用芦苇和泥巴盖了一间简陋的房子。我不知道他们一家三口是如何度过寒冷的冬天的。那些竖着的芦苇，可是到处都透风的。那个时候，小哥大约三十多岁，我想，人在年轻的时候，是什么都不怕的。即使是穷困潦倒，青春是抵挡一切困难贫穷的武器。

小哥的媳妇是个不识字的女人。当然我喊小嫂。我想，一个不识字的女人真的是可怜的。她个子不高，眼睛很大，真是的水灵灵的。皮肤是健康的白里透红，她喜欢笑，总是那么微笑着。可是这样一个可爱的女子却一个字都不认识。说真话，我见过好多不识字的女子，我总觉得她们因为不识字，人生大大打了折扣。她们同样需要精神的寄托。他们没有孩子。领养了一个女孩子。叫小压弟。这个名字大家都懂，希望能够压一个男孩子。可是他们一直都没有生下一个孩子。人们背后常常议论，有的不怀好意的男人会在背后说，小嫂没有问题。说，小嫂的气色看起来非常健康，不像不能生养的。他们甚至猥亵地开玩笑，要自己去试试。

小嫂是个正派的女人，她什么都不懂。

我有一次问小压弟，晚上，你妈妈给你讲故事吗？她对我说，妈妈教她唱赞美诗。我忽然感到说不出的悲哀。

我不知道说什么。

小哥在这里承包了十几亩的土地。他一直相信，只要诚实地劳动，一定会过上幸福的生活。有一次，他在我家吃过饭，站在我家屋子后面跟我说话，他要给我介绍对象。他要给我介绍的对象是一个种地的。他对我说，种地是世界上最幸福的事情。我想，他说的是对的。只是我真的不能找一个农民。

我总看到他开着他那辆才买的崭新的拖拉机去田里，他的黑红的脸膛比以前更黑了。但是却似乎更健康，更有活力，他对未来充满了信心。

他的裤子上总是沾满了泥巴，半条裤子都是泥巴。劳动真是一件光荣而幸福的事情。我想。他就像一头不知疲倦的年轻的牛儿，在田野里奋蹄。

过了几年，他搬到王荡村住了，他在那里承包了一个很大的龙虾塘。他就在塘边住着。他们对于养男孩子已经不抱希望。他们又领养了一个男孩子。

他承包龙虾塘并没有挣到多少钱。

过了几年，他们一家又搬到窑厂的一间简陋的厂房里住着。他们一直都没有自己的房子。就是那一年，我的父亲，他的舅舅去世了。

在父亲生病的时候，小哥似乎也受到了打击，他自己因为劳累和打击也住进了医院。

父亲去世之后不久，他家的小压弟准备定亲。那个男孩子从灌南过来，晚上，在表姐家吃了晚饭。

他们骑车回去的时候，在路上，出了车祸。小压弟死了。那个男孩子受了重伤。

那段时间，是黑暗的日子。

这件事之后，小哥搬回老家去了。

我想，家乡是可以疗伤的地方。

但是过了几年，小哥也去世了。他去世的时候，只有五十一岁。我在盐城学习，接到家里电话的时候，正是一个朋友请我吃过饭之后，站在路边打车。我不知道人生会是这样的不可预料。我又想起，那个送我连环画的小哥、拉吊环的小哥、脸上长满了青春痘的小哥。

他因为替侄女担保五万块钱。侄女还不了，只好自己来还。那一段时间，都在扛粮食，拼命做极重的活，又在小嫂的抱怨下，他一定要把这个钱还掉。他终于得了肝癌。

很快，他就去世了。

我没有去参加他的葬礼。我往往对于熟悉的或者亲人的去世，总是不愿意去看。因为不忍心，还因为我不去，就总认为他们还在这个世界活着。他们还是从前的见过的样貌。他们不曾从这个世界消失。

回来之后很久，有一次跟母亲谈起小哥，她说，村子上一个有点灵异的女孩子第一次看到小哥，就说，他的面相不好，肯定是活不长的。

284

这样的事情，我一般是不信的。可是小哥确乎是不在了。

很多时候，我就会想到命运。

我从前并不相信命运。真的，我相信个人奋斗。我是一个坚定的唯物主义者。可是那样努力生活的小哥，注定是失败于命运，最后那么痛苦地走了，留下不识字的小嫂和一个领养的那个孩子在这个世界上活着。

前一段时间得知，小嫂也没有嫁人，就守着那个小儿子，慢慢地过着。

我想，我们总是说，生活是多么幸福啊。可是那些残酷的部分，那些不如意的人生，确乎在我们的周围存在着。

在最初的时候，小哥那青春的生命是那样充满了活力与可期的幸福未来，而且他自己也是相信的。

可是他真的从我们的生活里消失了。

当我想到他，并且想到我们不能预知与把握的命运，我的心里充满了悲哀与无奈。

蝉声里的夏天

岁月漫漫，你守候的人，终将为你而来。

——题记

夏天，是从第一声蝉声响起的时候开始的吧。昨天，我在林立的高楼和刺耳的搅拌机的声音缝隙里，听到混杂在其中的蝉声，真有突兀的奇异的感觉。

我想起许多个在乡下度过的盛夏。

那些在记忆里怎么也褪不去的回忆，是乡村盛夏留给我的最后的果实。

当然还有你。

我走在路上，脑角里不由浮现出你的那张怎么也忘不了的脸。啊，我想，你是那么平凡。但是当它浮现出来的时候，我仍旧想逃避了去。它是刻在我心上，不能抹去的创伤。我不要想起它。那平淡的眉眼，我当年从来没有认真看过吗？在我，不能有一个人像你，能当得起刻骨铭

286

心这个词。除了你，没有另外的人。

我在困苦的生活的梦里，一再梦见你的时候，我总是会大哭起来，在茫茫的大水里奔跑，大水里没有一个人，茫茫天地，除了水，什么都没有。在这样的时候，我唯一可以依靠的，想要奔往的，也只有你一个人。我的眼泪，只为你一个人流。

你是我的唯一，任何人都不能代替的唯一。我青春里为你流的眼泪，你当然都是知道的。

我在夏日的绿树婆娑的影子里，为你做的那些梦，都刻在我的脑子里。我用二十年的时间，把你慢慢忘记了。我的生命里闯进了很多的故事和皮影戏一样的人影。

但是终究他们是恍惚的、不真实的。我又想起了你。我以为我把你忘记了。你是我亲手制成的爱情的偶像，即使其实你并不英俊，也不多才。可是最初青春的爱恋都是给了彼此，我们曾经是彼此的唯一。啊，我是多么爱着这唯一。

当然，后来你不是我的了。我只要知道，你爱我的时候，是真的，就足够了。我们怎么能左右命运，我也不能左右你后来再爱上别人。

这个夏天，当我们的爱情过去了三十多年的夏天来临的时候，我忽然又想起了你。你曾是我心上最痛的最不能触摸的伤口。

现在，我又想起了你。我只把你放在回忆里，放在我们爱恋的那时候去回忆。

你的草绿色的上衣，你的月白色的灯笼裤，你的白色球鞋。我们在大雨里，相对而坐下棋的日子。

那么多的琐碎的细节，没有一个不刻在我这里。只是，我从来不说。好像我已经忘记，好像这一切，其实只是我无数故事里的一个。

只有我知道，那不是故事，那是伤口。

经过这么多年，我的伤口已经愈合了。我只遥望到那些美好的回忆。

它给我虚妄的温暖与安慰。

就像当年我写作，最初的信念，就是为了你信上的一句话。你说，从那时候起，知道你不是一个普通的女孩。

啊，你从来不知道，这句话支持我走了多么久。我的写作，竟是为了验证你这句话的正确。

从那之后，我想，我爱过很多人。但是再也没有那种撕心裂肺的感觉。就像有一个晚上去看你，我想天塌下来，把我们压死。

啊，我们活得好好的。经过那样浓烈的爱之后，很多人都不会爱了。我想，我也是的。

有一个诗人写道，不能再去找酒了，有水，多放点糖。

是的。你是我最浓烈的酒，醉了一次，就再也不会醉了。

当我在生活里，觉得自己没办法走下去的时候，我会不由梦见你。梦见你回来了。我半跪下去，握住你的手，求你这一次，再也不要走了。不要扔下我。我怕你再一次离开我。我哭着，醒过来，发现脸上都是泪。眼前没有你，窗外是漆黑的深不见底的夜。

你不知道，我有多么孤独、寂寞、荒凉。除了心上一个虚幻的你，一无所有。

这样写着的时候，我的眼泪也要下来了。

我轻轻叫着你的名字。想起一个男歌手的歌——《替身》。那些经过我生命的人，也许都是你的替身，没有一个人可以代替你，永远都没有。

这个夏天，我要去乡下，坐着在落满在蝉声虫鸣的树下，像三十年前一样，时间仿佛静止，岁月已经凝固，我坐在树下，看一本《七剑下天山》，阳光炽热，瀑布一样倾泻下来。书本上跳跃着美丽的斑驳的光斑。

我们在一个村子上住着。这个时候，我可以肆无忌惮地说，我爱你，你是我永远的唯一。

时光把一切都涂抹得更美丽了。其实，村庄那么荒芜、寂寞，看不到几个人。

路边的木槿花早就没有了。我曾经摘下来，插在你桌子上的杯子里。你的桌子上，刚刚写过的毛笔字墨迹还没有干。有一张贴在墙上，那是一首词，被你写得龙飞凤舞。我经过这么多年，忘记了那首词吗？

那是所有我喜欢的男人，从来没有送过的。那首词是这样的。梦也无由寄，念也无由递。梦也艰难，念也难，辗转难回避。醉也何曾醉，睡也何曾睡，醉也艰难，睡也难，此际难为计。三十多年了。我像藏着最珍贵的私人物品，不曾把这样的句子，拿出来与任何一个人说，它只属于我一个人。

就像我这样的心情，这样的故事，都不要跟一个人说。它是我一个人的故事。在一些下了雨的伤感的深夜，拿出来，慢慢地抚摸。

或者，在深夜醒来，看窗前一弦淡黄的月亮，忽然触到了心角最惆怅的部分，忽然就轻轻叹一口气，起来，也不开灯，就那么站在窗前，看浩渺的天上，这一弧的弦月，心上有一点忧伤，跟往事有关，跟你有关。

深深地知道，你不再是你，我不再是我。

感谢生命在青春的时候，赐予我那样美好那样痛那样真的爱情。闪电一样的刺目，照亮我整个的生命。

我知道，从今往后，即使走过千山万水，人间险恶，有这样的爱，我已经有足够的勇气与温暖，即使一个人前行。

这个夏天，我想去乡下，在楝树下坐着，面前放一本在你的木箱子里借过来的《天龙八部》。其实，我是坐在你家里，用一个夏天，读完了四卷本的《天龙八部》。我把那些好听的词句，一一记在心里。

真的，我忽然就想买一套《天龙八部》了，也许只是想一想。

就像我们的爱情。用来缅怀的时候，我忽略了伤痛的部分，我刻意留下了那些美丽的章节。

窗外的蛙声勾起我那么古老的祖母樟木箱下面压着的回忆。

它那么遥远，好像是上个世纪，又那么切近，好像就是昨天。

你熟睡的恬静的脸，还停留在十七岁的夏天的午后。我轻轻走进屋子，看到你熟睡的样子，我忽然就心动了。

爱情中的人，都是眼瞎的。我看你就是那么地英俊。

甚至，在很远很远的距离里，我一眼就认出了你。就像席慕蓉在诗句里写的。在千万人中，也不会错认的背影。

我知道，我一定遇到了什么挫折，我走不出去的挫折，我就想起了你。你是我的救赎。

想到你的时候，我就变得踏实了，觉得这世间仍旧有可信的东西。

那是你给我的。以后再也没有了，永远都没有了。

这个夏天，我要坐在乡下的绿树下，听蝉声，把我的记忆里的火焰，一点一点点燃。

你在月下的小径送我。我记得那柳影，柳影上的月牙。啊，在那样的时候，我们是彼此的第一和唯一。

就在前一天，我无意中看了一下日历。看到一个数字，忽然就想起来，那一天是你的生日。你的生日一点也不好记。可是我记了三十多年。

我不想再写下去了。

那么多的温暖的琐碎的细节，只应该留着，让我一个人，在真正老了的时候，坐在摇椅上，闭着眼睛，那些细节就像电影一样，在脑海里慢慢回放。

好像，我又回到了十九岁，你二十一。我穿着火红色的毛衣，你穿着草绿色的上衣。那是春天。

蒲苇散发出没完没了的清香，星星在柳树间闪闪烁烁。

邻床的男人

母亲从重症监护室回到普通病房的时候，发现原来的床位上已经住了人，一问，原来重新安排了一个二十三床位。

二十三床位在护士台的斜对面，我们推着庞然的病床进去的时候，发现，二十二床是一个六十多岁的男子，躺着那里，二十四床是一个中年男子。

我们很忙乱地收拾东西。

等一切就绪，母亲安顿下来，互相就慢慢熟悉起来。

原来病房的老人要出院，她的老伴过来跟我们打招呼，靠门口的年轻人，也过来看我们，笑着说，这下好了。

二十二床的老人是被大货车撞断了六根肋骨，脾也受伤，只能躺着。

过一阵，进来两个提着黑皮包的看起来很斯文的人，站在那里询问车祸和伤情，不像亲戚，客气而热情，过一会，我才明白过来，是找生意的律师。在那个病房，我们都见识过这样的人。

他们就像嗅觉敏锐的猎犬，知道这里隐藏着巨大的商机。

他们越过母亲的床位，径自走到最里面，询问那个躺着的中年男子的伤情和受伤的经过。

于是我们知道，这个皮肤黝黑的中年男子，是在工地上做工跌下来的，肋骨断了八根，头流了血，里面还有淤血，头根本抬不起来。因为跟的是私人包工头，也没有一分钱给他治病。看病的钱，都是他自己拿的。一个穿白色上衣，消瘦的卷曲头发的中年妇女一直坐在床边，看起来是他的妻子。

那个矮胖的提着黑皮包的律师问了情况后，说，这个我们一定可以让他赔偿的，不要说十万，二十万也不是不可能。

那个中年女子说，是吗？脸上都是疑惑。那个律师说，当然啦。根据法律，就应该这样。他说着，就走了出去。

那个中年男子穿一件淡白色暗花的衬衫，显得很旧了。他的嘴上有一个破了的燎泡，看起来没有多少精神。

那个中年女子每天倒是默默地做事，喂他吃饭，端屎端尿，没有什么怨言。

也常看到白色的窄窄的催款通知单，落在被单上。

那一个晚上，轮到我值夜的当儿，母亲睡着了。只有床头的心电图在嘀嘀地报警。母亲这儿地床头灯是亮着的。

我在看手机上的一篇文章，周围那么安静，夜像掉在井里一样深沉。突兀地，在邻床上，传来压抑的低低的哭泣的声音。

我转头去看的时候，这压抑的声音又消失了。我怀疑是自己的幻觉。这哭泣的声音再也没有响起来。

我想起白天的时候，这个中年男子曾经低声地哀怨，女子在那里劝他，不要着急，我似乎也是劝了的。劝他耐着性子，慢慢养伤。可是一边也知道，这高昂的医疗费，多么难以承担。

虽说有医疗补贴，可是现在都是拿出现金去的。看他们一天就存一千五百块钱，做了几个检查，也就差不多了。

而他工地的小老板能不能给他医疗费，似乎遥不可及的样子。虽然那个律师信誓旦旦地似乎可以打包票，但是总叫人难以相信。

这个晚上，又是深夜。

周围那么安静，听不到任何市声。

夜那么深沉，星星似乎也隐去了。

蓦地，我又听到压抑的低低的哭泣的声音。我循声望去，那个中年男子身子蜷缩在床边，等我细细听的时候，声音又奇迹般消失了。

我看到他的身体一直向睡在床边的护理椅子上的中年女子倾斜，可是他根本够不到她。

一个这么强壮的男子成了废人的感觉，是怎样的。他每天躺着这里，内心有怎样波涛汹涌的痛楚与思绪，我们怎么能够了解。即使在这样沉的深夜，他的哭泣也仍旧是隐忍的，不为人所知的。

我似乎听到了，却又怀疑自己是否是幻觉。

夜，那么深，我悄悄走到外面的窗口，白天可以凭窗远眺浑浊壮阔的灌河，那里有生命与生活的一切暗喻与启示。这个时候，暗淡的夜色里，灌河依旧在不远处流淌，但是我什么也看不到。就像我看不清生活低处的所有的暗流，听不清楚一个底层农民的深夜里连自己都要瞒过的哭泣。

外地受伤的民工

晚饭前，病房里仍旧是安静的，病人家属都去打饭了。有的去了对面的小饭店，有的就在电梯前的饭车上买一些。一日三餐，那个操着公鸭嗓子的卖饭女人，总是吊起嗓子喊。

我坐在病房的蓝色椅子上，望着护士站那里，走来走去的人们。这个时候，我发现，母亲的主治医生和一个瘦弱的中年男子站在护士台旁边。主治医生是个大约三十多岁的或者不到三十岁的小青年，说话又快，又听不懂，虽然说的是响水方言。我开玩笑说，跟他吵架都没办法吵，因为根本听不懂他说的是什么。这个时候，蓝色的口罩把他的大半个脸遮得严严实实的，我只看到口罩下的嘴在翕动，却不知道他在说什么。他对面的中年男子，穿一件白色的其实已经泛成了淡黄色的不知道多久没有洗的上衣，半敞着怀，露出黑黄色的一溜胸膛，他的头上包着一大圈的白色纱布，似乎缠了很多圈，在脑后，渗出已经凝固的黑红色的血迹，显然他受了伤。不知道做的是什么工。

他在用外地的口音跟主治医生交流，声音很大。我坐在病房里，也

294

能断续地听到。我听了一会，大意听清楚了。他想住院。他手里拎着一张黑色的检查过的片子。主治医生把他的片子对着光线看了一会，又还给了他。他急促地表达自己的意愿。他想在这个医院住下来。主治医生告诉他，他这样的伤情需要家里人来陪护，他做过手术之后，需要卧床。他们的交流因为语言的障碍，显得特别艰难。但是那个中年男子总算明白了主治医生的意思。第一，他这样的病人需要人照顾，自己一个人是不行的。因为他一再坚持，他一个人行。第二，住院一天一夜，就需要两千块钱。主治医生当然看得出来，这个连一件像样的上衣都没有的外地打工的男子，想付出昂贵的医药费，几乎是不太可能的。果然，当主治医生说出住院需要很多钱的时候，那个中年男子说，我只有四百块钱。主治医生说，那没有办法住院。

主治医生很快就走掉了。我看见这个外地的中年男子提着片子，在病房门前走来走去。我看到他从那头走到这头，他走到我们病房门前的时候，我发现，他的上衣扣上了一粒，不过，是错位的一粒，前襟的衣服就扯着吊了起来。妹妹从外面打了饭进来，我指给她看这个中年男子。妹妹说，这些人真可怜。然后，又叹了一口气说，这样的人其实很多，你都没办法帮，帮不过来，也没有这个能力。当这个中年男子走到我们门前，把头伸进来一些的时候，妹妹走过去，把门轻轻关上了。

我的心忽然隐隐失落起来。为了什么，我自己也说不清楚。

我看到这个中年男子，又站在护士台那里，跟护士交流。不知道他还想说什么。这个身上只有四百块钱的外地农民。我听不出他的口音是哪里的。

妹妹说，刚才打饭的人叫他，晚上就在外面的椅子上躺一躺，那是医院提供给住在走廊里的病人家属坐或者睡觉的。护士台旁边，有两张椅子，根本没有人坐。他可以休息的。

但是晚上的时候，我们终于没有看到这个受伤的中年男子再次出现。

我们不知道他去了哪里。

今天也没有看见。

他哪里去了呢。我的心上仿佛有一个地方，相当的沉重，但是又不知道，因为什么。

我深知，我是无力而渺小的。我能做什么呢。这样的文字又有什么意义呢。

小城十月

在小城住了十年，我对于它依旧是陌生的隔膜的疏远的。

我没有办法让自己深入到小城的肌理去，打探它最原始的日常。

我走在小城的路上。小城的主道路上，现在已经没有树木了，被喜气的灯笼代替。在冬日的萧索的晚上，下了雨，或者笼了雾，这灯笼就烘托出一派温暖与温馨的归属感来。

一般的大路上，都是栽了好多年的法桐树，这是小城里，最吸引我的风景。春天，我看到一树浅绿的法桐树叶子，感到生命的勃发的力量和小城的勃勃的生机。

小城的小，是给人安妥，与收容人的。对于有着野心的年轻人，这里并不适宜。我也曾经不屑于在这样狭窄的天空里，过自己的一生。

我对于日常烟火的生活，常是生出了自己无法控制的轻蔑。但是一个人到了中年或者老年，就不一样了。她就会对世俗里的生活，缓慢的日常，生出无限的依赖。

年轻的时候，小小的城，如何能安放下一颗狂野的热烈的心。

可是现在不同了。

走在大街上，看季节一天一天变幻着。就觉得有一种妥帖的安心，会停下来，看一片又一片叶子，那么旋舞着，滴溜溜地，像一个穿着舞裙的女子，那么翩然地落下来了。

街上的店里，虽然服装也一年一年流行的不一样，在骨子里，小城跟这个时代，跟世界，是有许多接轨的地方的。街上卖白菜的老人，身边都放一个微信扫码。

可是它的深层的肌理却是在烟火的部分。卖水糕的，却也没有绝迹。那么古老的东西，在生活的最平常处，却也要打动你。

你越来越喜欢那些几乎过去的快要消失的东西。你每次走过这些，都要停下来，好像在往事里，停了一会似的。

你最熟悉的是街上的各种树木。栾树、凤凰木、柳树。有些树木都是洋气的名字，跟你在乡下看到的不一样。

是的，街两边的凤凰木，红彤彤的一片，像花又不像花的扁扁的重叠起来的样子，叫人看了生无限欢喜的心。在萧索的落叶的街头，在刚刚下了一场冷雨，就有点凄凉起来的路上，看了它们，都是心头有了希望似的。

那些店铺就隐在这些火焰一样燃烧的花朵后面。弹被胎的，做包子的，卖酒的，烤鸭店，小超市，窄窄的门脸里，也卖漂亮的旗袍，理发店，水族馆，做美容的，早餐店，汤包店，名字都很洋气，几乎与国际接轨。

生活就是这么寻常的。树下有步行的女子走过，清爽的一张小脸，胶原蛋白充足的样子。看这样的脸，觉得自己也年轻起来，人等到四十岁之后，肉身变得沉重，感觉到自己受到年龄欲望的限制与束缚。在这个世界上，不要踮起脚，人生也已经看到尽头。

只有这寻常生活里的暖意，能抚平心上的皱纹。走在树底下，树下的青砖上的苔痕很重，雨水竟然没有落下来。

这街头的雨云，一直积着。低沉，可是并不压抑。

在包子店门前站了几个人，包子在笼上冒着热气，几个人神定气闲地站在那里看着，一个大约六十岁的男人围着一个很长的围裙，一手拿着长长的锅铲，熟练地翻着一个铁锅里的饼。

这样的场景里，是有着生活的温暖的深意的。我以前对于这样俗世的生活总是抱着不屑的态度。对于宿舍里三句离不了吃什么的女生，不屑一顾。

可是什么时候，我对于那些懂得如何把平常的饭菜做出居家温暖的家庭主妇，生出了无限的敬意。

生活的真谛，其实就在这些日常的地方。

他们是深谙此道的。

那一天，我在路边，遇到发福了很多的朋友，她的确没有女人的妩媚、风骚，她穿朴素的白色上衣，上衣被她的肥硕的身体撑得有点变形，下身一条淡绿色的裤子。她已经完全是一个中年妇女的形象。她在路边的自家的菜园子扯豆角架子。豆角已经败园了。她想种上一些白菜。她说："我又不会打麻将，又不会像你一样写作。"她这样说的时候，很像在讽刺我。不过，我并不在意。她又说："我只好来伺候一个菜园子。"

她一边跟我说话，一边没有停手，在扯那些枯萎了的豆角架子。

我说，这挺好的啊。她说，不好又怎样。我笑笑。她丈夫一直在路边站着，跟我们说话。我知道，她才是深谙生活的道理的女人。她活得朴素自如。她不要过度修饰自己，她活得非常本真。她的内心是幸福的。她也用不着担心她的丈夫会有什么想法。他们就是一样的懂得朴素的生活真谛的人。

我相信，他们才是真正幸福的人。他们在生活里，是安心的，安于自己并且专注于那份生活的人。

他们幸福得如此不自知。

其实，小城的生活，还是从前的味道要纯正一些。那些旧的桥，旧的影院，旧时光里的日子。当一个人那么喜欢旧事物的时候，他自己大概也像时光一样，蒙上一层灰扑扑的色彩了。

萧红曾经写过《小城三月》，写了什么，完全忘记了。萧红笔下的呼兰河小城，有着别样的味道。

在那些遥远的地域里，总有些东西是独特的。还是她本身的敏锐与独特，才造就了她笔下小城的独特？

那天看一个人评价萧红，说她天然的语感。的确，萧红的语系是自己的。

我也是想发现，我们这北方的偏僻的小城有什么与别的地理上不一样的地方。

除了那一条从小城旁边流过的天然的河道——灌河。我很想，再多一些新的发现。

一条大河奔腾不息

　　站在八楼，向前面看，不远处就是奔腾的灌河。混浊而宽阔的河流，背倚烟火人间的小城，仿佛遗世独立，滔滔不绝。

　　老城区的道路相当狭窄而繁忙，这里是最早的老城，有新华书店和电影院，还有圆拱门的供销社。我站在八十年代陈旧古老的飘满浮尘的阳光下，地上是许多过年的锅碗瓢盆、各种日用品，供销社的圆门一个套一个，安静清凉，门漆成淡淡的嫩绿色，对面隔一条马路，就是高大诱人的电影院，我一次都没有进去看过电影。电影院的门两边沿墙摆了一大排蔚为壮观的小人书。我站在对面，望着太阳下，坐着凳子上，悠然地读着小人书的跟我一般大的小孩，真是说不出的羡慕。我就像看到别人在吃美味的食物一样，站在那里垂涎三尺，甚至暗暗咽了几口唾沫。

　　这样古老的散发出旧时光味道的老城，消失了。

　　现在这条路上，都是卖生活用品的，医院的对面主要是药店，数不清的小饭馆，还有殡葬一条龙服务的店面，扑面而来的浓郁的烟火人间的气息。

站在这条街上，你会感到，这就是生活，实实在在的生活，生与死，现实的气息就是那样深深嵌在我们的骨头里，弥漫在街道的尘土和阳光里。这里的阳光也失去了浪漫的味道，有点混乱、芜杂，跟清澈、干净、浪漫、美好这些词语，似乎根本搭不上边。

站在楼上，老旧的等待拆迁的最老的棚户区，就像波浪一样，在阳光下汹涌而来。它们是可感的。实在的，是真实生活的一部分。低矮的早就褪色的红砖瓦房，蓝色的彩钢瓦房顶，都像一种无声的语言，诉说着另一种并不体面的生活的真相。

很多时候，我们以为生活是多么的美好，好像不美好的部分都被华灯与高大的楼宇所遗忘，甚至以为生活就是这样美丽，并且永远会永远美丽下去。

实际上，当我们走进生活的深处，我们会挖掘出另一种生活的真相。

真相总是残酷的。

生活就是这样不留情面地告诉我们，活着，不是一件容易的事情。

小城旁的大河，总是那么安静。它宽阔、博大，绕过这座小城，蜿蜒地流着。它吞吐日月星辰，蕴含生命的哲理与深意。

它是小城人民的母亲河。我发现，每走过一个地方，总会发现，他们都有自己的母亲河。河流是生活的源头。有水的地方，才会滋生万物。

它默默地守护，默默地看着小城人们的悲欢与喜乐。一条大河，就这样，默默地流淌。

它潮涨潮落，当我看到潮汐升降的时候，总是感到宇宙的神奇。潮汐的升降与月亮的圆缺是一致的。这就是宇宙，这就是天地之间日月星辰的神秘的纽带与联系。

我们是自然之子。

当潮汐升降，月圆月缺，都应和着我们身体里的神秘的信号。当月圆之时，我们的心脏总是受到月亮和潮汐的引力，会跳荡地异常。我们是天地之间的一分子。草木之质的人类，与大地上天空下的一切，都是天地的孩子。

小城的滚滚红尘，似乎从来不管日月与潮汐，不管这奔腾的大河如何壮阔地流淌。

在大江大河大山边出生的人，总是受日月精华的灵气更多的人类。他们中的一些敏感的与大河大山同呼吸的人，成就了另一种感性的神性的人生。

头枕灌河，听它汨汨的潮声，听一条大河在天地之间自由的温柔又澎湃的呼吸，生命与这大河融为一体，似乎与天地共呼吸。

小城不管潮河的诗意涛声，而大河也不管小城的滚滚红尘。

生活如此诚实，自然如此浪漫。他们把浪漫与现实，壮阔与狭隘，演绎得如此天衣无缝地完美。

就像一首磅礴的交响乐章，不同的章节演奏的主题迥然而异。

这一片神奇的土地

向历史深处回溯

阳光炽热，我站在这个大平原的深处——一块寂静的无边的玉米地。在八月的秋阳下，它所有的叶子都有一种毛茸茸的光芒。

当我降生在这片土地的时候，历史已经翻开了新的篇章。

要等到很久很久之后，我才会去思考我的来处。

于是一些纸质还没有发黄的县志或者一代一代流传下来的故事，告诉我。我、我们的祖先从哪里来。这里是不是他们最初的家园。

家园，多么温馨的词语。它意味着安定、温暖、爱、与传承。

当然，我们终于从一页一页语焉不详的记载里知悉，我们是从遥远的南方迁徙来的移民。

在那些残酷的真相里，我们不得不承认，我们当年的祖先在如何痛苦中，来到这片荒凉的茅草与虫蛇盘踞的蛮夷之地。

那些画面，栩栩如生。是真的吗？

哭泣、血泪，都于事无补。大规模地迁移，甚至用绳子，把一个一个人拴起来，他们是流民，被迫迁徙来开辟新的家园的罪犯。

那是明朝洪武年间。

从苏州阊门，这些蓬头垢面从自己的家园里被驱逐的人们。他们的脚上还戴着镣铐。

生命的苦难，你用什么词语去形容。

从苏州，戴着镣铐，在押解下，一步一步走向生命的未知。

这里，曾经的沧海变成的桑田。除了飞鸟曾经光顾，还没有一个叫人的生物，在此生存。

生存是艰难的。

这些都需要我们有足够的想象力。可是我们想象的触须总是稍微短了一些。我们想不出，这些戴罪的流民——我们的祖先，在这除了荒凉没有任何赖以生存的地方，如何顽强地挣扎着，生存了下来。

那些生命的历程，都消失在历史，时间的长河里。

对于时间，对于历史，个体的一己的悲欢算得了什么。

它不过就是历史的一朵转瞬即逝的没来得及看清楚就消失的浪花。

可是你知道，他们在自己一日一日熬煎的生活里，有着如何巨大的波澜与向死而生的勇敢。

对于个体，自己多么巨大；对于历史，个体何其渺小卑微。

我站在这片土地上，看阳光在玉米地上空滚滚而来，滔滔而去。

想起祖先，我们的先民，曾经如何胼手胝趾开辟了这一片温暖广袤的家园，我在这样的想象里，怔忡了半天。

那一年，去苏州，无意走到一处，抬头看时，淡黑色的高大巍峨城墙，门洞俨然，门楣上大书"阊门"，我忽然就怔住，站在那里不动。这里，就是传说中的最初的家园。从那被迫的迁徙之后，这个最初的家园，就这样消失了。

我忽然想，在一个有月光的晚上，在这个城门边坐着，最好这个时候，城头有呜咽的凄楚笛声响起，如慕如诉。一群一群月光在城头升起来，如同白色的鸟，要振翅飞去。

我想起，在这个城里，就在靠近阊门的城墙不远处，有我们最初的家园。我的祖先曾经是某一个有着芭蕉与假山院落里的公子或者小姐，长衫翩然，倚梅回首。

日子那么静水深流，日头转来，月色升起。岁月静好，似乎一切永久而美好。

可是那一日的号令，把一切都颠覆了。城池失陷，祸及的还有在芭蕉与月色喂大的院子里的无辜人们。

什么时候回来。

还有什么可以证明，除了那种似是而非的记载。那些漫漶在历史与时间长河里的模糊记忆。

我们用什么证明，我们曾经是阊门人氏。

月光泼在脸上，就像涂了满脸洁白的泪水。

寻根，我们到哪里去寻根。

那些是可靠的吗？没有人回答。历史的面目是模糊的，甚至有了一点点温暖。

脚下的大平原，如此广袤、深沉，足以养育我们的子子孙孙。它地母一样的慈祥、温厚，把我们最初的创伤，一点点抹平。

大海啊故乡

海，是多么咸涩。咸是生命最深刻的味道。没有盐的日子，我们无法想象。

我们的祖先最先发现了大海的味道——盐的味道，咸涩的味道，生命不可或缺的味道。有了盐，我们的味蕾才被瞬间唤醒。

我们生命的知觉是从盐开始，从大海开始。

祖先在海边，就地取材，用茅草与泥土搭建了房子。最初，我们在海边见到的房子，应该叫丁头舍。它是房屋最初的雏形。

它是因陋就简。它是安居乐业。它是遮风挡雨的庇护所。它是温暖，是希望，与家园最初的模样。

海，在不远处轻轻喧腾。

煮海为盐。煮海，难道要把海煮干？说明我们生命需要的盐分太多了。需要把大海煮干，才能满足祖先的需要。

煮海，是一个创举。在这片荒蛮的土地上，祖先不怕劳苦，用自己的双手与智慧，建起了一个新的家园。

一望无际的滩涂上，除了茅草、盐蒿，泛着盐碱的土地，还有从天空飞过的鸟。

在这样的艰苦里，生命勃发的力量是巨大的。

当我一次一次来在这美丽的滩涂，腥咸的海风吹着我的脸，皮肤感到黏黏的湿湿的。要是用手沾一下皮肤，放在嘴里尝一下，脸上的味道，就是盐的咸味呢。

我站在黄色的浪花在脚边翻腾的海边，看海鸥在海面上自由地飞翔，不时发出嘎嘎嘎的叫声。它们是自由的英雄。在浪花里歌唱与飞翔，飞翔是它们生命的舞蹈。我想知道，我们的先民，有没有对这些白色的或者灰色的在海上盘旋的鸟儿生出内心的欢喜。

也许，他们的头颅一直低着，低到尘土里。他们要不断地为自己谋求活下去的物资。他们也许无暇他顾。大自然的美，从迁徙的灰头土脸狼狈不堪生命垂危的途中，已经从他们的生命里撤离。他们生命里与生俱来的浪漫，被连根拔起，遗弃在狼狈奔波的路途。

他们背负着不属于他们背负的历史的罪责，背负着沉重的生活。

他们的疲惫荒凉的目光中，只剩下了生存。

这个时候，海，多么美，多么雄浑。

它们一浪一浪涌来眩晕的浪花，大海的生命奔腾不息。

在深夜，海边的夜空，极为广大。最低的天边，有一粒小小的、闪烁不定的星子。

我看着它，仿佛它是我的知己。它也看见了我。

我站在广袤的滩涂上，遥望那颗最小的星子，想，它也曾在漆黑的夜里，照耀过我的先民，曾经给他们绝望的生命以巨大的慰藉与光芒吧。

黄河古道

在一个蝉声如沸的午后，我们来在黄河的入海处。这是如今叫中山河的一条水泥小桥边。这里除了地形看起来有点奇怪。它是微微隆起的梯形。在别的地方，你不会看到这样奇怪的地貌。它与黄河的冲击有关。

午后的中山河两岸，极其寂静，甚至蝉声也只在村庄里嘶鸣。听起来，极其缥缈，似乎就更增加了寂静的况味。

中山河河面极宽，这就是黄河故道。有朋友说。我站在桥上，怀疑在明清的时候，难道奔腾的一泻而下气势汹汹的黄河真的曾经来过这里？这里的河水如此清澈，在午后热烈的阳光下，在不远处留下优美的弧度，汤汤流去。

我曾经看过甘肃段的黄河，浑浊、气势磅礴、浩浩荡荡，是大江大河的一往无前的气势。在那样的气势里，你也感到了博大、雄浑、一泻千里。

可是黄河真的来过这里。

那些地名可以作证，那些层积的沙土可以作证。黄河泛滥留下的沙土，适合种花生。所以中山河两岸的土地上，花生很多。甚至有谚语说，二套的花生油流到响水。一方水土养一方人。

黄河的泛滥沉下来的肥沃淤泥，给两岸的人民带来了生活的丰饶。

土地生机勃勃。

这美丽的母亲河，曾经流过这里。它曾经狂暴，泛滥成灾。

黄河夺淮入海之后，这里不再被她的狂暴所困扰。

但是她的美丽，她的磅礴，她的气吞万里如虎的气势，却留在了历史的册页里。

在这个午后，安静的中山河，两岸树木繁茂，小船在树荫下系泊。

仿佛，奔腾的黄河从来没有来过。时光从远古到如今，就是一个模样。安静、从容，太阳在头顶亘古不变，转来转去。

可是那么多的事实史料证明，它曾经在大平原上纵横驰骋，成为我们的灾难与骄傲。

住在黄河故道边，梦里，也时时会传来黄河水的咆哮与奔腾。

大平原的日常

大平原上的日子总是寻常的。

村庄很安静。曾经的战争的烽火，早就存在了历史的档案里。有过很多很多与我们不一样的人啊。

那时候的响水口，日本鬼子曾经来过。有过炮楼。那些小鬼子在裕顺街头买布。当年日本飞机炸的坑被填平了，旁边建了一个高大的纪念碑。每年的清明节总有周围小学校的老师率领一个排着长长队伍的小学生来祭奠。老师站在下面讲英雄的故事，小学生在下面听。

可是真的太远了。海边的碉堡也还在的。以前汽车开在上面，走过一个碉堡，汽车就颠簸一下。

小时候，在夏天的黑暗的场院里坐着。父亲会讲一些关于周围英雄的故事。讲一个新四军为了报告一个消息，一口气跑到终点，倒地而死的故事。

这些故事总是令我们热血偾张。

这是大平原上的历史里，不一样的生命。他们有着先祖开辟蛮荒的顽强与坚韧。

这一页历史，历史里的带着强烈的英雄主义色彩，时代的强烈烙印的人们，他们将被铭记。

这片土地，从沧海变成桑田，在多少历史的故事里浸润过。那些民国的历史，那些战争杀戮，都是这一片土地上的故事。这些故事，经过的时间其实并不长，可是时光已经把它磨得一点痕迹也没有了。

幸亏，还有记忆、笔。

时光的齿轮转得太快了。

父辈他们的那种缓慢优柔的田园牧歌的生活，也成了老照片里的故事。只有在玉米地的露珠里，还折射出往昔生活的巨大温暖的光芒。

重回我那精神的原乡

在小城生活了三四年，我忽然就要回到我的乡村了。带着生病的母亲，住到乡下去，正好我也厌倦了小城里的喧嚣、复杂的人事。

我的门前被杂草封住了木门的小院子，我扒拉开曾经当着牡丹买回来的药草，枯涩的钥匙艰难地插进被一个夏天风雨锈蚀的锁孔，我要打开我小院子的门，就像打开一条通往安静寂寞与世无争的精神通道。

我暗暗有点窃喜。我在心里对这个院子里的不知名的到处衍生甚至长到了门里边的野草，微笑了。我只有在面对大自然的时候，我的微笑才发自内心的真实，并且不为世人所了解。我全部的喜乐都系于此。

我的内心开始变得简单，就像院子里随便生长的一棵草，或者一朵自生自谢的小花。真的，我没有面具。植物的舞台从来单纯，就是天地，与无边无际膨胀的自我。

风，那么自由。我喜欢自由，胜过了一切。我是一个为内心而生活的人。你不能了解它对于自由的边际。

我站在院子里，有点茫然。我不太认识这个院子里，所有能从水泥的缝里，或者墙根，挤出来的生命，它们无限地伸展它们的生命——自由、蓬勃、疯狂、野性。

我爱这一切。我搬了一只凳子。凳子上落满了灰尘。那是岁月、时光、时间、走过的痕迹。我连擦都没有擦，就坐了上去。我就这么，坐在时间之上，坐在岁月之上，坐在空间的河流上，任它们带着我，在无极的宇宙里，漂泊。

我更真切地看见一只小小的针尖一样的蚂蚁，它慢慢地爬过来。多么寂静的乡村的院子，一只蚂蚁与一个从小城落荒而逃的我。我们就这么对峙着，其实，是我与它对峙着。它无感地往前面爬。

啊，我们的命运其实是一样的。生如蝼蚁，不过如此，在命运的股掌里，我们比蚂蚁大不了多少。

它那么安之若素地爬行，我就那么看着它，就像看着庞大宇宙里的渺小的自己。我们是一样的生物，是朋友，是自然之子。我们逃不过命运。

我喜欢一切自然里的生物。

它们默默生活的样子，不止一次打动我。因为我需要向它们学习。

我不忍把院子里的野草割去，也许，你认为我很懒。的确，我就是很懒。但是我懒得有借口。我喜欢与这些野草一起坐着，就像朋友一样亲切。在童年的时候，它们就是我的朋友啊。

我喜欢看草叶上晶莹剔透的露珠，它们欲坠不坠的样子，透明的样子，被阳光折射后的样子。还有青草的独特的有点涩的清香，在阳光下被暴晒后的，刺鼻的那种青涩的香气。

当你踩在午后的青草上，它们会腾起浓郁得让你打喷嚏的气息。

只有和它们在一起，我的生命才自由、放松、真实，是原来的样子。

我的目光猝然与水缸旁边的一丛艳丽的花朵相遇，在这个荒芜的院落里，它们开得如此惊心动魄，它们是我离开这里时，种下的一串红。就像血一样红的色彩，在这个被杂草包围，被虫子与灰尘，与无边无际时光占据的院落里，它们的存在突兀而诡异，带着无比顽强的生命力，似乎要与时光抗衡，要抵挡住那些容易被摧毁与腐朽的事物。

就像我，这样一个人，在荒芜里，依旧想不断地生长——每天在晨曦里，跑步、读书、写作，用一种自以为是的方式与生命的无力、时光的狡诈对抗。

我将在这个院子里，写下我的自由，在寂寞里的坚持与热爱。

而不管世人的理解。

我不由站起来，走到那丛花面前，它们就像火焰一样，照亮了整个废弃荒败的院落。我在它们面前，慢慢蹲了下去。

忽然，我就有一种想流泪的冲动，为它们，也为来在这陶渊明式的生活里的自己。

我热爱这样简单地与草木在一起的宁静生活，它带给我灵魂的归宿与安定。

那是城市的繁华与热闹，所不能给予的。

我只为自己的内心活着。

我站起身，想去屋子里的窗户后，看看我的"瓦尔登湖"。说起来多可笑，那只是一个人工的小鱼塘。冬天的时候，都干涸了。里面什么都没有，鱼塘底的泥土都翘起来了，就像家里草锅烧的锅巴。我真想从鱼塘底走过，然后到对面去看芦苇遮掩的响坎河。可是我一次也没有走过。

312

从鱼塘底走过的感觉，一定很好。就像感觉自己像一条夏天的鱼，在水底，就这么游了过来。鱼塘对面的河坡上，冬天会有两只黑色或者白色的羊，在那里吃草。河坡上，似乎没有什么草，冬天能有什么草呢。是夏天或者秋天留下来的枯黄的茅草。羊就在那里静静地低着头，它们浸在夕阳下的样子，特别地动人。那么安详的仿佛静止的一万年都不变的悠然的姿态，忽然就感染了我。生活就像缓缓的水流，好像一百年一万年一亿年都不会变的样子。我的心里默默充满了感动。春夏的时候，是鱼塘景色最美的时候。春天，下了几场雨，鱼塘的水就满了，镜子一样，却又晃晃荡荡的。两岸的白杨树慢慢绿起来，鹅黄、淡绿、碧绿、墨绿，层次慢慢深起来。我喜欢白杨树在风里的姿态，它的叶子是无风自动的，一树的叶子就像舞蹈，合乎韵律。

这个时候，鱼塘就是清新的山水画。

夏天的时候，鱼塘水多了，因为雨水多的缘故。窗子后面的油菜花高过了窗户，把鱼塘都遮住了。只看到一点点深邃的鱼塘的影子。

这个时候，我总觉得，这里就是梭罗的瓦尔登湖。哦，我也不怕人笑话我的乡气。我一次一次在微信里晒我的"瓦尔登湖"。结果，我的朋友、学生都知道，我有一个瓦尔登湖，其实是人家的小鱼塘。不过就在我家的屋子后面。

我从来不觉得我生活的地方有多么地偏僻。我的朋友十年前去看云梯关，从 204 国道下来，到我的学校找我，可惜的是，他们找错了打听的人。他们问门卫，有没有我这个人，门卫说，不认识。他们就开车走了。朋友后来告诉我，我大笑说，门卫只认识校长。

我在这个乡下，要说的事情，真的很多，关于乡村，它给我的是取之不尽用之不竭的东西。

我在暮色的响坎河边的最后一级台阶上坐着。那是 2000 年。我刚结婚，还没有生下我的儿子。那个黄昏，暮色就像一只蜿蜒的小虫子，爬了过来。又像染料，哗一下，把我们泼进去了。丈夫对我说，你生了孩子，什么都不用你做，什么都归我。

后来，我就在慢慢流动的河水边，坐着。暮色彻底笼罩了一切。芦苇，脚边的河水，河两岸的一切，夜，是温柔的，河水也是。

双桥在夜色里，依稀可见。

去年偷过山药豆的地方，不知道又长了什么庄稼。

这里曾经有一大片白杨树林，一直延伸到很远。我在秋天的树林里，看大风从树林里穿过，看树叶就像大鸟一样飞起，落下。

那个时候，树林里没有一个人，时光从我的指尖穿过，从树林里，从我的忧伤的目光里，从生命最深处，穿过去。

这个遥远世界，能给予我的一切，在乡村，都意蕴丰富地饱含了。

只是，你需要懂得对一朵花，一棵草，俯身、微笑。

我要回到我的乡下去了。那里是我精神的故乡。我将在乡村露珠的清凉与芦苇梢头落日残照的倦风里，度过我余生的日子。请祝福我。